KB276153

카프카, 황금 소로를 따라서

카프카, 황금 소로를 따라서

지은이 / 이영희 외 5인

펴낸이 / 조현주
펴낸곳 / 도서출판 하늘재

북 디자인 / 엄유진

1판 1쇄 펴낸날 / 1999년 7월 20일

등록 / 1999년 2월 5일 제20-140호
주소 / 서울시 양천구 목4동 798-8 2층
전화 / 2644-0656
팩스 / 2644-0657

값 7,500원

ISBN / 89-950193-3-6   03810

*잘못된 책은 바꾸어 드립니다.

카프카, 황금 소로를 따라서

[또 다른 시간을 준비하는 다섯 소설개]

하늘재

책을 펴내며

독일 민담에는 그림자를 잃어버린 사내의 이야기가 자주 나온다. 여러 유형의 이야기 중에서도 가장 흥미 있는 이야기는 악마에게 그림자를 팔아버린 사내의 이야기이다.

그 사내는 뭐든지 마음대로 할 수 있다면 그까짓 그림자쯤이야 없어도 그만이라고 생각한다. 그러나 그는 그림자를 단념한 후 거의 인생의 목적을 상실하는 경험을 하게 된다.

이제 한국인들은 아주 독특한 체험을 하면서 살고 있다. 농경사회에 태어나 정신없이 달려온 산업화의 과정을 거쳐 지금은 정보화사회의 최첨단을 걷고 있는 것이다. 세상에 유래가 드문 경우라고 한다. 모든 것들이 너무 빨리 진행되는 바람에 세 시대의 패러다임을 한꺼번에 경험하고 있기 때문이다.

우리가 지켜야 할 도리가 있고, 인간성에는 어떤 근본이 있는 것이라고 강변하는 것은 아마 그림자가 없으면 인간으로 살 수 없다고 외치는 농경사회의 유산일지 모른다.

인생에 좋은 것은 모양 좋고 편리하고 쾌적하고 빠른 것이며 그림자 따위는 아무짝에도 쓸모없는 것이라고 생각하는 것이 정보화 시대의 감성일지 모른다.

어느 날 우리 다섯 사람이 함께 모여 이런 이야기를 했다.

그래도 인간이란 참 아름다운 존재로구나 하고 새삼 느낄 수 있게 하는 글들을 한번 모아보자고…….

모두들 대찬성이었다. 그런 작업을 통해서 사람들 사이에 다리를 놓을 수 있다면 그 또한 좋은 일이라고 생각해서였다.

그러나 격변하는 세상에서 인간에 관한 모든 암호가 해체되고 붕괴되는 소리를 들으면서 아직도 인간이 과연 아름다운 존재라고 우겨볼 수 있을까?

그에 대한 믿음과 회의와 갈등이 다섯 사람의 글 속에 맥맥히 흐르고 있다.

　중요한 점은 우리들 중 어느 한 사람도 인간에 대한 믿음을 내려
놓고 싶어하지 않았다는 점이다.
　작업은 놀랄 만큼 빠른 속도로 진행되었고 이제 우리는 이 책을
손에 들게 되었다.

　기꺼이 어려운 작업을 맡아 책을 펴내주신 하늘재의 조현주 님과
해설을 써주신 우찬제 님에게 진심으로 감사드린다.

1999년 여름

차례

●

이 영 희

●

1957년 대전 출생.

1980년 충남대 생물학과 졸업.

1997년 <카프카 황금 소로를 따라서>로

동서문학 신인상 수상.

<아빠까바르 마마>(≪동서문학≫ 1999 봄호),

<안다만의 노을>(≪창조문예≫ 1999) 등 발표.

아빠까바르 마마

어머니는 텔레비전에 바짝 다가앉아 숱 없이 긴 머리를 빗질하고 있었다. 현관문 닫는 소리에 뒤를 돌아다본 어머니가 황급히 스위치를 눌러 텔레비전을 껐다. 방금 전까지 화면을 가득 채웠던 한국 사람들이 일시에 사라져버렸다.

자카르타의 햇빛에 새까맣게 타 있던 얼굴이 단 2주일 만인데도 제법 희어진 것 같아 보기 좋았다. 그러나 긴 팔 스웨터 속의 앙상한 팔목은 무표정한 얼굴과 함께 여전히 그대로였다. 어머니가 시선을 피했다. 서울에 도착한 후 괜스레 눈치를 살피며 초조해하는 모습이 안쓰러워 나는 어머니에게서 재빨리 눈길을 거두었다.

아무런 부착물이 없어 썰렁한 거실을 가로질러 침실로 들어갔다. 방에 들어가자마자 아까 탈의실에서 '민'이 건네준 붉은 보자기를 침대 위로 내던졌다. 굳은 표정으로 무언가 할 말이 있는 듯 머뭇거리던 민을 못 본 체한 것이 내내 마음에 걸렸다. 그러나 아까는 화가

나고 피곤해서 한국 사람이라면 누구와도 이야기하고 싶지 않았다.

'갓뎀. 오늘 또 다섯 번을 뛰게 하다니.'

오늘도 퐁당퐁당을 다섯 번이나 해야 했다. 그들은 짧은 구간의 국내 노선을 그렇게 불렀는데 아마 뜨자마자 내려야 하는 것을 은유적으로 표현하는 말인 듯싶었다. 이착륙의 긴장된 순간을 하루에 열 번씩이나 맛봐야 한다는 것은 생각만 해도 끔찍했다.

거칠게 셔츠를 벗어던지던 나는 또 침대 위로 뚝뚝 떨어지는 코피를 보며 진저리를 쳤다. 벌써 몇 번째의 코피인지 셀 수 없었다. 고개를 젖혀 방 옆의 욕실로 들어가면서 이렇게 타이트한 스케줄을 짜 주는 그들을 향해 다시 욕설을 퍼부었다. 활활 속옷을 벗어부치다 무심히 거울을 보았다. 낯선 중년의 동양 남자가 거울 속에서 나를 바라보고 있었다. 이젠 보통 한국 사람들처럼 누런색 얼굴로 변해버린 모습이 낯설었다.

흰 타일과 샤워기가 부옇게 때가 앉아 있었다. 수도 꼭지 위를 손으로 한번 쓱 문질러보았지만 부연 물때는 여전히 그대로였다. 샤워 꼭지를 올리자 샤워기에서 뜨거운 물과 함께 수증기가 피어올랐다. 몸을 강하게 때리는 샤워 물줄기를 맞을 때마다 늘 그렇듯, 나는 또 자카르타의 스콜이 그리워지기 시작했다. 오늘따라 그동안 애써 지우려 했던 수마트라 섬 부키탕기에서의 일들이 떠올랐다. 이곳에 도착해서부터 지금까지 계속 이상한 행동을 하는 어머니 탓인지도 몰랐다.

학교라고는 구경도 못한 채 어머니와 커피 농장에서 하루 종일 일하던 어린 시절, 수마트라 섬 전역에 걸쳐서 공산주의자들의 반란이 대대적으로 일어났던 때였다. 어머니와 내가 살던 부키탕기에도 중

국 산둥지역에서 내려온 중국인들을 중심으로 공산주의 세력이 확산
되고 있었다. 철저한 회교국가 정부인 수카르노 정부가 신을 인정하
지 않는 공산주의자들을 제거하기 시작한 것은 당연한 일이었다.

요즘 어머니는 마치 그곳을 빠져나올 때 모습을 연상시키고 있었
다. 회교도가 되었으면 아무 일 없었을 것을 어머니는 고집을 피우며
아무런 종교도 갖지 않았다. 결국 우리는 서로 죽고 죽이며 아수라장
이 된 부키탕기를 피해 무작정 자바 섬으로 가는 배를 타야 했다.

자카르타로 가는 연락선 갑판 위에서 어머니는 올망졸망 싼 보따
리를 끌어안고 내내 하늘만 바라보았다. 어머니는 중국말인지 무슨
말인지 모를 말을 끝없이 중얼거렸다.

나는 어머니가 이상해지는 건 아닐까 하는 두려움에 어머니에게서
눈을 뗄 수가 없었다. 갑판 위에 갑자기 스콜이 내리쳤다. 갑판에 있
던 사람들이 우르르 선실 쪽으로 몰려갔다. 그러나 어머니는 여전히
하늘을 향해 얼굴을 들이밀고 서 있었다. 세상이 꺼질 듯 울리는 천
둥 소리와 무서운 속도로 내리꽂는 스콜에도 어머니는 끝끝내 얼굴
을 내리지 않았다.

뜨거운 샤워 물줄기가 얼굴 위로 세게 쏟아져 내렸다. 나는 계속
흘러내리는 코피를 무시한 채 온몸에 비누 거품을 내기 시작했다.
흰 비누 거품에 간간이 붉은 색이 섞여갔다.

우미는 지금 뭐하고 있을까? 새삼 상카와 실라 두 아이들도 보고
싶어졌다.

어머니와 떨어져 있어 우미가 편안할 거라는 생각을 하니 왠지 기
분이 씁쓸했다. 어머니를 한국에 오라고 한 것은 어머니를 생각해서
만은 아니었다. 고생만 하던 어머니에게 외국 구경을 시켜주고 싶은

마음도 없지는 않았지만 그보다 아내를 편하게 해주고 싶은 마음이 더 컸기 때문이었다. 상카와 실라는 자기들을 썩 좋아하지 않던 할머니가 없는 것을 어떻게 생각하고 있는지 궁금했다. 그들은 내 앞에서 좀체 할머니에 대한 자기들 생각을 말하지 않았다.

샤워를 마친 다음 아직도 흐르는 코피를 화장지로 틀어막으며 거실로 나왔다. 다시 한국 방송을 틀어놓고 보던 어머니가 황급히 스위치를 눌렀다.

"이곳 방송이 재미있으세요?"

나는 수건으로 젖은 머리카락을 털며 말했다. 그러나 어머니는 아무 뜻도 없이 한 내 말에 화들짝 놀라며 고개를 양 옆으로 세게 흔들기 시작했다. 순간, 어제 아파트 경비실에 우두커니 서 있던 어머니를 발견했을 때처럼 가슴이 철렁 내려앉았다.

"우미는 어때요. 요즘 마마하고 사이가 많이 좋아졌죠?"

좋아지고 말고 할 것도 없이 늘 그 상태라는 것을 알면서도 나는 무슨 말이라도 해야 할 것 같아 그렇게 물었다. 그러나 어머니는 내 물음에 한마디도 하지 않았다. 어머니는 빗질하던 긴 머리를 그대로 풀어헤친 채 천천히 주방으로 걸어갔다. 어머니는 내가 우미와 결혼한 이후 십오 년 동안, 특별한 이유 없이 아내를 미워했다. 우미는 예절 바르고 순종적이었다. 그러나 어머니는 그런 우미에게 언제나 냉랭했다. 어머니와 우미는 여태껏 합일점 없는 평행선처럼 그렇게 지내왔다.

우미는 일본 군복을 입고 찍은 장인의 사진을, 우리 결혼식 사진과 함께 늘 거실에 걸어두었다. 한국과 달리 인도네시아에 사는 일본 혼혈인들이나 네덜란드 혼혈인들은 우월감을 가지고 있었다. 특히 백인계인 네덜란드 혼혈인들은 더 심했다. 아내 역시 그들처럼 자신의 아버지가 일본인이라는 것을 자랑스러워했다. 어머니는 우미의 그런 면이 싫었는지도 모른다. 인도네시안들은 일반적으로 식민통치를 했던 네덜란드인이나 일본인을 싫어했다.

나는 그동안 그 사실조차 인식하지 않고 살아왔다. 내게 중요한 것은 그들에 대한 증오가 아니었다. 어떻게 하면 지긋지긋한 가난을 극복하느냐였다.

주방에서 고기와 야채 볶는 냄새가 풍겨왔다. 아마 어머니가 나시고렝을 만드는 모양이었다. 오랜만에 맡아보는 고향 냄새를 맡자 마치 자카르타의 집에 앉아 있는 듯한 착각이 들었다. 어머니가 옆에 있으니 마음이 편안했다. 불안한 마음이 없는 것은 아니었지만 어찌 되었든 어머니가 서울에 온 뒤로는 무엇보다 집에서 저녁을 먹을 수 있어 좋았다. 칵핏 조종석에 앉아 급하게 먹어 치워야 하는 저녁 도시락은 생각만 해도 지겨웠다.

어머니가 수북이 담긴 나시고렝 접시를 식탁에 내려놓았다. 갖은 야채가 듬뿍 든 나시고렝은 보기만 해도 먹음직스러웠다. 나는 나시고렝을 오른손으로 정신없이 집어먹기 시작했다. 어머니는 허겁지겁 나시고렝을 먹는 나를 멍하게 바라보았다.

"마마, 여기에도 나시고렝 비슷한 음식이 있어요. 야채와 고기를 볶다가 거기에 다시 밥을 넣고 볶는 것이 아주 비슷해요. 맛도 비슷하구요."

어떻게든 말문을 열게 하고 싶었다. 그러나 어머니는 입을 꽉 다물고 넋 나간 듯한 표정만 지을 뿐이었다. 2주일 내내 내가 묻는 말에 간신히 고개를 끄덕이거나 저을 뿐이었다. 손아귀에 넣고 조금만 힘을 줘도 부스러지는 마른 새우처럼 어머니는 푸석해 보였다.

"보로부두르 사원까지 걸어갔던 일, 기억나세요 어머니?"

어머니가 그렇게도 보고 싶어하던 부처상들이 이 나라에는 곳곳에 있더라는 말을 하려고 보로부두르 얘기를 꺼냈다. 어머니는 일년에 한두 번씩 보로부두르 사원에 참배하러 갔었다. 나는 어머니가 의붓아버지의 심한 매질를 감수하면서까지 그곳에 꼭 가야 했던 까닭이 늘 궁금했다. 역사적으로 지금도 풀 수 없는 수수께끼라는, 오래된 회교 국가에 세워져 있는 그 불교 사원을 찾아 참배하는 사람은 인도네시아에 없었다.

사원의 뜨거운 태양은 아직도 기억에 생생했다. 끝도 없이 올라가야 하는 계단들, 꼭대기에 놓여 있는 수십 개의 스투파들, 까마득히 높은 곳에 태양과 맞닿아 있는 커다란 스투파 하나. 어머니는 그 스투파 안에 들어 있는 작은 부처를 만지기 위해 해마다 그곳에 갔다. 그 부처 앞에 두 손 모아 합장하며 머리를 조아리는 어머니 모습은 경건하다 못해 무섭게 느껴지기까지 했다. 알라를 믿지 않는다고 그 많은 난관을 겪었으면서도 고집스럽게 부처상을 찾아나서는 어머니를 나는 도무지 이해할 수 없었다.

어머니는 여전히 무표정하게 입을 다물고 거실 밖을 바라보고 있었다. 어머니 얼굴은 점점 더 굳어져가고 있었다. 어머니가 휘청휘청 방으로 들어갔다. 견디기 힘든 모양이었다. 이곳에 온 지 삼 년이 된 나도 견디기 힘든데 어머니는 오죽하랴 하는 생각이 들기도 했다. 오지 않겠다던 어머니를 억지로 오라고 한 것이 후회되었다.

한국 민간 항공사에서 높은 보수를 제의해 왔을 때의 흥분은 사라지고 이제 피곤만 잔뜩 남았다. 원래 그들의 제의와는 달리 국내 소도시만을 오가는 기종을 태우는 바람에 도대체 쉴 틈이 없었다. 하루에도 몇 번씩 뜨고 내려야 하는 국내선 비행은 빡빡한 스케줄 때문에 견디기 힘들었다. 게다가 스케줄을 짜는 편조과 직원들은 한국인 조종사들보다 더 많은 비행편수를 우리에게 할당해 주어 골탕을 먹였다.

"양복이 없습니까? 우리는 회사에 올 때 청바지 같은 작업복은 입지 않는데… 자카르타에서는 요즘 뒤늦게 청바지가 유행인가 보죠?"

다후(두부)처럼 허옇게 살찐 편조과 매니저 미스터 박은 노타이와 청바지 차림의 우리를 이렇게 비아냥거렸다. 다른 외국인 조종사들도 모두 우리처럼 일상복으로 출근하는데 그는 유독 우리에게만 그랬다.

그는 곧잘 우리 행동을 웃음거리로 만들었다. 그러나 불행인지 다행인지 그런 중에도 나는 다른 동료들보다 그에게 특별 대우를 받았다. 그는 날짜가 확실치는 않지만 애초의 제의대로 장거리 비행을 할 수 있는 다른 기종으로 전환시켜주겠다고 약속했다.

얼굴 생김새가 이곳 사람들과 비슷하다는 이유 하나만으로 나는 다른 동료들과는 다른 대우를 받는 셈이었다. 그러나 그럴 때마다 나는 참을 수 없는 굴욕감을 느껴야 했다.

인도네시아에서 같이 왔던 열두 명의 조종사 중 산토스가 제일 먼저 자카르타로 가버렸다. 매서운 서울의 겨울 날씨와 건조한 아파트의 실내, 그리고 바깥의 좋지 않은 공기 때문에 일년 내내 재채기와 기침에 시달려야 하는 것이 싫어서라고 했지만 실제로는 매니저 미스터 박의 모욕적인 태도 때문이라는 것을 모두 알고 있었다. 이들은 자기네들과 다른 우리의 사고방식이나 풍습을 언제나 틀린 것이고 열등한 것이라 여겼다.

"아무리 보수가 좋아도 이런 대접 받으면서까지 있고 싶지는 않아."

산토스의 송별식 날, 유난히 피부가 검고 다부지게 생긴 소루소는 핏발선 눈을 비비며 그렇게 말했다. 그러나 아무도 선뜻 그의 말에 동조하는 사람이 없었다. 우리들 대부분은 이곳 사람들의 질시에도 불구하고 이 일자리를 놓칠 수 없다고 생각하고 있었다.

나는 돈 앞에 무릎 꿇고 비굴하게 앉아 있는 내 모습을 떠올리며 소루소의 눈길을 피했다. 모두들 이곳을 하루라도 빨리 떠나고 싶어 했지만 누구도 그것을 입 밖에 내지 않았다. 산토스처럼 중간에 돌아가게 될까봐 두려워서였다.

그러나 그런 생활 중에서도 진저리나게 정이 붙지 않는다고 생각했던 이 나라의 어떤 부분이 차츰 좋아지기 시작했다. 이해할 수 없는 일이었다. 잦은 기침과 고열에 시달리면서도 차가운 바람이 콧속으로 들어올 때면 이상하게도 안도감 같은 것이 느껴졌다.

"피부색이 누래서 그런 것 아냐?"

동료들이 우스갯소리로 그런 말을 할 때마다 나도 정말 그럴지 모른다는 생각이 들기까지 했다. 20년 전 영국의 비행학교에서 공부하던 시절에 맛본 그 겨울은 지독히 춥고 견디기 어려웠다. 물론 그때는 지금처럼 모든 여건이 풍족하지 않았던 까닭도 있었지만 그 때문만은 아니게 이곳의 겨울은 내 마음을 끌었다.

휘청휘청 방안으로 들어간 어머니는 다시 밖으로 나오지 않았다. 식탁 위에는 비워진 나시고렝 접시만이 덩그렇게 놓여 있었다. 나는 접시를 개수대에 집어 넣고 조심스럽게 어머니가 들어간 방 문을 두드렸다. 잠이 든 듯 방에서는 아무 기척도 나지 않았다.

　서울에 온 지 벌써 2주일이 넘었지만 어머니는 공항 화장실에서 중얼거리던 안녕하시냐는 '아빠까바르'라는 말 외에 아직 한마디도 하지 않고 있었다. 그동안 나는 어머니가 공항에 도착해 보여주었던 비정상적인 행동 때문에 잠시도 마음놓을 수가 없었다. 무언가 일어날 것만 같은데 하루하루가 조용한, 그런 불안감이 2주일 내내 나를 짓누르고 있었다.

　어머니는 마치 죄 지은 사람처럼 이곳 사람 누구와도 마주치길 꺼려했다. 아파트 복도에서 어쩌다 사람들과 마주치면 재빨리 등을 돌려 집으로 뛰어들어왔다.

　그날, 어머니가 온다는 연락을 받고 공항에 갔던 나는 마음 졸이는 하루를 보내야 했다. 비행기가 도착한 지 두 시간이 넘었는데도 어머니는 나오지 않았다. 자카르타에서 온 승객들이 거의 다 나왔을 무렵까지도 어머니 모습은 보이지 않았다.

　수카르노 공항에서 걸려 온 아내의 전화대로라면 지금 비행기 편으로 왔어야 했다. 조급해진 나는 공항 청사 내의 공중 전화를 찾았다. 다급하게 어머니 이름을 대자 수화기 속의 안내양은 탑승객 명단에서 어머니의 이름을 확인해주었다. 다시 입국장 앞에 가 어머니를 기다렸다. 그러나 어느 곳에서도 어머니는 나오지 않았다. 더이상 기다리고 있을 수만은 없어서 공항 출입증을 보이고 황급히 대기실 안으로 들어갔다.

　많은 사람들 속 어디에도 어머니는 섞여 있지 않았다. 무슨 일이 일어난 것은 아닐까. 그렇게 한사코 오기 싫다던 어머니를 억지로 오게 한 것을 후회하며 정신없이 어머니를 찾아 헤맸다. 마음이 초조해진 나는 두리번두리번 어머니가 있을 만한 곳을 찾아 헤매기 시작했다. 불안한 마음에 이곳저곳 아무리 둘러봐도 어머니 비슷한 사람조차 눈에 띄지 않았다.

멍하니 짐 찾는 곳에 서 있던 내게 누군가 화장실이 어디냐고 물었다. 문득 의부에게 빗자루로 맞을 때마다 구석진 화장실 옆에서 울고 서 있던 어머니의 모습이 떠올랐다. 인도네시아에서 화장실은 어머니가 유일하게 혼자 있을 수 있는 장소였다.

화장실 쪽으로 달려갔다. 급하게 여자 화장실로 들어가려는 나를 청소하는 여자가 팔을 잡으며 막아섰다. 아마 이곳은 남자 화장실이 아니라고 말하는 모양이었다. 나는 긴 말을 늘어놓을 새 없이 연신 고개를 꾸벅이며 '아이 엠 쏘리'만을 외치며 화장실 안쪽으로 들어갔다. 화장실 안에 있던 여자들이 소리를 지르며 옆으로 비켜섰다.

"마마? 마마?"

정신없이 어머니를 불렀다. 청소부가 내 옷을 계속 잡아당기며 화를 냈다. 순간 그 소란 속에서도 내 귀엔 숨죽여 우는 어머니의 울음소리와 함께 어머니의 낮은 중얼거림이 들려왔다.

"아빠까바르… 아빠까바르 마 마……."

맨 마지막 칸의 화장실이었다. 나는 청소부의 손을 뿌리치고 울음소리가 나는 그 화장실 앞으로 다가갔다.

문을 두드렸다. 그러나 안에서는 아무런 반응이 없었다. 다시 세게 문을 두드렸다. 이젠 울음소리조차 들리지 않았다. 나는 숨을 크게 들이쉬고 화장실 문을 열어젖혔다. 어머니는 변기 왼쪽 귀퉁이에 돌아서 있었다. 우미가 마련해준 누런색 바틱 옷을 입은 어머니는 붉은 헝겊으로 싼 무언가를 가슴에 꽉 끌어안고 있었다. 뭐가 뭔지

도대체 알 수 없었다.

"아빠까바르, 아빠까바르 마… 가……."

어머니는 눈을 감고 계속 '안녕하세요 어머니'라는 그 말만 되뇌었다. 금방이라도 누군가가 건드리면 쓰러질 것 같은 어머니를 얼른 코트로 감싸안았다. 순간 어머니에게서 느껴지는 이상하고 낯선 기운에 나는 섬뜩했다.

입국장을 빠져나오면서도 어머니는 내내 고개를 웅크리고 똑바로 얼굴을 들려 하지 않았다. 옆을 지나가던 사람들이 힐끗힐끗 우리를 돌아보았다. 주차장에 세워둔 차를 가져와야 하는데 어머니 때문에 어떻게 해야 할지 난감했다. 그런 상태의 어머니와 함께 택시 정류장까지 간다는 것도 쉬운 일이 아니었다. 청사를 빠져나와 한숨을 쉬고 있는 내 앞에 차가 멈추어 섰다.

"웬일이십니까?"

뜻밖에 자주 같은 팀이 되어 비행을 하는 부기장 '민'의 얼굴이 보였다. 내게 늘 친절한 사람이었다. 그는 비행이 있을 때마다 이 나라 역사에 대한 이야기를 많이 했다. 특히 민은 일본 식민지 시대 때 일어났던 비극적인 일들에 대해 많은 얘기를 해주었는데, 그 당시 한국 남자들은 일본의 전쟁을 돕기 위해 억지로 일본 군대에 들어가기도 했고 동남아 곳곳에 노동자로 끌려가 희생되기도 했다고 했다.

우리도 과거 네덜란드의 오랜 통치를 받았고 5년여 동안 일본의 식민지 생활도 했던 터라 일본이 한국에 어떤 일들을 저질렀을지는 충분히 짐작할 수 있었다. 처음엔 그가 요즘 젊은 사람답지 않게 역사적으로 아주 오래된 일에 웬 관심이 그리 많을까 하는 생각을 하기도 했다. 그러나 언젠가 술자리에서 식민지 시절, 일본군 위안부

로 끌려갔다 온 '민'의 외조모의 불행했던 과거 때문에 그와 어머니
가 평탄치 않은 삶을 살아왔다는 애기를 듣고 그를 이해할 수 있었
다. 굳이 숨기고 싶었을 그 애기를 하며 민의 눈자위가 뻘개졌을 때
나 역시 자카르타의 어머니를 떠올리며 눈시울이 뜨거워졌던 기억이
났다.

그는 어디 가느냐는 말이 끝나기가 무섭게 내 팔에 안겨 있던 어
머니와 나를 번갈아 쳐다보았다.

"집에 가실 거면 태워다 드릴까요?"

당혹스런 눈초리로 '민'이 고개를 갸웃거리며 말했다. 한참 동안
어머니를 뚫어져라 바라보던 민은 밖으로 나와 트렁크를 받아 차 뒤
편에 실었다. 그때까지도 어머니는 커다란 내 코트를 입고 얼굴을
코트 속에 묻은 채 어머니 안녕하시냐는 말만 중얼거리고 있었다.

'민'은 트렁크를 닫으면서도 다시 한번 어머니를 뚫어져라 바라보
았다. 나는 고맙다는 인사할 겨를도 없이 어머니의 어깨를 감싸 안
고 차의 뒷좌석으로 들어갔다.

"저 어……."

이상하리만치 얼굴 표정이 굳어진 그가 더듬거리며 말끝을 흐렸
다. 그러나 그는 무언가를 물어보려다 입을 다물었다. 나도 고개만
끄덕였을 뿐 아무 말도 하지 않았다. 그 역시 더이상 입을 열지 않은
채 차를 몰아 공항을 빠져나갔다.

탈진한 듯 내게 머리를 기대고 있던 어머니는 눈을 감고 계속해서
'아빠까바르'를 되뇌었다.

굵고 가는 주름들로 뒤덮인 어머니의 메마른 얼굴을 손바닥으로
쓸어보며 여러 가지 일들을 곰곰 생각해보았다. 그러나 아무리 생각

해보아도 아까 공항에서 있었던 어머니의 행동은 이해할 수 없는 것 투성이였다. 왜 어머니가 공항 밖으로 선뜻 나오지 못하고 화장실에서 울고 있었는지, 왜 난데없이 '안녕하세요, 어머니'라는 말을 계속 중얼거리고 있는 것인지 도무지 알 수 없었다.

내가 사는 아파트까지는 불과 20여 분 거리밖에 되지 않는데도 민의 차가 신호등에 걸릴 때마다 괜시리 마음이 조급해졌다. 일초라도 빨리 집에 도착해 불안해하는 어머니를 안정시켜주고 싶었다. 여태껏 인도네시아 특산물인 바틱 염색공장에서 일하면서 나를 키워온 어머니의 삶은 비참했다. 의부의 또 다른 아내와 아이들까지 부양해야 했던 어머니는 하루 온종일 공장에 나가 일해야 했다.

염색물이 지워지지 않아 새까매진 손톱 밑이 눈에 들어왔다. 갑자기 목구멍으로 뜨거운 것이 울컥 올라왔다.

어머니에 대해서는 나도 의부도 모르는 구석이 많았다. 피부색이 남들과 달라 어렸을 적 내가 중국인이나 일본인이냐고 물으면 어머니는 고개를 젓기만 할 뿐 아무 대답도 해주지 않았다. 사실 내게 어머니가 어느 나라 사람이었는가는 살아가는 데 있어서 그리 중요한 일이 아니었다. 나와 어머니, 의부, 그리고 의부의 또 다른 아내와 아이들이 굶지 않는 일이 더 급한 일이었다.

의부는 닥치는 대로 일을 해 번 돈과 장학금으로 간신히 학교를 다니던 내게, 이 판국에 무슨 학교냐며 빗자루로 잔등을 후려치곤 했다. 너만한 나이에 밖에 나가 돈 벌어 오지 않는 것들이 있는지 보라던 그의 새까만 얼굴과 코코넛 나무를 잘게 갈라 만든 긴 빗자루는 지금도 생각하기 싫었다.

'피곤해.'

정말 이즈음은 정신적으로나 육체적으로 견딜 수 없이 피곤했다. 일년이 끝나고 계약을 갱신할 때마다 마음 졸이는 것도, 한국인 동료 조종사들의 질시 어린 눈총도 견디기 어려웠다. 그러나 이제는 어찌 되었든 애초에 그들이 약속한 대로 장거리 비행을 할 수 있는 다른 기종으로 바꾸어주기만을 고대할 뿐이었다. 그래야 좀 쉴 수 있는 시간이 생길 것 같았다.

어머니가 잠든 것을 확인한 나는 뻑뻑해지는 눈 주위를 문지르며 거실의 불을 모두 끄고 침실로 들어왔다. 덩그러니 놓여 있는 커다란 침대가 유난히 더 을씨년스러워 보였다.

부기장 '민'은 아까 긴장한 얼굴로 내게, 2주일 동안 스케줄이 달라 통 얼굴을 볼 시간이 없었다고 말했다. 오늘 마지막 비행에서 같은 팀이 되었던 '민'은 이상하게도 표정이 잔뜩 굳어 있었다. 그는 브리핑 시간부터 돌아오는 시간까지 내내 무슨 말을 꺼내려는 듯 머뭇거렸다. 나는 그러는 그를 보면서도 일부러 모른 척했다. 오늘은 어떤 한국인과도 이야기하고 싶지 않았다.

'민'은 멈칫 멈칫 무슨 말인가 하려다 결국은 어머니가 자기 차에 떨어뜨리고 갔다는 붉은 보따리만 내게 건네주었다.

거실 쪽에서 '삐이익' 하고 유리문 여는 소리가 들렸다. 잠든 줄 알았던 어머니가 거실에 혼자 나와 있는 모양이었다. 나는 조용히 방문을 열고 거실로 나왔다. 밖을 내다보고 있는 어머니의 뒷모습이 보였다. 젖힌 커튼 사이로 아파트 앞 가로등 빛이 2층 거실로 열린 만큼 들어와 있었다.

쏟아진 불빛 사이로 바퀴벌레 한 마리가 재빠르게 발을 움직여 주방 쪽으로 달아났다. 순간, 피범벅이 되어 쓰러진 누군가를 엿보다가 나무 위로 올라가는 벌레를 잡아 발뒤꿈치로 짓밟았던 어렸을 적 기억이 떠올랐다. 문득 바퀴벌레를 짓이기고 싶은 충동이 일었다. 그 기억은 구체적인 내용도 알 수 없었다. 그러나 그 기억들은 언제나 내 의식의 깊은 곳에 자리잡고 있다가 어떤 상황에 부닥치면 참을 수 없는 충동으로 한번씩 나타나고는 했다.

어머니는 유령처럼 손가락 끝 하나도 움직이지 않은 채 그대로 아주 오래도록 서 있었다.

앞동 아파트 어딘가의 불빛 하나가 꺼졌다.

"마마."

가슴 어딘가 무너져 내리는 소리에 가만히 어머니를 불러보았다.

무엇 때문에 어머니는 이곳에 온 뒤로 침울해하는 것인지, 이곳의 어떤 것이 어머니를 못 견디게 하는 것인지 도무지 알 수 없었다.

나는 끝없이 떠오르는 의문을 떨쳐버린 채 방으로 들어와 침대 위에 걸터앉았다.

피곤해서 뻑뻑해진 눈 주위를 문지르다가 아까 '민'이 전해준 어머니의 붉은색 보따리에 눈길이 멈췄다. 갑자기 그 속의 내용물이 궁금해진 나는 황급히 보따리를 풀었다.

그 속에는 아주 오래된 노트가 금방이라도 바스러질 듯한 상태로 들어 있었다. 조심스레 노트의 겉장을 넘겼다. 첫 페이지를 넘기자 낯익기는 하지만 온통 알 수 없는 글자들이 눈에 들어왔다. 나는 읽어보려 애썼지만 아무 글자도 읽어낼 수 없었다.

그것은 이곳의 글자였다.

천둥 치는 스콜 속에 있는 것보다 더 큰 소리가 귀에서 울렸다.

제대로 읽거나 쓸 수는 없어도 이곳의 문자라는 것쯤은 알 수 있었다. '쿵' 하고 가슴속 어딘가가 내려앉았다.

금방이라도 노트의 낡은 귀퉁이가 바스러져 나갈 것 같았다. 페이지 넘기기가 두려웠지만 꾹 참고 조심스레 두번째 장을 열었다. 누렇게 바랜 사진 한 장이 끼워져 있었다.

갑자기 속이 울렁거리기 시작했다.

일본 국기 앞에 십여 명의 어려 보이는 한국 여자들이 차렷 자세로 서 있었다. 가슴까지밖에 안 오는 짤막한 흰 윗도리와 검정색 긴 치마를 입은 여자들은 하나같이 초췌한 모습이었다. 사진의 제일 오른쪽 끝에는 우미 아버지가 입었던 군복과 똑같은 제복을 입은 남자가 근엄하게 총을 들고 서 있었다.

사진 속 사람들이 부옇게 보이기 시작했다. 나는 오른손으로 두 눈을 세게 문질렀다. 눈이 뻑뻑해왔다. 눈을 감았다. 마음을 가라앉히고 사진을 집어들었다. 그리고 사진 속 여자들을 눈으로 하나 하나 짚어나갔다. 열 명쯤의 여자들을 짚어나갈 즈음, 나는 고개를 오른쪽으로 돌리고 무표정하게 서 있는 어머니를 발견했다.

머리 속이 실타래처럼 엉켰다. 속이 메슥거리는 것을 참으며 거실로 뛰쳐나왔다. 유리문에 기대어 있을 어머니를 찾았다. 그러나 어머니는 그곳에 기대 있지 않았다. 기진해서 잠이 든 듯 소파 팔걸이 위에 머리를 누인 채 팔을 축 늘어뜨리고 있었다.

나는 천천히 소파 앞으로 다가가 어머니 손등에 얼굴을 댔다.

섬뜩했다. 내 얼굴에 닿은 어머니의 손끝은 무서울 정도로 차가웠다.

"마마! 마마!"

정신없이 어머니를 흔들었다. 그러나 어머니는 명주실처럼 가는 숨소리만 낼 뿐 아무 대답도 하지 않았다.

이대로 어머니를 보낼 수는 없었다. 어머니는 내게 더 많은 이야기를 해주어야만 했다. 의식 잃은 어머니를 업고 무작정 아파트 주차장을 향해 뛰기 시작했다. 축축하고 차가운 서울의 새벽바람이 땀으로 뒤덮인 내 얼굴을 때렸다.

차에 시동을 걸면서도 나는 마지막 남아 있는 숨소리를 확인하느라 계속 뒷좌석에 뉘어놓은 어머니를 들여다봐야 했다. 어머니의 숨소리가 들리지 않는 것 같아 몇 번이나 뒤를 돌아보았는지 모른다.

공항을 오고갈 때 무수히 보았던 병원 표지는 어느 곳에도 보이지 않았다. 간신히 응급실 사인이 되어 있는 병원을 찾아들었을 때는 시간이 꽤 지난 다음이었다.

심장마비라고 누군가 말했다. 의사와 간호사들이 몰려들었고 의사가 어머니의 가슴을 힘껏 눌러댔다. 이윽고 어머니 얼굴에 산소 마스크가 씌워졌다. 나는 산소 마스크를 쓴 어머니의 푸르스름한 얼굴과 좀더 두고 보자는 의사의 말을 뒤로 한 채 그만 응급실 밖으로 나와버리고 말았다.

응급실 밖 더러운 플라스틱 의자에 앉아 벽에 머리를 기댔다. 싸늘한 병원 벽의 냉기가 온몸으로 타고 흘러들었다.

응급실 맞은편 벽에 초침이 멈추어버린 시계가 보였다.

두세 시간 뒤에 있을 사천행 비행 스케줄을 교체하기에는 시간이 너무 지나 있었다.

어머니는 여전히 산소 마스크를 쓴 채 침대에 누워 있었다.

담당 의사는 연신 어머니 차트를 넘겼다. 긴 침묵이 흘렀다. 언제까지 연장할 거냐고 의사가 물었다. 벌써 몇 번째 묻고 있었다. 나는 아무런 답변도 하지 않았다. 어떻게 하라는 건지 모르는 사람처럼 멀뚱히 의사의 얼굴만 바라볼 뿐이었다. 의사는 이마를 찌푸렸다. 산소 마스크 속의 어머니는 여전히 무표정이었다. 나는 천천히 병실 문을 나섰다.

"미스터……."

누군가 뒤에서 나를 불렀지만 개의치 않았다. 내 차가 세워져 있는 병원 주차장으로 발길을 옮겼다.

사천으로 떠날 비행기 조종석에 앉아 안개가 가뜩 긴 활주로를 바라보았다. 옆자리에선 부기장이 밥알이 영 껄끄럽다고 투덜대면서 아침 도시락을 먹고 있었다. 산소 마스크를 쓴 어머니 모습이 자꾸만 떠올랐다. 무표정하게 오른쪽으로 고개를 돌리고 있던 흑백 사진 속의 어머니 모습도 떠올랐다. 오늘 새벽에 일어난 모든 일들이 아주 오래 전 일인 듯 현실감이 느껴지지 않았다.

이륙할 시간이 되었는지 관제탑에서 사인이 계속 들어왔다. 모든 것 이상 없으므로 이륙하겠다는 회신을 보낸 후 나는 잠시 멍하게 앞을 바라보았다.

"캡틴."

갑자기 부기장이 큰 소리로 나를 불렀다.

"점검 복창 안 하십니까?"

부기장은 양미간의 주름을 모으며 한쪽 눈썹을 꿈틀 위로 움직였다. 그제서야 다시 정신이 든 나는 오른편에 있는 스틱을 끌어당겼다. 비행기 기체가 천천히 활주로를 따라 움직이기 시작했다. 활주로가 비어 있으니 속력을 내도 좋다는 교신이 들어왔다. 속도를 조금씩 더 내기 시작하자 바닥을 긁는 바퀴의 굉음이 들려왔다. 무섭게 질주하던 비행기 동체가 드디어 활주로를 박차고 공중으로 떠올랐다. 악몽 같은 이륙의 순간이 지나가버렸다.

서서히 고도를 높이자 비행기는 뿌옇게 깔린 활주로의 안개를 뚫고 하늘로 치솟기 시작했다. 안전 벨트를 풀러도 좋다는 사인이 나기까지 나는 내가 무슨 기기를 작동했는지조차 기억나지 않았다. 시간이 흘렀다. 비행기 고도는 점점 더 높아져갔다. 어지러웠다. 구름 위를 올라서자 섬뜩하리만치 시퍼런 하늘이 바다처럼 펼쳐졌다. 멍하게 밖을 바라보고 있던 내게 부기장이 마이크를 뽑아 내밀었다.

"승객 여러분 안녕하십니까? 저는 사천까지 여러분을 편안하게 모실 기장 수하르디……."

목이 막혔다. 목구멍으로 올라오는 뜨거운 이물감에 더이상 그 다음 말을 할 수 없었다. 리시버를 귀에 꽂고 있던 부기장이 당황한 표정으로 나를 바라보았다. 부기장은 창백해진 얼굴로 아무 말 못하고 있는 내게서 마이크를 빼앗아 황급히 다음 말을 이어가기 시작했다.

귀에서 웅웅거리는 소리가 들려왔다. 나는 무릎에 얼굴을 파묻고 양 손으로 귀를 막았다. 또다시 참을 수 없는 어떤 충동에 몸이 떨렸다.

'영락없이 한국 사람이군요. 중국계인 것 같지도 않고 말이죠. 거참.'

새삼스레 편조과 매니저 미스터 박의 말이 생각났다. 이곳 텔레비전 뉴스에 한동안 보도되었던 캄보디아 한국인 위안부 노인의 모습도 떠올랐다.

하이재킹 시를 대비해 오른쪽 발목에 찬 권총이 오늘따라 유난히 거북스러웠다.

식은땀을 흘리며 괴로워하는 나를 보며 부기장과 기관사가 서로

의아해하는 눈짓을 주고받았다. 발목에 찬 권총을 빼냈다. 날아갈 것만 같았다. 그리고 천천히 자리에서 일어서 내리쬐는 태양을 향해 겨누었다.

"마마……."

산소 마스크를 쓰고 병원에 누워 있을 어머니를 불렀다.

강렬한 태양이 칵핏 안으로 쏟아져 들어왔다.

흰색 유니폼 소매 위로 붉은 액체가 뚝 떨어졌다. 코피였다. 핏자국은 햇빛에 더 붉고 선명하게 보였다.

몸서리가 쳐졌다. 세 살 때였는지 네 살 때였는지, 그건 확실치 않았다. 끝없이 펼쳐진 커피 농장에 검붉은 피가 가슴에 범벅인 채 누군가 죽어 있었다. 그가 나와 잘 아는 사람이었던 것 같기도 하고 전혀 모르는 남 같기도 했다. 좀더 기억을 더듬어보고 싶었지만 그 기억은 영화 속 한 장면처럼 화면으로만 남아 있을 뿐, 더이상 생각나지 않았다.

군데군데 커피나무들이 꺾여 쓰러져 있었다.

'패잔병 놈들 짓이야' 하며 주변 사람들이 소리 질렀고, 어머니는 누워 있는 그를 흔들며 울고 있었다. 피범벅이 되어 죽어 있던 누런 얼굴의 그 사람을 향해, 파리떼들이 시커멓게 달려들었다.

"마마!"

눈물이 흘렀다. 찝찔한 액체가 입 안으로 흘러들었다.

태양은 여전히 칵핏 안을 내리쬐고 있었다. 눈이 부셨다. 눈이 부셔 차마 눈을 뜰 수가 없었다.

카프카, 황금 소로를 따라서

　이 비행기 안의 소음은 유난히 심했다. 작고 낡은 비행기라서 그런지 이륙 직전의 엔진 진동이 크게 느껴져 기분이 좋지 않았다. 나는 비행기에 들어서면서부터 느껴지던 진동 때문에 짜증이 났지만 꾹 참고 자리를 찾아 앉았다.

　그런데 자리를 찾던 나는 아까부터 나를 쳐다보던 눈길을 의식하지 않을 수 없었다. 그 여자는 민망하리만치 내게서 눈을 떼지 않았다. 처음에는 우연히 시선이 마주친 거라고 생각했다. 시간에 쫓겨 허겁지겁 마지막으로 올라 타느라 먼저 비행기에 탄 사람들의 시선이 모두 내게 몰려 있었기 때문이었다.

　빈 자리는 그 여자 옆자리뿐이었다. 나는 잠시 머뭇거리다 짐칸에 가방을 집어 넣었다. 그리고 보니 얼굴을 반쯤 가릴 만큼 큰 선글라스를 낀 그녀는 나를 제외하고는 이 안에서 유일한 동양인이었다. 나는 공연히 핸드백을 한번 여닫았다.

서로 눈길이 마주쳤을 때 나는 어색하게 웃으며 그 여자에게 가볍게 고개를 숙였다. 그러나 여자는 아까 나를 뚫어져라 바라보던 때와는 달리 내 목례를 무시한 채 쌀쌀맞게 고개를 돌려버리고 말았다.

여자는 아프리카 여인들이 치장한 것처럼 팔목에 갖가지 문양의 은팔찌들을 가득 끼고 있었다. 어디선가 많이 본 듯한 여자였다. 아무도 날 알 사람이 없는 이런 곳에서 어디선가 본 기억이 있는 듯한 사람을 만나다니… 나는 고개를 갸웃거렸다.

여자는 자신을 주시하고 있는 내 시선을 무시한 채 막 이륙한 활주로를 바라보고 있었다. 한참 후, 창 밖만 바라보던 여자가 담배를 꺼내 입에 물었다. 팔목 가득 채워져 있는 은팔찌들이 우르르 그녀 팔꿈치 쪽으로 몰렸다. 담배를 힘껏 빨아들인 여자가 길게 연기를 내뿜으며 팔을 내리자 여자의 팔찌들이 다시 우르르 아래로 내려와 부딪치며 찰그랑 소리를 냈다.

"아슬아슬하게 탔군요."

남승무원이 내 앞에 다가와 웃으며 말했다. 오른쪽 입술 끝이 비뚤어지면서 웃는 그 남승무원을 보자 문득 '윤'이 더 보고싶어졌다. '윤'도 웃을 때면 꼭 저 남자처럼 한쪽 입술 끝이 비뚤어지곤 했다. 비행기 타느라 까마득히 잊어버리고 있던 윤에 대한 기억들이 다시 떠올랐다.

아까 마음 같아서는 비행기가 그냥 떠났으면 싶었다. 체코 비자는 공항에서 20분 만에 나오니까 걱정 말라던 대사관 직원의 말을 믿을 수가 없다든가, 막상 그곳에 가려 하니 왠지 마음이 내키지 않는다든가 하는 따위의 생각들을 떠올리며 늑장을 부리기까지 했다.

이렇게 오늘 내가 프라하행을 결심한 것은 한 달 전, 내년 가을 신

상품 패션 화보를 찍으러 베를린으로 떠난다는 박 감독의 말을 듣고
난 뒤부터였다.

　내가 독일에서의 촬영이 끝나면 며칠 휴가를 내야겠다고 말하자
박감독은 ‘미쳤구만’ 하며 나를 쳐다보지도 않았다. 나는 그의 그런
말에 신경쓰지 않았다.

　박 감독은 뉴욕에서 제법 알려지기 시작한 사진작가 스튜디오에서
자리잡고 일하던 나를 꼬드겨 서울로 데리고 온 장본인이었다.

　그러나 난 역시 사진을 찍어 돈을 버는 일에는 별 흥미가 느껴지
지 않았다. 어머니 말마따나 아버지를 닮아서였을까. 돌아온 뒤 계
속 패션 카탈로그에 실을 사진만 찍어대는 바람에 나는 그동안 어떻
게 하면 이곳에서 도망갈 수 있나를 궁리하고 있었다.

　그러고 보면 내가 서울로 돌아오게 된 것은 내 자신의 능력에 대
한 절망감이나 서울에 돌아가 어머니를 잘 보살펴드려야 하지 않느
냐는 박 감독의 꼬드김 때문이었다기보다는 ‘윤’에 대한 절망감 때
문이었는지도 모르는 일이었다.

　그러나 이번에 굳이 프라하에 가는 것이 ‘윤’이 오래도록 그곳에
머물러 있을 예정이라는 편지를 받아서라고는 생각하고 싶지 않았
다. 왠지 그를 생각하면 이상하게도 화가 치밀어올랐다. 언제나 그
가 손짓하는 대로 움직이는 자신을 보는 것이 이젠 지긋지긋했다.

　그는 한번도 나를 진지하게 원한 적이 없었다. 그저 곁에 누워 있
어달라고 요청할 뿐이었다. 그를 떠나온 뒤 나는 그의 기억에서 벗
어나려 무진 애를 썼다.

　아버지의 장례식 날, 아버지 영정 앞에 서서 나는 ‘윤’과의 섹스를
상상했다.

아버지가 연출했던 연극들, 대머리 여가수, 환도와 리스, 관객 모독… 내게 눈길 한번 주지 않던 아버지였다. 마치 '윤'이 내게 그랬던 것처럼. 나는 어렸을 적부터 늘 나를 원하지 않는 사람을 그리워하는 일에 익숙해 있었다.

대학 때 전공인 그림을 버리고 단순히 벌이를 위해 시작한 사진 작업은 순탄치 않았다. 어머니 소원대로 아버지가 내팽개친 집안을 이끌어갈 만큼 벌이가 될 만한 직업을 잡기도 쉽지 않았고, 어머니 곁에서 더이상 아버지에 대한 비난을 듣고 싶지도 않았다. 난 돌파구가 필요했다. 어머니에게서 멀리 벗어나고 싶은 마음이 그런 생각을 들게 했을 것이다.

돈키호테처럼 뉴욕에서 작은 화랑을 경영한다는 학교 선배의 주소 하나를 달랑 들고 무작정 미국으로 갔다. 찾아간 선배의 화랑에서도 한국에서와 마찬가지로 내가 할 일이란 아무것도 없었다. 그 선배는 내게 그저 잠 잘 수 있는 공간을 제공해줄 수 있을 뿐이었다.

그렇게 몇 개월을 지낸 후 선배에게서 하반신 마비 환자의 간병인 자리가 났다는 얘기를 들었다. 나는 일을 하겠다고 말했다. 선배는 힘이 센 남자들도 하기 힘든 일인데 할 수 있겠냐며 걱정했지만 나는 망설이지 않고 그 집으로 들어갔다.

시간을 많이 뺏길 것 같아 사실은 나도 간병인으로 일하고 싶지는 않았다. 그러나 막상 그 집에 들어가 보니 힘든 일은 그다지 많지 않았다. 그는 선배가 얘기했던 것보다 훨씬 더 정신적 여유가 있어 보였고 아그리파 조각상처럼 단정한 얼굴을 가지고 있었다. 그를 본 순간 그에게 정신없이 빠져드는 자신을 추스를 수가 없었다. 그날부터 나는 미친 듯이 그가 나를 좋아해주기만을 원하며 지냈다. 아버지 주변을 맴돌던 것처럼 나는 '윤'의 주변을 맴돌았다.

간병인이라고는 했지만 전문 간호사가 늘 집에 상주해 있었기 때문에 별달리 어려운 일은 없었다. 나는 그의 곁에 있을 수 있다는 것만으로 좋았다. 사진 공부를 하기에 충분한 급여도 나를 행복하게 했다.

그러나 하루 온종일 말도 하지 않는 '윤' 옆에 있다가 그가 원할 때면 종종 곁에 누워 있어야 하는 일은 참기 힘든 고통이었다. 처음엔 수치감에 어쩔 줄 몰라했던 기억이 지금도 생생하다.

한국에 온 뒤 잘 지내느냐고 써보냈던 내 엽서에 답장하지 않던 그에게서 얼마 전 편지가 왔다.

네가 없기 때문에 뉴욕을 떠난 건 아니야, 네가 없어 견디기 어렵긴 했지만. 난 너를 사랑했던 건지도 몰라. 그저 네 몸 가까이 내 몸을 부딪치고 있었을 뿐인데 말이야. 참 이상해. 네가 없다는 것을 아무리 인식하려 해도 그게 잘 되지를 않아. 갈수록 더 심해지는 것이 두려워. 게다가 노인은 갈수록 치매증상이 심해지는 것 같아. 어머니가 온전한 정신이었던 날은 얼마나 될까?

그는 내게 그 편지에서조차 끝끝내, 사랑했던 건지도 모른다는 유추형 어미로 말을 맺었다.

같이 있는 동안 그는 고급 유료 양로원에 있다는 부자 어머니를 한번도 찾아가본 적이 없었다. 그런데도 '윤'은 나와 있을 때면 늘 어머니 이야기를 했다.

"왜 어머니를 찾아가지 않죠?"

"그녀가 한번도 날 사랑한 적이 없다고 생각하기 때문이야."

"지금은 온전한 정신이 아니잖아요."

"그래서가 아니야. 그녀는 날 귀찮아했어. 특수 학교에 다닌다는 명목하에 어려서부터 떨어져 살았지. 어머니는 방학 때도 내가 집으로 돌아오지 않기를 바랬어. 나는 그녀에게 귀찮은 존재였으니까."

어머니가 그녀를 사랑해줄 여자를 찾아 헤맬 때 '윤'은 언제나 방 한귀퉁이에서 어머니를 기다렸다고 했다. 부자인 어머니에게서 돈을 송금받는 것 외에 별도로 연락하지도 않고 지냈다던 '윤'은 그 말을 할 때면 언제나 돌아서 천장을 올려다보았다.

"어머니는 내게 늘 말했어. 네가 귀찮아서는 아니라고."

사람들은 그럴싸한 이유를 잘 만들어낸다. '윤'의 늙은 어머니처럼. 그렇지만 아버지는 한번도 그런 종류의 변명을 한 적이 없었다. 그리고는 나와 어머니 곁에서 사라져갔다.

"내 옆에 있어줘."

'윤'은 언제나 그렇게밖에 말하지 않았다. 그는 왜 더이상의 요구를 하지 않는 것인지 알 수 없었다. 그럴 때면 나는 시트를 들추어 그의 옆에 누워야 했다. 그가 움직일 수 있는 오른손으로 내 몸을 더듬을 때 내 목구멍에서는 뜨거운 것이 올라오곤 했다.

옆에 어색하게 앉아 있던 뚱뚱한 독일 여자가 나를 힐끔 보더니 자신도 담배를 피워대기 시작했다. 이 좌석이 맨 끝의 흡연석이었던 까닭에 담배를 피워도 괜찮겠느냐고 양해를 구하는 사람은 아무도 없었다. 눈이 따가웠다. 하루종일 피워대는 어머니의 담배 연기만으로도 나는 담배 연기에 질려 있었다.

"네 애비 생각만 하면 이가 갈려."

어머니는 내 얼굴만 눈에 띄면 마치 내가 아버지라도 되는 것처럼 으르렁거렸다.

여자도 어느새 새 담배를 꺼내 들었다. 앞, 뒤, 옆에서 뿜어대는 연기로 곧 질식할 것만 같았다. 그러는 와중에서도 눈길이 또 여자에게로 향했다. 그녀의 모습은 기이하기 짝이 없었다. 실내에서도 계속 쓰고 있는 유행 지난 선글라스도 이상했지만 날씨에 어울리지 않게 얇게 차려 입은 옷매무새도 유난히 어색했다. 커다란 선글라스에 가려져 외모로 정확한 나이를 가늠해볼 수도 없었다.

그러나 어딘지 조화가 이루어지지 않은 듯한 여자의 분위기는 왠지 낯이 익었다. 나는 여자를 어디에서 봤을까 기억해내려 애를 썼다. 그 여자의 얼굴을 계속 봐서였는지 아니면 서양 사람들 중에 있어서였는지 그 여자의 튀어나온 광대뼈가 더 도드라져 보였다.

'찰그랑' 은팔찌 부딪치는 소리가 다시 들렸다. 이상하게도 그 소리는 간신히 누르고 있던 내 감정을 뒤흔들어놓았다. 나는 여자에게 카메라를 들이대고 싶어졌다. 그녀를 이쪽 저쪽에서 마구 찍어대고 싶은 충동이 끓어올랐다.

그 여자와는 아무런 연관성도 없는데 어머니에 대한 적개심이 동반되면서 나는 그 여자를 찍고 싶다는 욕구를 억제할 수 없었다.

여자의 은팔찌 부딪치는 소리가 들릴 때마다 하는 짓거리가 꼭 즈이 애비 닮았다는 어머니의 악다구니 받친 말도 자꾸 생각났다. 이해할 수 없었다. 여자의 팔찌 부딪치는 소리에 어머니에 대한 적개심이 왜 떠오르는 것인지.

어머니는 입버릇처럼 내가 아버지를 쏙 빼닮았다고 했다.

작년 이맘때쯤 어머니는 체코에서 열린 제3세계 연극제에 참가했던 아버지가 프라하에서 증발된 뒤에도 아버지 걱정을 하지 않았다.

오랫동안 같이 살지 않았으므로, 아버지를 증오하고 있었으므로 그럴 수 있다는 생각이 들기도 했다. 그러나 프라하 근교의 낮은 강가에서 아버지의 시체가 발견되어 집으로 연락이 왔을 때도 어머니는 슬퍼하지 않았다.

내, 그 인간이 결국엔 그렇게 죽을 줄 알았어. 어머니는 내뱉듯 그렇게 말했을 뿐이다.

"편한 것도, 돈도 싫다는 인간이니까 내버려둬라."

어렸을 적, 가끔씩 옷을 갈아 입으러 들어왔다 나가는 아버지를 붙잡는 나를 보며 어머니는 그렇게 소리쳤다.

"미안하다."

그럴 때마다 아버지는 뒤돌아서 내게 언제나 그렇게 말했다. 그 말을 언제부터 그만두었는지 기억이 확실치 않다. 대문 밖을 나가는 아버지의 뒷모습만 각인되어 있는 것을 보면 아주 어렸을 적의 일이 아닌가 싶다.

고등학교 때의 일이다. 무심히 TV 채널을 돌리자 아버지의 얼굴이 화면 가득 비쳐졌다. 문화계 동정을 알리는 프로그램인 모양이었다. 아버지는 방송국의 문화부 기자와 연극에 관한 이야기를 하고 있는 듯했다. 예상치 않게 아버지를 본 어머니는 마치 더러운 벌레를 본 듯 신경질적으로 텔레비전을 껐다.

"인간도 아니야."

어머니와 아버지가 왜 헤어졌는지 확실한 이유를 알 수 없었다. 어머니도 나에게 왜 그들이 헤어져 있는 것인지 왜 아버지가 집에 들어오지 않는 것인지 얘기해주지 않았다. 우리 집에서는 그 말을 하는 것이 금기처럼 되어 있었다. 단지 어머니가 아버지를 증오하는 말만이 허용되어 있을 뿐이었다. 나는 끊임없이 아버지가 소속되어 있는 극단 주변을 서성이며 아버지의 연극을 보았다.

나는 열심히 아버지의 연극을 보러 다녔다. 그러나 대학을 다 졸업할 때까지도 나는 아버지 곁에 다가가지 않았다. 언제나 주변에서 지켜만 볼 뿐이었다. 아버지 역시 한번도 내게 다가오라고 손을 벌려주지 않았다. 아버지가 어느 남자 배우와 이상한 사이라는 사실이 알려지기 시작했을 무렵에도 나는 아버지의 연극을 계속 보러 다녔다.

아버지의 연극이 평론가들에게서 인정을 받기 시작했던 때와 맞추어 그 소문은 눈덩이처럼 불어나기 시작했다. 사람이 사람을 사랑하는 것이 왜 비난받아야 되느냐, 자연의 섭리대로 이성을 사랑하는 것이 정상적인 인간이다, 그러면 왜 신부나 수녀들은 자연의 섭리에 따르지 않고 혼자 사느냐? 방법의 차이일 뿐이다, 무조건 싫다, 구역질난다……

비행기가 좋지 않은 기류를 만났는지 약간 기우뚱거렸다. 그 때문에 나는 아버지의 기억에서 잠시 빠져나올 수 있었다. 아버지를 떠올릴 때마다 나는 감정을 추스를 수가 없다. 비행기 중간 쪽에서 음식을 나르던 스튜어디스가 음식이 담긴 쟁반을 든 채 기우뚱거렸다.

차가운 햄 몇 조각과 치즈가 담긴 쟁반이 놓여졌다. 먹고 싶지 않았다. 하지만 저녁값을 아끼려는 생각에 쟁반을 받아 들고 맥주를 청했다. 빵을 뜯어 차갑고 짠 햄을 얹어 입에 집어 넣고 맥주를 마셨다. 맥주의 씁쓸한 맛이 훈연된 햄의 냄새를 없애주었다.

'윤'은 아직도 프라하에 머물고 있을까? 거기 씌인 주소대로 찾아갈 수 있을까? 마음이 불안해지기 시작했다. 짧은 거리여서 그런지 식사가 채 끝나기도 전에 프라하 공항에 곧 도착한다는 기내 안내 방송이 흘러나왔다.

창가 옆에 앉은 여자는 아직도 뚫어질 듯 바깥 풍경을 내다보고 있었다. 밖은 이미 밤이라서 아무것도 보이지 않는데 여자는 턱에 괸 손 한번 내리지 않고 밖을 내다보았다.

피곤했다. 나는 의자를 젖혀 고개를 뒤로 기댔다.

기억날 듯하면서도 영 기억나지 않는, 여자가 누구인지 알아내기를 포기한 순간 조명 꺼진 어두운 무대 위에서 허망하게 천장을 바라보던 배우의 옆 얼굴이 그림자처럼 떠올랐다. 무대 밖에서 스며드는 희미한 불빛에 보이던 그 남자 배우의 얼굴과 까만 창 밖을 내다보며 턱을 괴고 있는 여자의 모습이 서로 겹쳐지기 시작했다.

어렸을 때의 기억이라 확실치는 않았다. 그러나 그 여자의 안경 속으로 보이는 눈매와 콧날이 분명 주인공으로 나왔던 그 배우와 많이 닮아 있었다. 그는 아버지와의 사건 이후 독일로 떠났다고 했다. 예전 일이 생각나자 왠지 마음 한켠이 무거워졌다. 그녀를 피해 얼굴을 통로 맞은편 창문으로 돌렸다. 이상한 조우였다.

창문으로 보이는 프라하는 어둡기 짝이 없었다. 하지만 다른 공항처럼 번쩍이는 불빛이 보이지 않아 오히려 친근하게 느껴졌다.

괜히 쓸데없이 핸드백을 뒤져 볼펜을 꺼내기도 하고 지갑을 들춰보기도 했다. 큰 유리창 안으로 제도용 용지가 세워져 있는 설계 사무소가 보인다던 모텔을 금방이라도 찾을 수 있을 것처럼 아무 대책 없이 비행기를 탄 것이 불안했다.

그녀는 담담히 담배 연기 속에 몸을 맡기고 있었다. 그녀는 수많은 은팔찌 속에 자신의 팔을 묶어놓은 채 여전히 밖을 내다보고 있었다.

비행기가 활주로에 덜커덩 내려앉았다. 바퀴가 땅에 닿는 순간 몸이 심하게 흔들렸다. 비행기는 브릿지에 바로 연결되지 않고 활주로 중간에 세워졌다.

입국장 입구까지 승객을 태워다 줄 버스 한 대가 승객들을 기다리고 있었다. 활주로 주변의 불빛처럼 버스의 불빛과 공항 안의 불빛도 그다지 밝지 않았다. 사람들을 맞는 공항 직원 어느 누구도 승객을 향해 웃지 않았다.

비자 발급받는 곳은 환전소 바로 옆에 위치하고 있었다. 줄 서 있는 사람들 뒤에 가 서서 돈을 바꾸고 비자 발급하는 곳에 갔다. 이제 이름조차 잘 기억나지 않는, 한때 아버지의 여자였던 그 남자는 벌써 공항을 빠져나가고 없었다.

유리벽 속의 낡은 감색 제복을 입은 사람이 모자를 벗었다 다시 쓰며 하품을 했다. 나는 유리벽 밑에 뚫린 조그만 구멍으로 여권과 달러를 내밀었다. 이 비행기가 제일 마지막 편이었는지 공항에 근무하는 사람들 대부분이 피로한 기색이었다.

사회주의 국가였던 나라들이 그렇듯 비자를 받고 환전소에서 돈을 바꾸고 하는 데 시간이 꽤 걸렸다. 모든 절차를 다 마치고 짐 찾는 곳에 가보니 내 가방만 덩그러니 팽개쳐져 있다. 게다가 가방 밑의 바퀴 한 개까지 어디론가 달아나고 없었다. 그 가방 모습이 한쪽 구석이 패여 있어 균형을 못 잡고 있는 내 모습과 흡사한 것 같아 외면해버리고 말았다.

직원들은 삼삼오오 모여 있었다. 그들은 딱딱한 얼굴로 모여 있을 뿐 큰 목소리로 떠들거나 얘기하는 사람들은 보이지 않았다. 자동문을 빠져나와 인포메이션에서 편지 봉투에 씌어 있는 모텔을 아느냐고 물었다. 안내하는 여자는 그 주소를 한참 들여다보더니 올림피아 호텔 가까이에 있는 주소라고 일러주었다.

메모를 받아 들고 공항 밖으로 나왔다. 비가 부슬부슬 내리고 있었다. 모두 말이 없었다. 운전석에 앉아 있는 운전사도 버스에 타고 있는 승객들도 하나같이 무표정이었다.

버스에 사람이 거의 찼을 무렵 버스는 세차게 와이퍼를 밀며 달리기 시작했다. 공항을 빠져나오자 점점 어두워지는 시내 풍경에 몸이 움츠러들었다. 버스 안의 불빛도 침침했다. 어둠에 익숙한 도시였다.

얼마쯤 달리더니 버스 운전사가 라디오를 켰다. 승객들은 라디오 소리에도 여전히 미동도 하지 않았다. 비가 점점 더 세차게 내렸다.

라디오에서 남자 가수의 노래가 흘러나왔다. 아마 남자와 여자와의 이루어질 수 없는 사랑을 노래하는 모양이었다. 순간 나는 아버지와 '윤'이 떠올랐고 곧이어 사랑을 늘 이렇게 슬프게 노래해야 하는 것에 짜증이 났다.

거리에는 드문드문 모텔의 불빛만 보일 뿐 그 외 별다른 불빛은 보이지 않았다. 띄엄띄엄 지나다니는 자동차들과 간간이 우산을 받쳐 든 사람들만 눈에 띄는 그런 도시였다.

시내에 가까워질수록 비가 더 세차게 내렸다. 가방 속에 든 우산을 꺼낼까말까 망설였다. 가방 어느 구석에 들어 있을지도 알 수 없는 데다가 빗물 묻은 우산을 제대로 말리지 않고 집어 넣었을 때의 불쾌감이 싫어서였다. 나는 명쾌하지 않은 것은 싫었다. 그러면서도 해답을 찾지 못하고 바보처럼 끌려다니기 일쑤였다.

공항 버스는 가로등 불빛만 흐릿하게 비추어지고 있는 어느 낡은 건물 앞에 섰다. 밤이라 제대로 볼 수는 없었지만 시내가 온통 오래

된 건물들뿐임을 짐작할 수 있었다.

사람들이 내리기 시작했다. 버스 맨 뒤켠에 앉았던 나는 운전사에게 편지 겉봉의 주소로 가려면 어떻게 해야 하는가를 물었다. 영어를 잘 못하는 그 운전사는 체코 말과 영어를 뒤섞어 얘기를 했지만 도무지 알아들을 수가 없었다. 못 알아듣는 게 답답했던지 버스 운전사는 내 팔을 잡고 버스에서 내렸다. 흐릿한 가로등 서너 개만이 그 많은 건물들을 비추고 있었다. 그는 길 건너편의 지붕이 씌워져 있는 택시 정류장을 가리켰다.

추적추적 내리는 비를 맞으며 택시 정류장으로 뛰어갔다. 늦은 탓인지 차는 몇 대 서 있지 않았다. 비를 피해 금발의 여자와 햄버거를 먹고 있던 젊은 운전사가 재빨리 내 가방을 받아 들었다. 운전사가 잠시 망설이는 눈치를 보이자 금발의 여자는 괜찮다며 고개를 가로 저었다. 시동을 걸면서도 그는 계속 뒤를 향해 손을 흔들었다.

차가 움직였다. 무심코 뒤를 돌아보았다. 남자의 햄버거와 콜라를 받아 든 그 여자는 아직도 빗속에서 손을 흔들고 있었다. 나는 그 금발의 여자가 부러웠다.

택시 안에도 역시 음악이 흐르고 있었다. 이 나라 사람들도 우리 나라 사람들처럼 노래를 좋아하는 모양이었다. 버스에서와 달리 이 택시 안에서는 팝송이 흘러 나왔다. 백미러로 내 모습을 흘끗거리던 운전사는 껌을 씹으며 테이프에서 흘러나오는 노래를 따라 불렀다. 그는 나를 섹스 파트너를 찾아 여행 온 일본 여자쯤으로 생각하고 있는지도 모르는 일이었다.

택시는 시내를 벗어나 점점 불빛이 없는 외곽으로 달려갔다. '윤'이 묵고 있다는 호텔에 가까워질수록 도로 돌아가고 싶은 생각이 들었다. 난 왜 이렇게 '윤'에게 가까이 가는 것이 두려운 것인지 알 수 없었다. 그가 있는 곳에 가까이 오자 다시 도망치고 싶어졌다.

갈수록 비는 더 사나워지고 그에 따라 와이퍼도 부지런히 움직였다. 택시 안을 울리는 마이클 볼튼의 노래, 젊은 운전사의 휘파람 소리, 관능적인 눈빛으로 나를 바라보고 있는 싸구려 사진 속의 여자, 낡은 와이퍼에서 나는 찌걱거리는 소리, 1초마다 채각대며 올라가는 요금 미터기 소리들……

불빛도 없는 외곽 도로를 달리던 택시가 드디어 커다란 나무가 가운데에 서 있는 나지막한 건물 앞에 섰다. 운전사는 내리치는 비를 맞으며 뒤 트렁크를 열고 가방을 꺼냈다.

관광하실 건가요? 가방을 내게 건네주며 강한 액센트가 섞인 영어로 물었다. 잠시 망설였다. 내가 왜 이곳까지 왔는지 순간 혼돈스러워졌다. 관광할 거냐는 그의 말을 듣는 순간 나는 내가 이곳에 그저 놀러 온 것이 아닌가 생각되었다.

나는 조용히 고개를 가로저었다. 비가 세차게 내리는 통에 그새 청바지와 블라우스가 흠뻑 젖어 있었다. 모텔과 붙어 있는 건물의 이층 유리창에 제도용 용지가 여러 개 세워져 있는 것이 보였다. '윤'이 말한 대로 이 모텔의 옆 건물이 건축 설계 사무소인 것이 틀림없었다. 나는 추위 때문에 몸을 부르르 떨며 모텔 안으로 들어섰다.

몸집이 크고 눈썹이 짙은 주인 남자가 표정없이 나를 맞았다. 여권을 달래서 훑어본 뒤 따라오라는 눈짓을 했다.

나무 계단에 깔아놓은 붉은 카펫이 낡아 색깔이 바랠 대로 바래 있었다. 이 집의 이름 체키와 색깔이 바랜 붉은 카펫은 서로 잘 어울렸다. 나는 곧잘 서로 아무런 관련도 없는 사물의 이미지가 서로 잘 어울리는지에 관심을 갖는다.

이층으로 올라가자 긴 복도가 나왔다. 깨끗하게 색칠은 되어 있지만 조잡한 재질의 문짝들이 나란히 도열하듯 서 있었다.

객실에 들어서자마자 신발을 벗었다. 꽉 조여 있던 발을 풀자 날아갈 것 같았다.

"아무 불평도 않는 널 보면 지긋지긋해."

어머니는 자신의 어떠한 행위에 대해서도 불평하지 않는 나를 못마땅해했다. 내가 어떻게 해야 그녀의 울분이 사그라질지는 가늠할 수 없었다. 어머니는 아버지의 죽음 후에도 아버지에게 평생 쏟아왔던 비난들을 내게 퍼부었다.

방 안에 텔레비전이 없는 것이 마음에 들었다.

구식 라디에이터를 사이에 두고 양쪽으로 나뉘어 벽에 간신히 붙어 있는 조그만 침대 두 개가 마치 라디에이터를 보호하기 위해 있는 것 같아 보였다. 양쪽에 붙어 있는 침대의 구조가 내 마음을 편하게 해주었다.

왼쪽 침대 머리맡 쪽에는 일방적으로 채널이 고정된 정사각형 모양의 스피커가 차지하고 있었다. 아까 버스에서 들었던 멜로디와 비슷한 노래들이 울려 나왔다. 침대 머리맡으로 다가가 스피커에 달린 음량 조절기를 좌로 천천히 돌렸다. 슬픈 노래 소리가 점차 작아졌다.

커튼을 열어젖혔다. 부옇게 작은 등만 켜놓은 모텔의 앞 마당은 어둡기 짝이 없었다. 창문을 열었다. 페인트 껍질과 녹슨 철가루가 부서져 손에 묻었다. 오래되어 부식된 창문은 잘 열리지 않았다. 슬그머니 손을 놓고 창문 가까이 얼굴을 들이밀었다. 아까 밖에서 봤던 커다란 나무가 방 정면에 우뚝 서 있었다.

비를 맞아 축축해진 블라우스를 벗었다. 블라우스를 옷장에 넣으며 아까 1층에서 그 눈썹 짙은 주인 남자에게 '윤'이 호텔에 머물고 있느냐고 물어봐야 했는데 하고 후회했다.

소파 앞에는 구식 검정색 다이얼 전화기가 놓여 있었다. 전화기에 손을 대면서도 독일에서 비행기를 놓쳤으면 했을 때처럼 한편으로는 '윤'을 다시 보지 않아도 될 핑계거리를 찾았다. '윤'이 받으면 무슨 말을 먼저 해야 할지 생각나지 않았다.

한참을 서성거리다 수화기를 들었다. '헬로우' 소리가 나자마자 나는 이곳에 '윤'이라는 사람이 머물고 있느냐고 물었다. 전화선을 타고 종이 뒤적거리는 소리가 들려왔다. '아, 네 있군요.' 주인이 말했다. 206호. 내가 들어와 있는 이곳보다 한 층 아래에 '윤'이 묵고 있었다.

"체코가 자유화되기 전에 찍었던 겁니다."

그의 집에 처음 갔을 때 침대 머리맡에 〈카프카, 황금 소로를 따라서〉라는 제목을 단 흑백사진을 가리키며 그가 말했다.

그의 방안은 온통 카프카의 사진투성이였다.

그가 가리켰던 사진은 카프카가 몇 개월 살았다던 낡은 하숙집의 측면 사진이었는데 그 집은 좁은 골목과 어우러져 묘하게 일그러진 이미지를 풍기고 있었다. 황금 소로라는 단어가 주는 속물스러움과 카프카가 살았다던 낡은 하숙집은 전혀 어울리지 않았다. 그러나 부조화스런 그 둘이 이상하게도 조화를 이루고 있었다.

그는 편집광적으로 카프카를 좋아했다. 카프카에 관한 물건이라면 모두 소장하고 있을 정도였다. 그의 침실 벽에는 카프카가 근무했던 보험회사의 사무실 안 사진에서부터 그가 폐결핵으로 죽기까지 있었던 비엔나 교외의 키를링 요양소 사진까지 붙어 있을 정도였다.

'나는 멋진 상처를 가지고 태어났다. 그것이 내가 이 세상에 나온 몸치장의 전부였다.'

'나는 우리 집안에서 타인보다 더 타인으로 살고 있다.'

벽에 붙어 있는 각 사진마다 그는 이렇게 긴 제목들을 달아놓았다.

침대에 누웠다.

천장은 유행 지난 초록색 갈포 벽지가 지네처럼 얼기설기 얽혀 있었다. 온돌 바닥에 누운 것처럼 침대가 아주 딱딱했다. 침대 시트에서 차가운 냉기가 올라왔다. 아마 손님이 잘 들지 않는 방인 모양이었다. 옆으로 누우면 괜찮을까 싶어 몸을 뒤척여 옆으로 몸을 세웠지만 찬기는 여전했다. 이리저리 몸을 뒤척거리다가 벽에 붙어 있는 싸구려 달력 풍경화 두 장을 보았다. 호수와 가을 숲. 전형적인 사실주의 화풍의 가을 풍경이었다. 온몸이 나른했다. 하지만 잠은 오지 않았다. 그날 밤 나는 끝내 206호에 묵고 있다는 그의 방에 가지 않았다.

두꺼운 커튼 사이로 희미하게 찌뿌드한 아침의 기운이 새어 들어왔다. 가끔씩 들려오는 자동차 지나는 소리가 오히려 안도감을 주었다. 커튼을 들치고 창 밖을 내다보았다. 밤에 보았던 커다란 나무는 아직도 그대로 버티고 서 있었다. 안개가 부옇게 나무를 감싸고 있었다.

벌써 열한 시였다. 마치 누군가 밖에서 기다리기라도 하는 것처럼 부지런히 나갈 준비를 했다.

서울에서 사온 안내 책자를 다시 한번 확인하고 대충 세수를 한 다음 1층으로 내려갔다. 2층 계단을 내려오면서 나는 2층 객실 쪽을

애써 외면했다. 색이 바래 불그죽죽한 빛깔의 볼썽 사나운 카펫이
계단 전체를 덮고 있었다. 아침치고는 늦은 시각이어서 그런지 로비
에는 청소하는 여자들만 있었다.

"굿모닝."

카운터에서 어제의 눈썹 짙은 주인 남자가 아닌 앳된 금발 청년이
웃으며 인사를 건넸다. 전화기 옆 유리 진열대에는 말보로, 켄트 같
은 미국 담배들이 진열되어 있었는데 담배 진열대 옆에 관광 안내
팜플렛과 관광 엽서를 끼워둔 것이 보였다. 나는 다가가 안내서를
한 장 집어 들며 '윤'이 묵고 있을 2층 계단을 바라보았다.

안내서 가득 '윤'의 얼굴이 보였다. 나는 머리를 가로저으며 다른
관광 안내서를 뽑아 들었다. 테레진이라는 단어가 눈에 띄었다. 일
년 전, 아버지 유품에서 나온 수첩 한귀퉁이에 써 있던 '나는 테레진
수용소 19번 블록 앞을 떠날 수 없었다'라는 메모가 기억났다.

청년에게 가는 길을 물었다. 왜 그 순간 테레진 수용소에 가겠다
는 생각이 들었는지… 무엇이든 '윤'을 피해 떠돌 곳이 필요해서였
는지, 아버지의 기억이 묻어 있을 만한 곳이어서 가겠다는 생각이
들었는지 나도 확실히 알 수 없었다.

식당에 들어갔다. 진한 커피와 딱딱한 빵, 그리고 한 접시 가득 채
워져 있는 각종 햄들이 긴 테이블 위에 가득 놓여 있었다. 식욕이 나
지 않았다. 종업원들만 서 있는 썰렁한 식당에 앉아 있는 것이 을씨
년스러워 나는 커피 두 잔만 마시고 밖으로 나오고 말았다. 제법 쌀
쌀한 기운이 옷 속으로 파고들었다.

색칠하지 않은 지 오래되어 우중충한 아파트 건물 사이로 허리가
잔뜩 굽은 노파가 송아지만한 검은 개를 끌고 지나갔다. 노파가 힘

들게 발걸음을 옮길 때마다 검정개는 멈추어 서서 인내심 있게 노파를 기다렸다. 인내심 있게 누군가를 기다리는 모습은 나에게 익숙한 광경이었다. 그것은 이 세상에서 제일 혐오스러운 일이기도 하고 내 삶의 모습이기도 했다.

그 노인의 발자국 떼는 시간을 잘 알고 있기라도 한 듯 개는 일정한 시간 동안 움직이지 않은 채 서 있었다. 아파트 잔디밭으로 한 무리의 까마귀들이 내려와 앉자 노파를 기다리던 개가 벌떡 일어나 까마귀들을 쫓았다. 까마귀들이 푸드덕거리며 일제히 하늘로 올라갔다.

지하철을 타고 또 내려서 테레진으로 가는 시외 버스 터미널을 찾기까지 오랜 시간이 걸렸다. 도로 모텔로 돌아갈까 하는 생각도 들었다. 그러나 난 그가 있는 방문을 두드릴 자신이 없었다. 아버지 주변에서 그동안 내가 그랬던 것처럼.

영어가 통하지 않는 사람들을 붙잡고 한참을 씨름하다 겨우 테레진으로 가는 버스를 탈 수 있었다. 버스가 덜컹 하며 움직이기 시작했다.

앞 좌석 시트의 뚫어진 구멍 사이로 누런 스폰지가 삐죽 나와 있던 것이 덜컹 소리와 함께 파르르 흔들렸다. 나는 손가락을 넣어 삐져나온 스폰지를 가만히 밀어 넣었다. 그러나 그 스폰지는 차가 다시 한번 덜컹거리자 도로 밖으로 나오고 말았다. 그 광경을 보며 나는 조심스럽게 밀어 넣었던 방금 전의 모습을 떠올리고는 어처구니없는 내 행동에 실소했다.

버스는 비좁은 도로임에도 불구하고 굉장한 속력을 내며 달렸다. 창 밖에 보이는 건물들은 금방이라도 유령이 튀어나올 듯 군데군데 벽에 금이 가 있었다.

다시 비가 추적추적 내리고 있었다. 침침한 시내를 빠져나와 교외로 들어서자 나지막한 산 한자락 없이 시원하게 뚫린 들판이 보였다. 버스에서는 또 어제 공항 버스에서처럼 트로트 비슷한 음율의 슬픈 노래가 흘러 나오고 있었다. 나는 또 '윤'과의 섹스를 상상했다. 가슴을 뒤로 젖히며 크게 숨을 쉬어보았다. 그래도 가슴이 답답했다.

두 시간쯤 달리자 테레진 수용소라고 씌어 있는 곳이 보였다. 내리는 승객은 나뿐이었다. 퇴색한 노란색 지붕에 가득 앉아 있는 까마귀떼, 학교 운동장보다 더 넓은 주차장에 덩그마니 세워져 있는 관광 버스 한 대, 코카콜라 선전 그림만 붙어 있는 철시된 음료수 판매대. 이것이 수용소 앞 풍경 전부였다.

수용소에서 죽었다는 유대인들의 묘지를 지나서야 수용소 정문이 나와 안으로 들어설 수 있었다. 조금 전 주차장에 서 있던 버스의 손님들은 모두 어디로 갔는지 수용소 안에는 아무도 없었다. 내가 만나러 온 '윤'은 그 호텔 아래층에 있다는데 나는 지금 엉뚱한 곳을 헤매고 있었다.

매표소 안쪽 길로 들어섰다. 수용소의 높디높은 벽이 눈에 띄었다. 수용소의 높고 긴 벽에 긴 이끼는 2차대전 이후의 시간을 말해주고 있었다. 하지만 잘 정돈된 길과 조화 맞춰 심어놓은 나무들이 밖에서 느꼈던 을씨년스러움을 덜어주었다.

안내 책자에 씌어 있는 대로 붉은 벽돌색 건물인 전시관으로 들어갔다. 영화나 텔레비전에서 익히 보았던 유대인 포로 수용소의 광경이 담긴 사진들이 미로처럼 생긴 전시장 구석구석을 메우고 있었다. 수용된 사람들이 입었던 낡은 옷이 벽에 전시되어 있는 곳과 일할 때 쓰던 각종 도구들이 진열되어 있는 곳을 지나갔다.

전쟁 끝 무렵 이곳에 수용되어 있던 어른들은 아우슈비츠나 다른 수용소로 이송되었고 나중에는 어린이들만이 이 수용소에 남아 죽음을 당했다고 씌어 있는 이야기를 무심히 읽어내려갔다. 누렇게 바랜 편지, 단란했던 가족 사진, 아이들이 그린 천사 그림. 사진들을 보며 내 어릴 적 행복들을 떠올리려 애썼지만 내 기억 속에는 아무것도 들어 있지 않았다.

벽을 지나 수용소 사람들을 다룰 때 사용했다는 쇠갈고리 달린 긴 채찍 앞에 섰다. 영화에서 흔히 봤던 유대인 수용소 모습이 대부분 그렇듯 수용소의 시설은 더럽고 형편없이 낡아 있었다.

안내지에 아버지의 메모에 써 있던 19번 블록이라는 장소가 표기되어 있었다. 나는 그곳을 찾아나섰다. 관광객 한 명 보이지 않는 수용소 안은 괴괴함만이 흐르고 있었다.

사형장으로 쓰였던 총알 자국투성이 벽 앞을 지날 때였다. 나는 더이상 걸음을 뗄 수 없었다. 그 여자였다. 그곳에 여자가 서 있었다.

여자는 부스스한 머리를 뒤로 넘기며 19번 블록 벽 앞에 있었다. 나는 한참 동안 그 여자 뒤에 서 있었다. 이상한 만남이었다. 마치 모든 사건이 우연투성이인 삼류소설처럼 그 여자와 나는 낯선 곳에서 계속 부딪치고 있었다. 그 여자는 오랫동안 그 벽 앞에서 떠나지 않았다.

사형장으로 끌려가기 전 지나가야 하는 곳이었다던 굴 벽에는 죽음을 앞둔 사람들이 파놓은 글자가 가득 씌어 있었다.

'엄마, 살고 싶어요.'

'요제프! 죽기 싫어.'

죽기 직전 아버지는 왜 이곳을 하루종일 걸어다녔을까 하는 생각을 하는 동안 여자는 벌써 입구를 향해 걸어가고 있었다. 나는 서둘러 그 굴을 빠져나왔다.

여자는 시내로 들어가는 버스를 타려는지 정류장에 서 있었다. 그녀는 자신이 서 있는 곳에서 그다지 멀리 떨어져 있지 않은 내게, 시선 한번 돌리지 않았다. 갈 곳도 마땅치 않았던 나는 무엇에 씌인 사람처럼 여자의 뒤를 따라 프라하 시내로 들어가는 버스를 탔다.

배가 고팠다. 오늘 먹은 것이라곤 빵 한 조각과 커피 두 잔뿐. 시내에 들어가면 아무거나 닥치는 대로 먹어야 할 것 같았다.

여자는 익숙하게 무스테크 역에서 내려 시청을 뒤로 한 채 바츨라프 광장을 따라 계속 걸었다. 퇴근시간 무렵인지 갑자기 사람들이 많아졌다.

여자는 아까부터 우중충한 중세 건물 속을 헤매고 있었다. 나도 몇 발자국 뒤에서 그녀를 따라 미로 같은 골목 속을 헤맸다. 그녀는 계속 골목을 지나갔다. 어디로 가는지도 모르면서 나는 열심히 그녀의 뒤를 쫓아 미로를 헤맸다.

드디어 골목이 끝나고 눈앞에 흐르는 강물과 거무칙칙한 카를 다리가 펼쳐졌다. 여자는 아마 이 다리를 찾아 걸어온 모양이었다.

그녀는 마리오넷 민속 인형 가게들을 지나 블타바 강 위의 카를 다리로 천천히 걸어갔다. 여자는 노점에 진열해놓은, 머리 풀어 헤친 귀신 마리오넷 인형들을 한참 동안 서서 바라보았다.

그녀를 쫓던 나는 걸음을 멈추었다. 왜 그녀의 뒤를 쫓고 있었던 것일까. 나는 가방 속에 들어 있던 안내 책자를 꺼내어 팬시리 만지작거렸다.

카를 다리에서 보이는 웅장한 성을 보려는 관광객들로 다리는 가득 차 있었고 밑으로는 블타바 강이 흐르고 있었다.

나는 안내 책자를 들고 다리 난간에 세워진 많은 석상들을 둘러보며 천천히 걸었다. 처음으로 그녀보다 앞서 걸었다. 왠지 어색했다. 여자가 어제 비행기 안에서처럼 나를 계속 주시하고 있을 것 같은 불안감에 연신 뒤를 돌아보았다. 그러나 그 여자는 나를 보고 있지 않았다.

여자는 여전히 큰 선글라스를 끼고 석상 옆에 기대어, 우두커니 강을 바라보고 있을 뿐이었다.

바람이 불었다. 부스스한 그녀의 머리가 바람에 날렸다. 그녀는 아무렇지도 않게 자신의 팔에 끼워져 있는 수많은 팔찌들을 쓰다듬고 있었다. 멀리서도 찰그랑거리는 은팔찌 소리가 들리는 듯했다.

눈을 감았다. 눈을 감고, 흐르고 있는 강물을 계속 따라 내려갔다. 얼마의 시간이 흘렀는지 알 수 없었다. 감았던 눈을 떴을 때, 어느 날 불현듯 사라져버린 아버지의 모습이 그녀의 뒷모습에 그려졌다.

여자는 팔에 채워져 있던 은팔찌들을 빼내어 하나씩 강물에 던지고 있었다. 여자의 팔목에는 팔찌가 몇 개 남아 있지 않았다.

나는 여자에게서 눈을 떼었다. 그리고는 손에 들려진 안내 책자를 펴들고 꼭 찾아야 할 곳이라도 있는 것처럼 뒤적거렸다.

보헤미안 왕국, 프라하의 봄… 진한 제목으로 씌어진 활자들이 안내 책자 속에 가득 들어 있었다.

언뜻 카프카의 사진이 보였다. 그 페이지에는 카프카가 머물며 단편들을 썼다는, 황금 세공사들이 모여 살았다던 하숙집 골목의 사진이 나와 있었다.

〈카프카, 황금 소로를 따라서〉.

낯익은 제목이었다.

카프카라는 이름과 황금이라는, 어울리지 않는 두 단어가 그 사진 제목으로 씌어 있었다. 좀처럼 어울릴 것 같지 않은 두 단어는 이상하게도 여전히 조화를 이루고 있었다.

강 주변이 점점 어두워졌다. 헤엄치던 고니떼와 먹이를 보고 내려온 까마귀떼들이 누군가 던져주는 빵조각을 받아 먹느라 어두움을 잊고 있었다.

다리 위에 세워진 가로등들이 하나 둘 켜지기·시작했다. 여자는 팔찌를 모두 강물에 떠내려 보냈는지 휘청휘청 다리 건너편으로 걸어가고 있었다. 나는 문득 '윤'과의 섹스를 상상했다. 프라하의 밤은 점점 깊어가고 있었다.

이 다리를 따라 올라가면 황금 소로가 나온다고 씌어 있는 안내서의 설명을 읽으며 나는 다리를 따라 천천히 올라가기 시작했다.

이 서 인

●

1960년 경기도 파주 출생.

중앙대 예술대학원 문학예술과 재학중.

1998년 ≪내일을 여는 작가≫에 <생각보다 가벼운 일>이

신인 추천되어 등단.

생각보다 가벼운 일

오랜만에 들은 자명종 소리는 참으로 방정맞았다. 시침은 카페의 출근시간 세 시간 전인 4자 눈금의 정중앙에 올라와 있었다. 나는 자명종이 계속 울리도록 그대로 놔두고 천천히 외출을 준비했다. 아주 게으르게.

굳어 있는 파운데이션을 두드려 얼굴에 바르면서 한손으로 오디오 스위치를 눌렀다. 마우로 펠리시의 '자살'이 음산하고 느리게 흘러나왔다.

내 앞에서 춤추고 있는 많은 이상한 것들을 본다. 나는 그것을 이해하지 못했었다. 하루가 지나자 많은 것들이 바뀌어버렸다. 정말 그것들이 사라져버릴 것이라고 믿고 있다… 내 마음속에서 얼어붙은 소리들… 모든 것이 변해버렸다. 길게 놓인 길… 출구도 없고 문도 없는 나의 방.

다시 일자리를 구했어. 죽지 않는 한 매번 새로 시작되는 게 삶 아니겠어… 결국.

지난 주엔 집주인 남자가 방문했더군. 문을 안 열어주었기 때문에 처음엔 그 사람인 줄 몰랐지. 찾아올 사람이 없어서이기도 하지만 나는 누구에게도 내 집 문을 쉽게 열어주지 않아. 나는 늘 조망단추의 볼록 렌즈로 방문객이 어정쩡히 서성이는 모습만 짧게 관찰하고는 돌아서지. 하물며 경비실에서 인터폰을 보내도 안 받아.

지난번에 네가 찾아왔을 때도 현관문 밑의 투입구로 손이 들어오지만 않았다면 결코 문을 열지 않았을 거야. 가늘고 유난히 긴 손이 불쑥 투입구 구멍 속으로 들어왔을 때, 처음에는 섬뜩했지. 새빨간 매니큐어를 칠한 손이 너이리라곤 정말 상상도 못했으니까. 그런데 그 손이 힘없이 구멍 밖으로 빠져나가는 순간, 나는 불현듯 알아차렸지, 너라는 것을. 우리가 함께 살던 시절 먼저 귀가한 사람이 손을 더듬어 열쇠를 찾곤 하던 기억이 숨가쁘게 떠올랐던 거야.

집주인은 오기를 잔뜩 품고 찾아왔나봐. 거의 5분이 가깝도록 쉴 새 없이 벨을 눌러대더군. 나가보지 않았어. 벨 소리가 그치고 한참이 지나서야 문득 엷은 궁금증이 일어 조망단추에 눈을 갖다 대었는데, 아무도 없더군. 방으로 돌아왔어.

벽에 걸려 있는 네 사진을 보고 있었지. 알몸으로, 살비듬이 일어나 가려운 허벅지를 슥슥 긁기도 하면서. 입 안에 소주를 털어 넣고 담배를 피웠지. 내 음주 습관은 횟수만 빈번해졌을 뿐 예전과 달라진 것은 없어. 언제나 폭음이야. 술맛을 모르기도 하지만 천천히 음미하며 마시게 되질 않더군. 폭음은, 망사처럼 희미한 막이 아닌, 검고 두꺼운 휘장이 가차없이 내려지는 듯한 완벽한 단절감을 느끼게 해주거든. 외로움도 누적되면 밍밍해지듯이 알코올의 양은 갈수록 늘어갔지.

가끔 생각해보았어. 네가 나를 찾아왔던 게 네 말처럼 단지 마음의 정리를 위한 담백한 방문이었을까를. 잊기로 했다면 그건 좋아. 하지만 왜 그런 절차가 필요했을까. 더욱이 남자까지 동행하고 일부러 찾아올 필요까진 없을 것 같았지.

술병을 찾으려고 방바닥을 더듬거렸는데 그 많던 술병이 모두 빈 병으로 뒹굴고 있었어. 낭패군! 네 사진을 보면서 가볍게 찡긋거리고 난 뒤, 꽁초 하나를 집어서 불을 붙였지. 한 모금 알뜰하게 빨았을까, 이봐요! 하는 차고 건조한 음성이 등 바로 뒤에서 들려오더군. 그 순간, 검지와 중지 사이에 꽂혀 있던 담배꽁초가 쩌르르 떨리면서 방바닥으로 힘없이 떨어졌지.

스윽, 고개를 돌려보았어. 집주인이더군. 내가 그를 본 건 이 아파트를 계약할 때 단 한 번뿐이었지만 나는 그를 기억하고 있었지. 독특한 이미지 때문이었어. 그는 키가 일 미터 사십오 정도에 등에는 아담한 동산을 얹어놓은 듯한 꼽추였고, 얼굴은 조각가가 마음에 안 들어 뭉개버린 흉상만 같았지. 눈썹까지 화상으로 타버린 지독한 얼굴이었어. 사실 그런 외모보다는 그의 표정이나 태도 하나하나가 내게는 아주 인상적이었어. 그는 우선 벙어리처럼 말이 없었고, 의례적인 인사치레나 몸짓 따위도 전혀 없었어. 복덕방에서 돈을 받고 계약서에 도장을 찍던 날도 그는 주위 사람들을 내내 사진관의 배경 그림 정도로만 생각하는 것 같더군. 절벽 같은 무관심이었어.

그는 마지막 수수료의 반 이상을 논리정연하게 깎았었지. 부동산 주인마저 두 손발 다 들었다는 듯한 표정을 지으며 어서 나가기나 해주었으면 하는 눈치였어. 그는 사무실을 나서는 순간까지도 한점 흐트러짐이 없는 단아한 자세 그대로였어. 들뜸이라곤 없는 상황처리. 무심한 듯 차가운 몸가짐. 뭐 그런 것 있잖아, 말로 표현할 수 없는 적막한 분위기.

나는 당신의 마음을 알아. 그래, 그렇게 해야 살아낼 수 있겠지. 사람들의 호들갑에 비위를 맞추며 줄 위에서 곡예를 하는 것보다는 그게 낫지. 슬픔 같은 개뼉다귀는 어느 누구나 다 갖고 사는 거 아니겠어. 잘 가다듬고 사는 거야. 당신이 마음에 들어.

비 오는 거리를 우산도 없이 일정한 보폭으로 걸어가고 있는 그의 뒷모습을 바라보고 있자니 괜히 흐뭇해지더군. 단 한 번의 대면이었지만 그렇게 집주인은 내게 강한 인상으로 남아 있었지.

여기요.

나는 태연하게 손을 뻗어 책상 서랍에서 6개월치 밀린 방세 120만 원이 든 봉투를 꺼내서는 툭, 돌아보지도 않고 등 뒤로 넘겼지. 그리곤 천천히 일어나 옷을 걸쳤어. 그때까지도 주인이 떠난 것 같지 않아 나는 돌아서서 정면으로 그를 바라보았어. 더 볼일 있어요?

돈봉투가 들린 손을 내리지도 않은 채 그는 잠시 어이없어하는 표정으로 서 있더군. 하지만 자신의 감정을 아주 빠르게 정리하더니 침착한 음성으로 말하는 거야.

열쇠가게에 가서 출장을 부탁했소. 오만 원이오.

그의 손이 구멍 뚫린 현관문을 가리키고 있었어. 나는 서랍을 열었어. 사놓고 한번도 쓰지 않은 단풍색 일기장 위에 놓여 있던 만원짜리 열 장 중에서 다섯 장을 건네주었지. 그는 아무 말없이 돈을 받아 넣더니 힐끗 내 어지러운 방안을 한번 둘러보더군.

'집주인이 한번은 찾아오겠지, 하지만 보증금이 있으니까 안 올지도 몰라.'

지난 토요일까지 그렇게 덮어두었는데 일요일 아침에는 더이상 미룰 수가 없었어. 전화 응답기로 들려오는 집주인의 말이 아주 단호했었거든. 자신이 며칠 내로 찾아가겠는데 그때까지 방세를 준비해 놓지 않으면 방을 빼겠다는 거야. 사흘 간을 뒹굴며 버텨보았어. 하지만 해무로 가려져 아른했던 섬이 본래의 모습으로 돌아오는 시간처럼 내 게으른 생활도 서서히 종을 쳐야 될 판이더군.

돈을 구하러 다녔지. 나이가 들었다는 이유로 세 군데 호텔에서 퇴짜맞았고, 겨우 삼류 카페에 자리를 구해 두 달치 월급을 가불했어. 지금 내 나이가 서른아홉이니 피아노 건반에 손을 대본 지가 7년이나 지난 거더군. 네가 그렇게 들어보기 원했는데도 피아노 뚜껑을 열지 않았었는데… 열지 않을 수 있을 때까지 열지 않고 싶었는데.

이윽고 집주인이 고장난 로봇처럼 천천히 돌아섰어. 뚜벅뚜벅 현관으로 걸어가는 그의 굽은 등을 바라보고 있자니 문득 모래바람이 부는 사막에 엎드려 있는 노쇠한 거북이의 모습이 상상되었어. 그때, 뚫려진 열쇠구멍 사이로 들어온 희부연 미광이 그의 등과 내 가슴에 은빛다리를 놓은 것처럼 이어지더군. 순간 나는, 미묘한 고동을 느꼈지. 그래, 야생적인 전율 같은 거였는데… 이해하겠니?

나는 걸친 옷을 스르르 벗어 내리고 그에게로 가고 싶었어. 그의 등을 껴안고 한손으로 바지춤을 열어 고환을 부드럽게 감싸고 싶더군. 그의 몸에서 진동이 시작되면 내 뜨거운 입술로 숲 속의 공기를 만들고 싶었지. 고사목 줄기처럼 바짝 쫄아든 거기에서 천천히 피돌기가 시작되고, 엄마의 자궁에서 나올 때의 힘찬 울음소리처럼 그의 마른 입에서 폭포소리가 시작될 때, 나는 쏟아져 나오는 그 물줄기를 입으로 받아 마시며 가슴을 지나 혈관과 세포 곳곳에 스며들게 하리라, 는 환상에 젖었지.

그럴 때 우리는 말을 하면 안 되지. 말없이 그렇게. 그러면 열리지. 어둠을 품고 사는 사람은 서로가 어떻게 다가와야 하는가를 알거든. 껍질만 두드리면 결코 열리지 않아.

하지만 나는 돌아서고 말았어. 왜냐구? 더이상 혼란의 팽창을 원하지 않는 또 다른 내가 지그시 나무라더군. 인간관계란 환상이 아니야, 인연의 거미줄에 걸리면 그 치렁하고 속절없는 굴레 속에 다시 갇히게 돼, 그렇게 말이야. 그리고 또 말하더군. 자신에 대한 과장된 연민을 더이상 허용하지 말라고.

결국 나는… 씁쓸한 마스터베이션을 한 셈이 되어버렸지.

오늘, 첫 출근이야. 어떻게든 다시 살아야 되지 않겠어?

마우로 펠리시의 목소리가 흐느끼듯 잦아들다가 다시 높아졌다. 나는 몽상적인 선율에 따라 허밍하며 느릿느릿 몸을 움직였다. 거울을 들여다보며 긴 머리를 틀어올린 다음 둥그렇게 말아 핀으로 꽂았다. 검정 란제리를 입기 위해 서랍장을 열어 뒤적거렸다. 아, 그전에 자명종의 버튼을 눌렀다. 그 정도면 적당히 약을 올려준 셈이다.

생리대가 눈에 띄었다. 나는 생리대를 꺼내 잠시 바라보았다. 그리고 픽, 웃었다.

"폐경기인 것 같네요. 요즘은 일찍 오는 경우가 많아요. 차트에 보면 아이가 없는 것 같은데."

여의사의 말에 나는 지금처럼 픽, 웃었다. 잘 됐네요, 귀찮았는데.

병원에서 나온 나는 잘 됐네요, 라고 말한 자신에게 화가 솟아 발 앞에 있던 찌그러진 깡통을 냅다 차버렸다. 마음이 편치 않았다. 폐경기만이라면 아무래도 좋았다. 그 순간 기분이 더러워진 건 한번도 겪어보지 않은 그 일에 대한 막연한 미련 때문이었다. 지난날에는 무지할 만큼 관심을 두지 않았던 그 일.

아이를… 낳아보고 싶었다.

거대한 고통의 파도 타기를 거쳐 강이 되고 바다가 되는 피흘림을 지나 한 생명을 탄생시키는 원시적 희열감. 그것은 우리들 생의 그 어떤 노동의 대가보다 유일하게 우주적인 순간을 맛볼 수 있는 기회가 아닐까, 하는 나름대로의 환상이었다. 이제 와서야 촌스런 소망에 허덕인다고 남들은 비웃을까. 어쨌든 나는, 회임에 대한 갈증을 무화시키는 데에 꽤 지루한 시간을 소비했다.

생리대 뭉치를 휴지통 속으로 던져버렸다. 갑자기 지릿한 욕구가 일었다. 제기럴, 알았어. 화장대 모서리에 사타구니를 갖다 대며 눈을 감았다. 무엇을 상상할까. 어떤 그림이 이 권태로운 욕구를 가장 적절히 자극시킬까.

6년 동안 살았던 남자와의 그림은 이제 먹혀 들어가지 않는다. 그러면, 꼽추인 집주인을 떠올려 볼까? 아니, 그것은 흘려 보내자. 그러면… 나는 몸을 곧추세우고 벽에 걸려 있는 검정 롤 블라인드를 드르륵 감아 올렸다.

갈망의 눈빛. 하얀 꽃잎에 연보랏빛 꽃술이 박혀 있는 듯한 젖무덤, 볼 때마다 가슴을 뭉클하게 하던 독특한 입술 모양, 그 사이로 공명돼 오는 나지막한 흐느낌, 아름다운 능선 같은 허리 곡선… 눈부시도록 아름다웠다. 그녀의 누드 사진.

"지금의 내 몸을 간직하고 싶어요."

그녀는 길을 걸을 때 사람들의 시선을 피해 고개를 떨구고 다닐 만큼 숫기가 없었으면서도 내 카메라 앞에서만은 늘 당당했다. 나를 향한 기이한 연정 때문만은 아니었다. 마음의 신뢰였다. 서로 충분한 신뢰가 없으면 같은 여자 사이라도 벌거벗은 몸을 보인다는 건 쉽지 않은 일이다.

그녀가 이상한 집착을 보이기 시작한 건 내가 한 남자와 자고 난 이후부터였다.

나와 부딪쳐 계단 아래로 굴러 떨어졌던 남자. 그는 내가 다니던 학교의 젊은 강사였다. 창졸간의 일이라 몸을 전혀 가누지 못하고 두 바퀴나 구르는 바람에 그의 한쪽 다리가 심하게 다치고 말았다. 바로 입원해야 할 정도였다. 가족이 모두 시골에 있는데 농번기로 분주하다고 해 내가 그를 간호해주어야만 했다. 단순한 의무감이었다. 하지만 서로 궂은 모습을 보고 나면 일정한 친밀감은 생기는 법. 그가 퇴원하고 난 후 그와 나는 티 타임 정도는 가볍게 할 수 있는 사이가 되었다.

어느 늦은 밤, 예사롭지 않은 목소리로 그가 만나고 싶다는 전화를 걸어왔고, 긴 시간 어느 누구에게도 말하지 않았다는 자신의 내밀한 고통을 털어놓은 그와 하룻밤을 같이 보냈다. 그날부터이다.

"그 사람하고 잤어?"

밤새 나를 기다렸던 그녀는 처음에는 믿기지 않는다는 표정이더니 시간이 지날수록 나를 대하는 눈빛이 냉랭해지기 시작했다. 변명해야 할 필요는 없었지만 그녀의 격한 반응을 다독거리느라 나는 그 남자와의 섹스가 한순간의 감상적인 충동이었을 뿐이었다고 자세히 설명했다. 하지만 그녀의 차가운 눈초리는 바뀌지 않았다.

나는 언니를 여자라고 생각하지 않았어!

그녀의 충혈된 목소리와 미친 듯이 내 가슴으로 파고드는 행위에 나는 놀라지 않았다. 그녀의 몸짓은 그것대로 절실한 진정인 듯했고, 그래서 당혹스럽다기보다는 차라리 우울하고 안타까웠다. 내가 무심히 밀어내며 등을 돌릴 때마다 그녀는 밤새 울부짖으며 괴로워했다. 나를 향해 마구 퍼부어대던 그 노골적인 언사들.

"홍, 싸구려 인간주의를 빌미로 그놈에게 욕정을 푼 거겠지. 남자가 그리웠겠지. 나이를 속일 수는 없지 않겠어? 그놈의 물건이 그렇게 좋았어?"

더는 방치할 수 없었다. 나는 불에 데인 것처럼 홧홧거리는 가슴을 움켜쥐며 일어나 미친 듯이 그녀의 몸을 구타했다. 그녀는 바닥에 나동그라진 채 미동도 하지 않았다. 마치 기다렸다는 듯 내 거친 폭력을 고스란히 받아내며 살차게 나를 쏘아볼 뿐이었다.

그녀를 끌고 밖으로 나와 식탁의자에 앉혔다. 꿉꿉한 침묵이 흘렀다.

"너를 탓하진 않겠어. 하지만 나는 안 돼. 우리가 이렇게 서로를 좋아하면 됐지 꼭 육체까지 함께 할 필욘 없잖아. 우리, 옛날의 담백한 우정으로 돌아가자."

한마디의 대꾸도 없이 정물처럼 앉아만 있던 그녀가 슬그머니 일어나 주방 쪽으로 걸어갔다. 나는 거실창으로 시선을 옮기며 긴 한숨을 쉬었다. 그때 그녀의 목소리가 쨍, 하고 튀어올랐다.

"그 사람이 언니를 위해서 죽을 수 있을 것 같아? 나는 죽을 수 있어."

더 설명할 가치도 없다는 눈으로 나는 그녀를 흘겨보았다. 하지만 한번 더 말하지 않을 수 없었다.

"그 사람은 내게 아무것도 아니야. 알면서 왜 그러니?"

그녀를 설득하려고 수없이 내뱉던 말이었다. 이틀이 멀다 하고 반복되는 그녀와의 신경전에 나는 지칠 대로 지쳐 있었다. 이쯤에서 그쳐주었으면… 하지만 그녀의 황당한 행동은 아직 남아 있었다.

안 돼!

그녀의 손에 과도가 들려 있었다. 화들짝 놀라 일어난 내가 칼을 뺏으려 하자 그녀는 재빨리 식탁 위에 자기 왼손을 올려놓고는 과도를 내리찍었다. 시뻘건 피가 천장으로 솟구쳤다. 나는 얼른 그녀의 손목을 움켜쥐었다. 까르르 웃으며 과도를 바닥으로 내동댕이치는 그녀의 눈빛이 적개심으로 이글거렸다.

"더러워. 그동안 나는 언니에게 뭐였지? 내가 모르는 줄 알아? 언니 마음이 내게서 멀어지고 있다는 걸. 떠나겠어!"

"제발… 난 그대로야. 네가 나에 대해 비틀린 집착을 보이는 거라구."

그녀는 더이상 아무 말도 들으려 하지 않았다. 나도 더이상은 설득할 자신이 없었다. 그러고 싶지도 않았다. 가버려! 마침내 나도 그렇게 말해버렸던가. 하지만 정작 그녀가 떠난 건 그 며칠 후의 내 엉뚱한 도발 때문이었다. 도발이라고 나는 지금 말하고 있는가?

이상한 고요 속에서 우리는 저녁을 먹고 함께 차를 마셨다. 저녁 내내 우리는 말 한마디 나누지 않고 있었다. 상대의 심경에 대한 세심한 배려라기보다 무언가에 의해 강요된 사슬 같은 침묵이었다. 그러나 거기엔 뜻밖의 안온함도 있었다. 어쨌거나 우리는 서로 지쳐 있었던 것이다. 차를 마시고 각자 책 한 권을 펼쳐 들었다. CD에서는 단조로운 피아노 소품이 반복되고 있었고, 서느러운 초가을 바람에 커튼이 가볍게 나붓거리고 있었다. 우리는 마치 그림 속에 들어앉아 있는 듯했다. 그때 돌연, 내 단에서 달콤한 체념과 야릇한 적의감 같은 것이 함께 꿈틀거렸다. 나는 거의 무의식적으로 일어나 그녀 앞으로 가 섰다. 그녀가 얼굴을 들었다.

"그래, 오늘 같이 자자."

무슨 말을 하고 있는지 나 자신도 알지 못했다. 무엇 하나를 툭 놓아버린 듯한 무기력한 방심의 상태에서 나는 그녀의 얼굴이 기묘하게 일그러지는 것을 담담히 바라보았다. 이윽고, 창백한 낯빛이 되어버린 그녀가 차갑게 말했다.

"알았어. 떠나줄게."

그녀는 바로 짐을 꾸리기 시작했다. 무언가 해명이나 설득이 필요한 상황이었지만 나는 어쩐지 아무런 말도 할 수 없었다. 그녀가 횡하니 떠나고 난 뒤에, 그때까지 들고 있던 책을 방바닥에 내동댕이친 것이 전부였다.

블라인드를 내리고 거실로 나가 가스 불에 물을 얹었다. 출근하기 전에 배를 좀 채워놓아야 할 것이다. 끓는 물 속에 라면 한 봉지를 집어 넣고, 스프를 찢어 휘이 뿌렸다. 냉장고를 열어 하나 남은 계란을 깨뜨려 넣었다. 큼큼한 냄새가 후욱 올라왔다. 썩은 계란이었다. 그것도 제대로 썩지 않아 냄새가 지독했다. 곧바로 걷어내긴 했지만, 젓가락으로 몇 올 건져 먹다 말고 나는 욕실로 달려가 마구 구토를 해댔다.

욕실을 나와 옷장으로 갔다. 긴 속치마 위에 걸칠 옷이 아무래도 마땅하지 않아 나는 잠시 옷장 문 앞에 막막하게 서 있었다. 하나가 있기는 했다. 엷은 꽃무늬 프린트가 된 소매 없는 원피스. 나는 그것을 끄집어내었다.

"당신에게 어울릴 거라 생각하오. 올 가을에는 웨딩 드레스를 입혀주고 싶소."

잠깐 눈을 감았다. 툭, 짧은 통증이 가슴을 치고 지나갔다.

부서진 차 안에서 발견했다며 경찰관이 건네준 물품 가운데에 작은 상자가 있었다. 그 속에는 원피스와, 시든 장미 한 송이, 그리고 카드 한 장이 있었다. 교통사고로 숨진 남자가 내게 남긴 마지막 선물이었다.

그 남자 이야기를 해줄까? 그러고 보니 너와 함께 지낼 때 우리는 서로의 과거에 대해 이야기한 적이 별로 없었던 것 같구나.

그를 만나게 된 곳은 내가 일했던 호텔 로비 바였어. 나는 직업 피아니스트였지. 피아니스트라니까 꽤 거창한 것 같은데, 그렇지 않아. 대충 손가락만 잘 돌아가면 입학할 수 있는 재즈 학원을 일 년 정도 다니고 나서 약간의 경험을 쌓게 되면 할 수 있는 일이지.

사실 나는 그 직업에 별 만족을 느끼지 못했어. 어렸을 때는 피아노가 유일한 정신의 통로였지만, 그때는 일용할 양식을 얻기 위한 노동에 불과했지.

그 호텔에서 팔 개월 정도 일했을 거야. 상황만 주어진다면 미련 없이 그만두고 싶어하던 나날이었어. 예전에는 언니의 병원비를 마련하느라 파트 타임으로 여러 곳을 뛰기도 했었으나 언니가 죽고 나자 원래의 게으름이 고개를 들기 시작하더군. 그러면서 갑자기 피아노가 미치도록 보기 싫어졌어. 지우고 싶은 음울한 흔적들이 모두 거기에 달라붙어 있는 것만 같았어. 심한 경우에는 피아노가 낙태아의 흉물스런 모습처럼 보이기도 했지.

내 일상은 고인 호수처럼 지극히 단조로웠어. 간간이 손님들이 신청하는 곡과 눈을 감고도 치게 된 일정한 레퍼터리를 연주하고 집으로 돌아오면 다시 출근하기 전까지 내내 죽음 같은 잠 속에 파묻혀 있었지.

어느 날이었어. 마지막으로 한 곡간 치면 무대에서 내려올 수 있는 시간이었지. 준비한 '월광'을 치려고 파일을 펼치는데 웨이터가 메모지를 갖다 주더군.

'솔베이지 송을 부탁합니다.'

낯익은 글씨체였지. 일주일에 한 번 꼴로 신청이 들어온 곡이었어. 나는 은근히 궁금한 마음이 들어 홀 쪽으로 고개를 돌려보고 싶기도 했지만, 손님에 대해서 사적인 관심을 갖지 않겠다는 원칙이 있었기에 그냥 흘려버렸지. 내가 피아노를 치면서 주로 시선을 두던 곳은 무대 옆에 만들어놓은 인공 연못이었어. 그곳에는 황금빛 붕어 여덟 마리가 멍청한 눈을 슴벅거리며 인공 수풀 사이를 둥둥 떠다니곤 했지.

솔베이지 송은 입센의 희곡 작품을 그리그가 작곡한 거야. 줄거리는 간단해. 모험을 찾아 기약 없이 떠난 남편을 젊은 아내 솔베이지가 오래도록 변치 않고 기다렸다는, 순아보적인 사랑 이야기지.

연주가 끝나고 무대를 내려오니, 손님들이 서서히 자리를 뜨더군. 나는 바에 앉아 버번콕 한 잔을 마시며 긴장을 풀고는 바로 탈의실로 들어갔지. 퇴근을 해야 하니까.

"저… 말 좀 합시다."

회전문을 돌아나와 왼쪽에 있는 주차장으로 몸을 돌리는데 한 남자가 우뚝 서서 나를 가로막더군.

제법 큰 키에 마른 체구. 다크그린 칼라의 스웨터가 창백하리만치 허연 피부에 잘 어울리는 남자. 작지만 깊은 눈동자를 보면서, 솔베이지 송이 떠올려졌어.

나는 걸음을 멈추고 왜 그러냐는 눈으로 그를 빤히 쳐다보았지. 예상했던 것과는 조금 다르더군. 그는 자기 딸에게 피아노 레슨을 해달라고 부탁했어. 당황했지. 아이들 레슨이라면 동네 학원도 많은데 굳이 업소에서 일하는 나에게 맡기려는 것이 의아했지. 하지만 그의 진중한 자세나 느낌으로 보아 치기 어린 수작은 아닌 것 같았어.

"생각해보죠."

그래, 생각해보죠, 라는 말을 하지 않았어야 했어. 그 말로 인해 그는 일주일 후에 다시 찾아와 명함을 내밀었지.

비전 인테리어 주식회사. 기획실장. 오승문.

명함을 받아 가방에 집어 넣긴 했는데 물론 전화를 하지는 않았어. 두 달 정도 지났을까, 그가 무대 바로 앞 좌석에 등을 지고 앉아 있더군. 처음엔 혼자가 아니었어. 젊은 남자, 노신사와 함께 있었지. 그는 테이블 위에 놓여진 커다란 도면 뭉치를 넘겨가며 그들과 얘기를 나누고 있더군. 두어 시간 후에 노신사가 먼저 나가고 이윽고 젊은 남자도 그에게 꾸벅 인사를 하고는 사라졌지. 넥타이를 느슨하게 풀고 눈두덩을 누르던 그는, 시바스 리갈 큰 병을 주문하여 마시기 시작하더군.

시간이 끝나 건반 뚜껑을 닫으며 그가 있는 곳을 흘낏 바라보았지. 그는 탁자 위에 머리를 파묻고 있었어. 웨이터가 다가가 어깨를 흔들어대도 돌부처처럼 움직이지 않더군.

"미스 정을 찾는데요."

지배인에게 월급 봉투를 받고 있는데 웨이터가 다가와 의미있는 눈길을 건네었어. 지배인은 어서 가보라는 눈치를 주었지. 난감했지만, 수선을 피우기도 싫고, 어쩐지 가봐야 할 것 같은 마음이 들었어. 내가 다가가자 그는 비척거리며 일어났지. 몇 걸음 걷다가 쓰러지는 그를 겨우 부축해가며 밖으로 나왔어. 지나가는 택시를 잡아놓고 그에게 방향을 물어보았어.

"함께 탑시다."

그가 나를 안으로 밀어 넣더군. 운전사에게 말하는 그의 집은 호텔에서 북쪽 방향이었어. 그 단순한 동행이 내 인생의 방향을 결정할 줄은 정말 몰랐어. 생은 그처럼 늘 예감 없이 길을 잡는 것인지.

그 남자에겐 착하고 예쁜 딸이 둘이나 있었어. 정말 옆에 나란히 앉혀놓고 피아노를 가르치고 싶은 아이들이었어. 큰애는 아빠를 쏘옥 빼닮았더군. 선이 가는 얼굴에 흰 피부, 내성적인 성격까지. 작은아이는 가족 사진에서 본 엄마를 닮았더군. 아이들의 엄마는 서구적인 마스크에 강한 인상을 풍기는 여자였어. 그녀는 유학을 말리는 남자에게 편지 한 장만 남겨두고는 훌쩍 떠났다고 하더군. 남자 모르게 집을 담보로 은행에서 오천만 원을 융자받아 떠난 지 3년이 지났는데도 소식이 없다는 거였어. 그녀가 돌아올 때까지 기다릴 거라고 덧붙여 말하던 남자의 눈은 붉게 충혈되어 있었어.

어찌 되었든 나는, 아이들의 피아노 선생이 되었고, 석 달이 지나면서 보모 역할까지 하게 되었고, 그 해가 기울어가던 어느 날, 남자와 따뜻한 동침을 했지. 남자의 팔에서 빠져나와 마당에 소리없이 내리는 진눈깨비를 오랫동안 바라보았어. 곱게 가라앉는 앙금처럼 고요하더군. 사랑은 아니지만 편안하다고, 하지만 부인이 돌아오면 어쩔 수 없이 나와 헤어지게 될 거라고 말하는 그 남자를 이해했지. 그가 신청하던 솔베이지 송은 부인을 기다리는 마음이었으니까.

나 또한 사랑이 뭔지 모르기도 했고, 뭇 남성들의 끈적한 눈총을 받으며 인공 연못에서 무기력하게 떠다니는 금붕어처럼 사는 것보다는, 나를 잘 따르는 아이들, 불안한 가정이지만 나름대로 굳건히 지키고 싶어하는 남자에게 힘이 되어주는 일, 그것만으로도 그의 가족과 함께 살 수 있는 명분은 충분했지. 무엇보다, 나는 산다는 일에 너무 지쳐 있었어.

내 어린 시절에 대해서도 너는 모르지? 봄 햇살처럼 온화한 유년의 기억이라고는 내겐 한 자락도 없어.

돌팔이 의사를 하다가 치명적인 의료사고를 낸 후 알코올 중독자가 된 아버지. 늦둥이 동생을 낳은 지 한 달 만에 눈을 감으신 어머니. 선천적인 병을 지녀 발육이 거의 정지돼 있던 남동생. 유일한 위안은 맏딸이면서 엄마 역할까지 하고 있던 다감한 성격의 언니가 있었다는 것뿐이야. 언니는 남동생을 등에 업고 동네 잔일을 도와주며 아버지의 술값과 먹거리를 구해 왔어.

나는 학교에서 돌아오면 골방에 처박혀 어머니가 치셨다는 풍금만 두드렸지. 풍금은 아주 낡고 조율도 하지 않아 음이 고르지 않았어. 어머니가 시집 올 때 가져온 거라는데 나는 어머니가 풍금 치는 것은 보지 못했어. 언니도 딱 한 번 본 적이 있을 뿐이라더군. 무슨 이유에선지 아버지가 지독히 싫어했다더군. 아버지는 내가 풍금을 칠

때에도 사나운 소처럼 달려오고는 했지.

청승맞게, 집어치우지 못해!

빨갛게 부풀어오른 코를 벌름거리며 부르대는 아버지를 그러나 나는 아랑곳하지 않았어. 덕분에 수없이 아버지에게 머리채를 잡혔고 매를 맞았지. 하지만 나는 그 순간만 지나면 또다시 풍금을 열었어. 차라리 일찍 죽어버려. 아버지를 증오하는 마음이 물보라처럼 건반 위에 끝없이 퍼져나갔지.

저 못된 년, 소리치며 곧바로 달려오는 아버지. 그때마다 겁먹은 얼굴로 얼른 말리는 언니. 남동생의 새된 울음소리.

한번은 아버지가 거친 숨을 내뱉으며 풍금 뚜껑을 세차게 닫아버렸어. 가지런히 건반 위에 놓여 있던 내 두 손목에 벼락 같은 충격이 왔지. 나는 꿈쩍도 하지 않았어. 나직한 신음 한번 토하지 않았어. 에이, 죽일 년! 내 독기에 질린 아버지는 말끝을 흐리며 사라지더군. 아버지가 나가고 나자 팔찌 모양으로 검푸르게 줄이 그어져 있는 내 손목을 주물러주며 언니는 소리없이 훌쩍거렸어.

"아버지를 이해하렴. 제발, 아버지 계실 때는 풍금을 치지 마. 응?"

나는 대답하지 않았어. 잠시 후 남동생을 재우고 오겠다며 언니가 마당으로 나가더군.

골방 창으로 번져오는 핏빛 노을을 당연히 바라보고 있었지. 노을은 시간이 흐르면서 땅으로 뚝뚝 떨어져 내리고 창에는 어스름빛만 남아 있더군. 곧 어둠이 깔리겠구나… 그때, 내 혼곤한 상념을 깨뜨리는 날카로운 비명이 안방 쪽에서 날아왔어. 언니였어.

"계속 칭얼대던 남규가, 겨우 잠이 들었는데, 이상한 새 한 마리가 감나무 위에서 울어대는 거야. 돌 하나를 주워 새가 있는 곳을 향해 무심히 던졌어… 그리고 돌아서려는데… 발 밑으로 무엇이 뚝, 떨어졌어…….”

언니는 거의 넋이 나간 표정이었어.

“새가… 죽어 있었어. 나는, 나는 그냥… 남규가 깰까봐 조바심이 나서 날아가라고 돌을 던진 것인데… 감나무 밑에 새를 묻어주고 방으로 들어왔어. 포대기를 풀고 남규를 내려 요에다 눕혔는데, 남규의 고개가 옆으로 픽, 쓰러지는 거야…… .”

언니의 정신이 들락거리기 시작한 게 그때부터야. 언니는 자신이 새를 죽였기 때문에 동생인 남규가 죽었다고 믿었지. 그날 이후, 언니는 가끔 혼자 산을 헤매다니며 남규를 불러댔어. 그런 날이면 한밤중이 되어서야 찢기고 헝클어진 옷차림으로 돌아오곤 했지. 그런 날, 나는 하루종일 풍금만 두들겨댔어.

가끔 제정신이 돌아오곤 하던 언니는 날이 갈수록 병세가 깊어지더군. 밥을 주면 그것을 벽에다 뿌리고 바르며 쉴새없이 중얼거리고, 조각조각 뜯어낸 이불솜이 방안 가득 뭉실거렸지. 잠시만 눈을 돌리면 사라졌다가 사람들의 손에 이끌려 돌아오던 언니. 어디를 헤매고 다녔었는지 머리에는 지푸라기가 잔뜩 묻어 있고 웃옷의 단추가 다 떨어져 가슴이 훤히 드러나 있더군.

어쩔 수 없이 언니를 방에 가두고 자물쇠를 걸어야 했어. 나는 풍금을 도끼로 찍어 언니의 목욕물을 데웠지. 아궁이에 타오르는 불을 보면서도 온몸이 오들오들 떨리더군. 그 시절, 눈물이 나오지 않았던 것은 아마도 내 안이 전부 꽁꽁 얼어 있었기 때문인지 몰라.

그래, 단란한 가정의 꿈은 내게 무엇보다 치열한 소망이었어. 사

랑 같은 건 어차피 나도 믿지 않았어. 나는 그 남자의 불안한 애정을
받아들이기로 마음먹었지.

　드레스가 들어 있는 쇼핑백과 악보 파일을 끼고 집을 나섰다. 아
파트 통로가 오늘따라 더 낯설게 느껴졌다. 승강기 입구에서 옆집
여자와 마주쳤다. 그녀는 나를 보자 표정이 싸늘하게 바뀌더니 얼른
비상구 계단 쪽으로 몸을 돌렸다. 홀수 층에 가서 승강기를 탈 것이
라는 것을 나는 안다. 자주 있었던 일이니까.
　나를 바라보는 그녀의 시선은 늘 곱지 않았다. 자신의 버릇없는
아이들을 살갑게 대해주지 않은 것에 대해, 실직한 남편이 런닝과
반바지 차림으로 복도 난간에 서 있다가 귀가하던 나를 반갑게 대해
주던 것에 대해, 그녀는 자기 식대로 나에 대해 예민해했다. 그런 그
녀를 나는 미워할 마음도 없고 오해를 풀어줄 생각도 없다.
　주차장에서 공회전을 시키는 동안 시트에 맥없이 누워 있다가 디
지털 시계를 보았다. 6시였다. 밖으로 나올수록 안개는 짙어졌다.
강을 끼고 있어서인지 공항 주변에는 습한 안개가 자주 끼었다. 구
름처럼 진한 안개가 차창을 가리다가도 어느 결에 소리없이 스러지
고는 했다. 경박하기는… 나는 스러지고 나타남이 재빠른 안개를 보
며 눈살을 찌푸렸다.
　안개 속을 더듬으며 복지회관 건물이 보이는 곳까지 서행했다. 이
삼 미터 갔을까. 휘뜩, 검은 물체가 차 앞을 가로지르는 게 보였다.
나는 힘을 다해 브레이크를 밟았다. 제동을 걸 때마다 쇳소리가 나
는데다 심하게 밀리는 브레이크라 겁이 났던 것이다. 온몸에 후끈
열이 솟았다.

"다친 데는 없니? 너네, 괜찮아?"

얼른 옆으로 차를 대고는 놀란 얼굴을 하고 있는 여자아이 둘에게 다가갔다. 아이들은 서로의 손을 꼭잡고 있었다. 다행이었다. 나는 안도의 한숨부터 내쉬고, 한 아이의 머리를 가볍게 쓰다듬었다.

"언니, 가자아."

차 뒤쪽으로 걸어가는 두 자매의 모습이 무척 다정하게 보였다. 그 남자의 아이들과 비슷한 나이였다. 나는 마음을 진정시킬 겸 시동을 끄고 시트를 젖혀 누웠다. 갑자기 눈에 심한 난시 현상이 일어났다.

잘 있겠지…… .

남자가 죽은 지 닷새 만에 엄마라는 여자가 미국에서 돌아왔다. 그녀는 내게 경멸의 눈초리를 보내며 자기 아이들을 찾아갔다. 내 아이들이야, 못 데려가, 라는 내 항변은 무력했다.

"난 아이들이 전부야. 잘, 키우고 싶어. 서운하겠지만 나와 살려면 아이는 낳지 말았으면 해. 애정이 분산되는 건 원치 않아. 당신의 아이들이라 생각해줘."

남자는 그렇게 말했었다. 그 무렵 남자는 여자가 안 올 거라는 쪽으로 마음을 굳혀가고 있었다. 나는 조용히 고개를 끄덕이며 입 속으로만 말했다.

괜찮아요. 개화하지 않은 무화과는 벌이 산란을 하고 새끼들을 양육하도록 자신의 몸을 내어주지요. 벌 또한 무화과가 더 넓은 세상을 볼 수 있도록 도움을 주잖아요. 우리는 공생의 인연인 거예요. 나는 당신 가족으로 인해 따뜻한 계절을 만난걸요.

그날 바로 병원에 가서 영구 피임을 위한 난관 결찰술을 받았다.

그의 가족과 함께 생활한 지 사 년이 시작되는 해였다. 남자의 교통사고는 그 몇 달 후였다. 돌아온 여자는 소리없이 절차를 밟아 법은 핏줄 편이라는 것을 당당하게 증명했다.

작은아이가 생각난다. 어릴 때 나를 만나 내가 엄마인 줄 아는 아이. 여자의 손에 이끌려 집을 나서며, 엄마, 갔다 올게요! 하고 손을 흔들던 아이. 그리고 어린 나이에도 좀체 속내를 보이지 않고 곰인형에 머리만 파묻던 큰아이.

올림픽 대로는 차량들이 잔뜩 밀려 있었다. 여차하면 제시간에 출근하지 못하리라. 길 위의 수많은 바퀴들은 굴러가기를 멈추고 길이 열릴 때까지 묵묵히 기다리고 있었다.

나는 가끔, 자신이 누군가의 몸을 빌려 사는 것이라 생각했지. 체념이 아니라 자기 위안 같은 거였어. 죽으려던 사람이 자신이 묻힐 무덤을 보고 생의 의욕을 느낄 수도 있다지 않아?

여자에게 아이들을 떠나보내고는 열아흐레 동안을 죽은 듯이 지내다가 세상 밖으로 나왔어. 강가에 앉아 있었지. 한낮의 정적은 밤의 고요보다 진하더군. 강물 위로 소금빛처럼 부서져 내리는 햇살이 스쳐간 인연들의 무상한 손짓만 같았어. 그들과 나는 아주 가까이에 있었지. 단지, 그들은 강물 위에, 나는 뭍에 있을 뿐이더군. 어머니, 아버지, 남동생, 언니… 그리고 남자.

담배를 피워 물고 그들을 바라보았어. 그날이 담배와 첫 인연을 맺은 날이야. 몽롱한 기운이 납덩이 같은 가슴을 풍선처럼 가볍게 해주었지. 한 갑을 다 피울 즈음 햇살은 강물 속으로 스며들었고, 마지막 의식이 저만치 달아나려 할 때, 망막 위로 무덤들이 둥둥 떠다니더군.

때 없는 소나기… 얼굴을 간지럽히는 물기를 느끼며 나는 편안하게, 쓰러졌지.

인정 있는 사람이 있어 나는 병원에서 깨어났어. 그리고 다시 달팽이처럼 집으로 숨어들었지. 어느 날, 사타구니에 곰삭은 냄새와 입안의 군내를 의식하고 보니 얼추 한 계절이 지나 있더군. 그동안 입 안에 무엇을 집어 넣긴 했었는지 싱크대 위로 그릇들이 너저분하게 널려 있었어. 나는 창이란 창은 다 열어 실내에 공기를 들였지. 경쾌한 음악도 틀었어. 남자의 속옷, 장롱 밑에 들어가 있는 아이들 장난감, 사진첩… 눈에 익은 흔적들을 꺼내어 차곡차곡 정리하고, 마당에 어지러이 쌓여 있는 신문도 들여왔지.

아… 에… 이… 오… 우… 샤워를 한 후, 거울 앞에 서서 굳어진 입을 벌려 발성연습도 했단다. 다시 살기 시작했던 거야. 무엇을 하며 살까? 생각해보았지. 잃은 것만 있는 건 아니더군. 우선 치기 싫어했던 피아노를 안 쳐도 되었어. 남자가 남겨놓은 집을 처분하면 몇 해 동안은 마음껏 게으른 생활을 할 수 있었어. 행운 한 조각은 얻은 셈이었지.

자, 이제 어떡할까? 건조하고 나른한 눈빛으로 세상을 둘러보며 생의 여분을 가늠해보았어. 단순하게 몰입할 수 있는 것, 살아오면서 무언가 허전하다고 생각되던 것을 찾아보자.

독학사 학위 과정. 신문 하단에 인쇄되어 있는 광고란이 눈에 들어왔지. 순간 뭉클했어. 아주 강렬한 흡인은 아니었지만 거기엔 감히 들여다보지 못한 세계에 대한 들큰한 회한이 달빛처럼 일렁이고 있었어. 싱숭한 기대감이 불쑥 솟구치더군. 서른네 살의 나이가 잠시 벽으로 다가섰지만, 상관없었어. 결국 거기에서 난 너를 만나게 되지.

16년 만에 밟아보는 학교라는 곳은 낯설면서도 새롭더군. 봄에 피는 꽃과 가을에 피는 꽃이 따로 있다는 말이 있듯이, 만학을 하는 학생들의 반짝이는 눈동자도 신선했지. 학교생활 중에서 가장 근사한 시간은 도서관에서 책을 읽는 거였어. 강의시간은 충실하지 않았던 것 같아. 마음에 드는 강의는 열심히 들었지만, 그렇지 않으면 교수가 바로 앞에 서 있어도 잠을 잤지. 다행히 교수들은 그런 나를 방치해두었어.

도서관에 가면 많은 사람들을 생경한 긴장감 없이 만날 수 있었어. 김동리를 만나고, 이상을 만나고, 도스토예프스키를 만나고, 렘브란트를 만나고, 보들레르를 만나고, 융을 만나면서 나는 너를 보았지. 나처럼 항상 고정된 좌석에서 책을 읽던 너를 육 개월 동안 지켜보았어.

진눈깨비가 내리던 이른 저녁이었지?

그날, 나는 생리통이 심해 일찍 귀가를 하려고 도서관을 나와 긴 계단을 내려가고 있었어. 완만하고 길어 나른하게 보이던 그 계단을 나는 즐겨 오르내렸지. 한 계단, 한 계단 적막히 밟아가는 맛도 괜찮았고, 중간쯤 올라 땀이 송글송글 맺힐 즈음이면 계단 옆 소나무 위의 스피커에서 흘러 나오는 잔잔한 음악이 또 듣기 좋았지.

그날은 아마 로드리고의 아랑훼즈였어. 섬약하고 듬성한 진눈깨비 사이를 올을 채우듯 흐르던 기타음을 들으며, 나는 내려가기를 멈추고 계단에 주저앉았지. 바람이 건듯 불어 비에 젖은 낙엽 냄새가 은은하게 코끝을 간지럽히더군. 무심히 숲길 쪽으로 고개를 돌렸지.

그때, 나무 벤치에 다소곳이 앉아 먼 곳에 시선을 두고 있는 너를 보게 되었지. 이상했어. 무언가가 찌르듯이 가슴에 박혀 왔어.

그후 우리가 예닐곱 차례 더 그 벤치에서 만나고, 그때마다 말없이 서로 웃어주고, 식당에서 순번을 기다리며 서 있는 나를 발견한 네가 뜻밖에도 두 개의 쟁반을 들고 나를 손짓해 부르던, 그 다음날, 학교 근처에 있는 선술집에서 자못 들뜬 표정으로 마주앉았던 것 기억하니?

우리는 주물럭 2인분과 소주를 주문했지.

"제 입술, 밉죠?"

마주하고 있는 것만으로 취해버린 내게 던진 너의 첫마디였어. 그래, 네 입술은 다소 이상하게 뒤틀린 형태이긴 했어. 하지만 그 순간, 내 마음은 더욱 너에게로 다가가고 있었어. 보기 흉하게 옆으로 돌아간 너의 입술 모양보다 네 가슴속에 박혀 있을 아픈 못들이 떠올라 바쁘게 술잔을 비웠지.

너는 누구 앞에서도 자기를 드러내지 않았어. 나 또한 그랬을 것이지만, 너를 둘러싸고 있는 그늘은 좀더 짙고 두터웠지. 그건 세상을 피하려는 의도적인 빗장이 아니라 너의 내밀한 정신이 외화된 독특한 그늘이었어. 삶의 과장을 너는 스스로 용납하지 않았고, 헤픈 적개심 따위에 몸을 맡기지도 않았어. 우리는 서로를 알아보았어. 홀로 20년 간 너를 키워주다가 몇 해 전에 돌아가셨다는 외할머니의 이야기를 네가 짧게, 그리고 담담한 감미로움으로 추억할 때, 나는 네 삶을 스쳐간 바람의 냄새를 맡을 수 있었어.

마지막 잔을 비울 때쯤, 우리는 무언가가 서로에게 전이되고 있다는 것을 느꼈지. 그건 단순한 호감 이상이었어. 온몸으로 느끼고 흡

수되는, 그래서 차라리 절박했다고까지 할 황홀한 교감이었어.

"같이 살자."

너의 자취방이 있는 곳으로 걸어가며 내가 먼저 말했지. 언제 흘렸는지 축축이 젖은 눈으로 고개를 끄덕이는 너의 손을 잡으며 그 새로운 시작에 얼마나 가슴이 벅차오르던지… 내 삶에 비로소 다른 빛깔이 칠해지고 있다고 나는 생각했어.

타인과 타인이 한 공간에 비비적거리고 살면서 우리처럼 자연스러울 수 있을까. 우리처럼 온전히 서로를 수락하고 긍정할 수 있을까. 서로에 대한 어떤 내밀한 속내도 말하지 않았지만 우리는 충만했지. 그 많은 사람들 속에 너만이 오롯이 박히던 그때, 얼음바람만 불던 내 깊은 마음자리는 서서히 샘물이 흐르고 새가 날아들더군. 나 몰라라, 겨울잠을 자던 불연(不燃) 서정이 눈을 뜬 시기였지.

너는 누구보다 명철하고 의연했어. 나보다 여섯 살이나 어린 너에게서 사물을 보는 시선의 날카로움이나 깊고 정제된 사유를 느낄 때, 삶에 대한 초연한 자세를 느낄 때마다 너를 내 삶에 유일한 외우라 생각했지. 너는 결코 자신의 존재를 알리려 바람을 일으키는 아이가 아니었어. 아니, 오히려 그 바람을 안으로 잠재웠지. 당돌할 만큼 자긍심에 가득 차 있으면서도 외부에는 결코 그 기운을 노출시키지 않던 너를 나는 눈부신 마음으로 바라보았어.

무엇이었을까? 우리의 관계는 다만 세상으로부터 고립된 자들끼리의 불구적 우정에 불과했을까? 아, 어찌 꿈 속에서라도 그렇게 말할 수 있을까. 우리는 세상의 많은 사람들이 늘 꿈꾸는 신비로운 만남, 서로 상대의 영혼에 침투하는 경이로운 접촉을 체험했던 거였지. 그런데 결말의 그 비릿한 통속… 과연 우리는 무엇을 놓친 것일까. 무엇을 아직 알지 못했을까.

세 시간 반 만에 카페 입구에 도착했다. 시간 반 정도 늦은 셈이었다. 주인의 인상이 좋을 리 없었다. 방금까지 내 아파트로 전화를 했는지, 내가 들어가자 주인은 수화기를 성급히 내려놓으며 내 위아래를 훑어보았다. 가불까지 한 여자가 간도 크다. 무슨 배짱이야? 그렇게 말하고 싶어 근질거리는 눈빛이었다.

"저쪽 룸에 가서 옷을 갈아입어요."

바 의자에 중년남자 두 사람이 앉자 사장은 금세 표정이 바뀌어 그들에게 나를 소개하면서 점잖을 떨었다.

"그래요? 술맛 좀 나겠는데? 어디 좋은 곡 좀 때려봐요."

토끼처럼 튀어나온 눈동자 속에 퇴폐적인 분위기가 흐느적거리는 남자가 너스레를 떨었다. 나는 누구에게랄 것도 없이 그쪽 전체를 향해 간단히 목례를 하고는 룸으로 들어가 옷을 갈아입고 나왔다.

피아노 뚜껑을 열자 실내 음악이 꺼졌다. 첫곡을 영화 〈슬픔이 종말을 지을 때〉의 주제가를 쳤다. 과연 슬픔이란 것에 종말이 있을까, 그것은 시작도 없고 끝도 없는, 애초부터 존재하지 않았던 건 아닐까. 슬픔의 본질은 물일지도 몰라. 그 물 같은 슬픔에 우리들 삶의 다양한 양념이 섞여져 발효되는 과정에서 느껴지는 가쁜 호흡 같은 걸지도… 라는 공상을 하면서.

연주는 매끄럽게 이어지지 못했다. 자주 둔탁한 음이 튀어올라와 신경질을 부리며 몸을 틀었다. 오랫동안 치지 않아 손이 굳은 탓도 있었다. 나는 대여섯 곡을 더 치고 1부를 끝냈다.

"어이, 한잔 합시다."

아까 보았던 남자들 중의 한 사람이 손을 흔들었다. 그 자리에는 사장도 함께 앉아 있었다. 나는 가볍게 사양하고 바 끝으로 걸어가 자리를 잡았다.

입체 화장을 환상적으로 한 여자 바텐더가 커피를 마시겠냐고 물어왔다. 버번콕을 더블로 주문했다. 그녀는 언더락 잔에 조각얼음을 넣고 잭다니엘을 부은 다음 콜라를 적당히 넣고 쉐이크를 해서 내 앞에 내려놓았다. 그녀와 내가 상투적인 말 몇 마디를 나누고 있을 때, 사장이 내 옆으로 다가와 바 상판 위를 손가락으로 톡톡 두드렸다.

"상부상조합시다. 이해 못할 나이도 아니신데."

내가 남자들의 자리로 옮겨 앉자 안주와 술이 새로 날라져 오고, 사장은 유리컵에 꽂혀 있던 계산서를 뽑아 그 위에 탄력 있는 손놀림으로 볼펜을 그려댔다.

"거 뭐냐. 수희가 부르는 애모 좀 쳐보시오."

그들의 던적스러운 잡담을 귀 뒤로 흘리며 술을 두어 잔 받아 마시고 일어나는 내게, 한 남자가 죽처럼 풀어진 음성으로 말했다. 나는 애모도 치고, 만남도 치고, 알뜰한 당신도 쳤다. 1부에서는 들리지 않았던 박수가 우렁차게 터져나왔다. 건성으로 몇 곡을 더 치고 2부를 끝냈다.

서둘러 옷을 갈아입고 나오는데, 사장이 다가와 손님들과 시간을 더 보내달라며 애바른 미소를 흘렸다.

"그만해요."

단호히 거절을 하고 돌아서자 사장은 지각하지 말라며 퉁명스럽게 내뱉었다.

거리로 나오니 비가 추적추적 내리고 있었다.

보고 싶다!

어설픈 취기 탓인지 댓속 같은 가슴에 산발한 허기가 넘실거렸다. 어느새 나는 한강대교 쪽으로 차선을 바꾸고 있었다. 비바람이 강해져 속살을 드러내며 널브러지려는 우산들, 목뼈가 빠진 사람처럼 흐느적거리는 가로수들을 스치며 나는 그녀가 있는 곳으로 달려가고 있었다.

녹녹한 불빛이 흐르는 그녀의 방. 나는 창 아래에 오도카니 앉아 반대편 거리의 먼 불빛들을 바라보았다. 그녀와의 옛 기억들이 불빛 속에서 암암히 일렁였다. 밤 늦은 거실에서 서로 눈으로만 말하며 소리없이 나누어 마시던 녹차, 술병으로 어지러운 민박집 이층에서 바라보았던 아득한 일출, 건강이 안 좋은 그녀에게 먹이려고 베란다에 키웠던 무공해 야채들, 가벼운 흥분 속에 주고받던 노자와 장자 이야기, 두어 차례 보았던 그녀의 맑은 눈물, 조용히 돌아서던 어깨.

처마에서 떨어지는 빗방울이 바닥으로 떨어져 얼굴 위로 튀어오르고 있었다. 나는 진흙을 훔쳐내고 그녀의 창을 올려다보았다. 남자의 바리톤 음성이 들리고 곧이어 그녀의 환한 웃음소리가 창 밖으로 흘러나왔다.

'남자가 생겼어요. 이제, 언니를 완전하게 떠날 수 있을 것 같아요.'

아파트로 그녀가 찾아왔을 때, 짧은 커트머리에 청바지와 칙칙한 남방만을 고수하던 그녀의 모습은 변해 있었다. 굵은 웨이브에 와인 칼라로 염색한 긴 단발머리, 굽 높은 구두, 귀엽게 화장을 한 얼굴, 그리고 빨간 매니큐어를 칠한 손톱.

위장이었을까. 한 남자를 사랑한다고 말하는 그녀의 눈빛은 나를 위해서 죽을 수 있다던 그때의 눈빛처럼 강렬했다. 그 강렬함은 무엇을 의미하는 거였을까.

저린 무릎을 짚고 일어나는데 삐거덕, 습기찬 소리를 내며 나무대문이 열렸다. 남자가 우산을 펴고 그녀의 허리를 감싸안았다. 그녀의 얼굴은 스산한 날씨가 무색하리만치 밝고 환했다. 나는 얼른 얼굴을 돌리고 벽에 바짝 붙었다. 곧 두 사람은 어둑한 골목 끝으로 엷은 점이 되어 사라졌다. 골목 안에는 빗줄기만 흐득흐득 무심하게 사방으로 튀고 있었다. 나는 천천히 돌아섰다.

"정전이에요."

아파트 정문 수위가 왜 이리 컴컴하냐고 묻는 내게 졸린 눈을 부비며 심드렁하게 대답한다. 잘 됐군요, 하고 나는 말했다. 의아스러워하는 표정으로 멀거니 바라보는 수위를 지나쳐 나는 어두운 복도로 걸어 들어갔다. 무의식적으로 나온 말은 아니었다. 의도가 있는 건 더욱 아니었다. 그저 언젠가도 그러했다는, 어쩌면 늘 그러했다는, 묘한 안도감과 허탈이 반쯤 뒤섞인 상태에서의 반사적인 대꾸였던 것인데, 그런데, 나는 그 말에 스스로 취해버렸다.

그걸 느낀 건 비상계단 앞에서였다. 무언가 이상한 기운이 휘리릭! 몸을 통과했다. 잘 됐군요, 라고 나는 한 번 더 발음해보았다. 낯선 기운이 거기에서 왔다는 것을 나는 알아차렸다. 그러자 이번엔 좀더 선연한 의식 하나가 곧바로 따라붙었다. 그녀의 집 앞에서 돌아서던 순간부터 내가 줄곧 무엇을 기대하고 있었던가를 나는 이제 분명히 느낄 수 있었다. 나는 몸을 돌렸다.

승용차 한 대가 밝은 불빛을 뿌리며 막 경비실 앞의 주차선에 머리를 디밀고 있었다. 나는 잠시 그대로 서 있다가 천천히 경비실을 지나쳐 내 차가 있는 곳으로 향했다. 아파트 전체가 묘지처럼 적막했다.

차에 올랐다. 시트를 젖혀 몸을 눕혔다. 적지의 거대한 석조물 같은 아파트 건물이 한눈에 들어왔다. 곧 무너지기라도 할 듯, 아파트는 장엄하면서 한편 위태로워 보였다. 눈을 감았다. 사막이라고 생각하기로 했다. 모래가 소리없이 출렁이는 밤사막의 한가운데에 천년의 유적을 이웃하고 누워 있다. 차츰 마음이 고요히 추슬러졌다. 몇 차례 길게 심호흡을 했다.

다시 사는 일은 어렵지 않다. 차라리 그건 매우 익숙한 일이었다. 창문을 활짝 열어 맑은 공기를 들여오고, 몇 번 발성연습을 하고, 따끈한 차 한 잔을 천천히 마시고 나면 확실히 세상은 다른 빛깔로 보인다. 하지만 그 다음은? 역시 변하는 것은 없다. 어쨌거나 이젠 상관없는 일이다. 자, 어떤 방법이 좋을 것인가. 기질대로 가자. 게으르게, 아주 게으르게, 인적 없는 곳에 차를 세우고 시트에 30일쯤 누워 있으면 영혼은 다른 세상에서 눈을 뜰 것이다. 제법 인내가 필요한 일인데, 다행히 게으름만큼 인내 또한 내게는 매우 익숙하다. 자, 준비되었니?

오래 누워 있었다. 달콤했다. 끈 하나 놓는 것으로 평화는 얼마나 간단히 찾아오는가. 푸석한 잡념 하나 일어나지 않았다. 이대로… 제발 이대로 다른 욕망은 끼여들지 말아라… 이대로…….

얼마나 지났을까, 눈앞이 희부연해지는 느낌이어서 눈을 뜨니 아파트의 창들에 하나둘 불이 들어오고 있었다. 어쩐지 그것은 꼭 폭죽만 같았다. 정전이 되기 전에 켜져 있었을 불들이 찰나의 간격으로 허공 여기저기 훤히 되살아나는 광경을 나는 공연히 휘황한 심사가 되어 물끄러미 올려다보았다. 불빛 하나하나가 무슨 탄생처럼 숨가빴다. 있어라, 하니 불빛이 있었다! 불빛들은 저마다 거대한 입이되어 번쩍번쩍 입을 열었다. 소리를 들었다고도 생각되었다. 찰칵찰칵 찰칵. 불빛은 적막한 허공에 무수한 구멍을 뚫어대고 있었다. 축복하지 마라! 축복하지 마라! 그러나 이미 나는 흔들리고 있었다. 까닭을 알 수 없는 미칠 듯한 조바심이었다. 아아, 나는 부리나케 몸을 일으켜 차 밖으로 튀어나왔다. 허겁지겁 아파트 현관으로 달렸다.

경비는 여전히 졸고 있었다. 나는 엘리베이터 앞에 서서 숫자판에들어와 있는 녹색 불빛을 올려다보았다. 우웅, 하는 소리가 들리더니 13에 있던 불빛이 하나씩 아래로 내려오기 시작했다. 8까지 내려왔을 때 나는 계단 쪽으로 몸을 돌렸다. 불이 들어왔는데도 계단은여전히 침침했다. 나는 11층까지의 비상계단을 단숨에 올랐다. 아파트 문을 열자 시커먼 어둠이 후욱 온몸으로 덮쳐왔다. 그 어둠을 노려보았다.

와라! 하고 나는 외쳤다. 눈이 익어가면서 차츰 사물의 형체가 희미한 윤곽으로 되살아나기 시작했다. 물체 하나가 눈에 잡힐 때마다나는 찰칵! 하고 소리쳤다. 식탁과 찰칵! 흔들의자와 찰칵! 안방 문고리와 찰칵! 피아노와 찰칵! 그 위의 액자와 찰칵! 그 옆의 촛대와찰칵! 스탠드와 찰칵! 재떨이와 찰칵! 바닥에 뒹구는 원피스 같은 것들이 하나하나 눈 속으로 빨려 들어왔다.

실내를 돌아다니며 불을 켜기 시작했다. 스위치가 있는 모든 곳의불을 밝혔다. 두 개의 방과, 거실과, 화장실과, 베란다와, 스탠드와, 가스레인지의 후드까지 불이란 불은 다 밝혔다. 그리고 거실 중앙으

로 가 몸을 꼿꼿이 세웠다. 비로소 눈물이 흐르기 시작했다. 한 번만
더, 한 번만 더 다시 시작하자. 나는 두 팔을 크게 벌렸다. 날개가
아니어도 좋아.

바람 아래

　액자를 떼어낸 벽면에는 나무 줄기 같은 잔 균열이 나 있었다. 그 균열은 액자를 걸기 전, 그러니까 지난 겨울에는 없던 것이었다. 포장지 위에 액자를 올려놓고 그녀는 담담한 시선으로 그림을 바라보았다. 전에 보던 때와는 다른 전혀 새로운 느낌이 그녀의 가슴에 일렁였다.

　그림은 그녀의 남자가 선물한 디 코지모의 〈님프의 죽음을 슬퍼하는 사티로스〉 복사화였다.

　고개를 떨구고 누워 있는 님프. 목에서 흘러 내린 피가 가슴 가운데로 흐르고 있다. 그녀의 남편, 사티로스. 엉거주춤한 자세로 님프의 어깨와 이마에 손을 얹은 채 멀뚱하게 내려다보고 있다. 눈빛에 안정감이 없다. 감정의 물줄기가 모인 듯하나 여러 갈래로 흩어져 있다.

　님프가 빛의 세계로 들어가면 사티로스는 새로운 사냥터를 찾아 떠날 것이다. 님프의 발 아래 앉아 있는 사냥개, 그의 감은 눈이 비감에 젖어 있다. 님프와 사티로스의 영원한 엇갈림을 무거운 침묵으로 받아들이고 있는 듯하다. 님프가 등을 돌리고 있는 저편 바다의 풍경은 어떤가. 인간사는 내 알 바 아니라는 듯 예사롭다. 해변가 모래사장에는 저들만의 교신에 여념이 없는 동물들, 초연한 기품으로 날고 있는 두루미… 모두 님프에게는 타인이다.

누가 그랬던가, 인생이란 1천 명의 군사에 맨손으로 대드는 단 한 사람의 나그네라고…….

1

내려앉은 하늘에 실눈이 조갈나게 날리던 아침이었다. 그날은 그녀의 남자가 결혼하는 날이었다.

그녀는 예전과 다름없이 일어났다. 몸을 단장하고, 집안을 깔끔히 정돈하고 나서 요리를 하기 위해 냉장고에서 재료를 꺼냈다. 요리 메뉴는 그녀의 남자가 좋아하던 카나페였다. 남자를 만난 이후로 그녀는 자신의 식성, 이를테면 심심한 된장국이나 미역국에 밥을 말아 적당히 익은 총각김치를 척 얹어 먹고 개운하게 트림을 토해내던 식습관을 바꾸었다. 식습관이 성격을 형성하는 데에 중요한 부분을 차지하지, 하던 남자의 말을 존중해서였다.

삼각형, 사각형, 원형으로 썰어놓은 식빵 위에 마요네즈 소스와 겨자 버터를 바르고, 햄과 오이, 올리브와 살짝 데친 새우를 얹고서, 마지막으로 파슬리와 체리를 엇갈리게 장식했다.

카나페를 따끈하게 데우기 위해 그녀는 접시를 오븐기에 넣고 스위치를 돌렸다. 땡, 정확히 십 분 만에 오븐기에서 신호음이 울렸다. 접시를 식탁 위에 올려놓은 그녀는 두 손을 앞치마에 훔치면서 원형 벽시계의 시침과 분침에 시선을 박았다. 시침과 분침은 사과를 사분의 일로 반듯하게 쪼개놓은 것 같은 모양이었다. 아홉시였다.

식탁 위에는 냅킨으로 말아놓은 두 사람 분의 포크가 탁자 양쪽에 가지런히 놓여져 있다. 그리고 커피 메이커에서 막 뽑아져 나온 커피. 그녀는 커피 맛을 본 지가 오래되었다. 역시 남자의 습관에 맞춘 결과였다.

그녀는 우두커니 서서 식탁 의자를 쓰다듬다가 침실로 들어갔다. 흰색 바탕에 잔 꽃무늬 덮개가 씌워져 있는 침대 위에 두 개의 베개가 나란히 놓여 있다. 그녀는 벽 쪽의 베개를 집어 구김을 펴고는 다시 제자리에 놓았다. 침대 옆의 전면 거울 앞으로 자리를 옮긴 그녀는 천천히 가슴에 두 손을 모았다. 그녀의 손이 미세하게 떨렸다. 순간, 그녀는 자세를 고쳐 누구에게 보이기라도 하듯 아무렇지도 않다는 제스처를 취해 보였다. 이윽고, 화장대에 있던 자줏빛 루즈로 느릿느릿 창백한 입술을 가리던 그녀는 별안간 두 손을 갈퀴처럼 오므려 와락 거울을 긁어내리고는 몸을 돌려 침실을 나왔다.

거실에는 제도판이 마당이 보이는 통창을 마주하고 있었다. 엷은 베이지 톤의 버티컬 블라인드. 그레이 톤의 벽지, 거실 가운데 놓여 있는 검정 레자 소파. 바닥의 붉은 무늬 카펫. TV와 오디오가 놓여 있는 유행이 지난 원목 장식장이 9개의 꼭같은 모듈로 된 유리 거울이 붙어 있는 천장에 황량하고 어지럽게 어른거리고 있었다.

그녀의 집을 처음 방문한 날, 남자는 실내를 둘러보며 당신의 색

채를 알 수 없어서 신선하오, 하더니 나중에는 중이 제 머리는 못 깎
는다더니, 라고 말했다.

그녀가 사는 집의 실내 가구와 소품들은 직접 구입한 것들이 아니
었다. 주택 공사를 할 때 주부들이 싫증났다고 버린 것들을 들고 온
것이 태반이었다. 지금 살고 있는 집도 그녀의 소유가 아니었다. 몇
해 전에 이민 간 집주인이 관리를 부탁하며 그녀에게 싸게 임대한
집이었다. 처음에는 사무실로 이용했다. 마당이 넓고 지하가 있어서
자재를 쌓아놓기에 편했고, 방 두 칸은 사무실로 쓰고, 부엌과 연결
되어 있는 거실은 이동성 있는 파티션으로 가려 미팅 룸으로 만들었
다. 그녀는 부엌에 딸린 작은 방 하나만 개인적으로 사용했다.

사무실을 따로 얻고 그 집을 가정집으로만 쓰게 된 것은 남자가
그림을 선물한 지 두 주가 지나서였다. 남자를 위한 첫 배려였다. 미
국에서 부모와 함께 거주하다가 혼자만 귀국한 남자는 그 당시 친척
집에 기숙하며 직장에 다니고 있었다. 남자는 광고회사의 프로듀서
였다.

이곳이 좋겠어, 당신과 나의 재탄생, 근사하지? 하며 남자가 액자
를 걸려고 침실 벽에 못을 박자, 못은 자기가 박힐 자리가 아닌 듯
몇 번을 튕겨져 나와 결국은 남자 옆에 멀뚱히 서 있던 그녀의 눈밑
에 작은 상처를 남겼다.

그녀는 의자에 앉아 붓으로 제도판 위를 가볍게 쓸어냈다. 안경
끝을 올리며 그녀가 들여다보고 있는 것은 밑그림만 잉킹된 주택 투
시도였다. 지난밤, 헝클어진 머리를 한올 한올 풀어내리듯 위스키
한 잔을 느리게 마시면서 그린 것이었다. 투시도에 그려져 있는 모
든 선들은 강약 없이 고르게 보였지만, 자세히 들여다보면 바다 밖

으로 돌출하지 못하는 잔파도의 떨림처럼 미세하게 주름져 있었다.

식탁 위의 음식이 쪼글쪼글하게 말라갈 때까지 그녀는 제도기 앞에 석고상처럼 앉아 손을 놀렸다. 피스테이프 작업을 하고, 벽체, 하늘, 지면, 창의 순서대로 스프레이를 뿌리고, 그림자를 넣었다. 테크닉 펜으로 세세한 부분을 마감한 그녀는 의자에 몸을 젖혀 누우며 뒷목을 지그시 눌렀다.

그때, 목을 길게 빼고 울어대는 새소리처럼 전화 벨이 울렸다. 그녀는 성급히 의자에서 몸을 일으켜 전화기를 바라보았다. 전화 벨이 여러 번 길게 울릴 때까지 그녀는 수화기를 들지 않았다. 나사가 헛돌기 직전까지 드라이버를 돌린 상태처럼, 온몸이 팽팽하게 긴장되었다.

전화를 걸어 온 사람이 남자일지도 모른다고 생각하며 그녀는 머리 속으로 할 말을 떠올렸다.

나 지금 식장으로 가고 있어, 하고 마치 결혼하는 것이 그녀 때문이라는 듯한 어조로 그가 말을 하거나, 갔다 와서 들를게, 하며 잠시 출장 갔다 올 사람처럼 말을 해오면, 그래요, 하고 아무렇지도 않은 듯 말을 해야지…….

숨을 깊게 몰아쉰 뒤 그녀는 목소리에 무게를 잔뜩 깔고 전화를 받았다. 몸의 피가 모두 머리로 몰린 것 같고, 가뭄으로 갈라진 흙바닥 위에 꿈틀거리는 지렁이처럼 손등의 정맥들이 툭툭 불거져 나왔다.

"저, 사장님. 미스 김인데요. 현장 실장님이 기다리세요. 인부들 임금을 줘야 한대요. 오늘 신촌 노래방 공사 마감인 거 아시죠? 실링 라이트도 다 달았대요. 그리고, 기계도 들어왔다던데요."

전화를 걸어 온 사람은 김 양이었다. 김 양은 실링 라이트라는 단어에 억양을 높였다. 상고를 졸업하자마자 입사한 김 양은 열심히 인테리어 용어를 외우고, 실무도 알아야 한다며 점심 시간마다 가까운 현장에 가서 일을 도왔다. 퇴근 후에는 디자인 학원까지 다니는 김 양을 볼 때마다 그녀는 지난날 자신의 모습을 떠올리며 씁쓸하게 미소짓곤 했다.

출근하여 보고와 결재를 받고, 직원 몇 명 데리고 오픈식 하는 점포에 화분 하나 사 가지고 가서 노래 몇 곡 부르고, 번창하세요, 잔손질이 필요하면 언제든지 불러주시구요, 점주에게 웃어준 뒤, 박사장을 만나 잔금을 받는 일이 오늘 그녀가 치러야 할 반나절 동안의 스케줄이었다.

박사장은 노래방 기계 업자였다. 아는 사람의 소개로 만난 박사장은 점주에게 받아내는 공사비는 평당 백만 원인데, 이십 프로를 뺀 팔십만 원에 계약을 하자고 그녀에게 협상을 제의해 왔다. 그 당시 그녀의 회사는 공사를 해준 업체가 부도를 내어 고전을 겪고 있었다.

계약을 하기 전에 그녀는 계약서를 세밀하게 읽고 손익계산을 따져보았다. 공사가 풀 가동으로 이어지게 되면 일정한 자재를 쓰기 때문에 상당한 원가절감이 될 것이다. 더군다나 이 바닥에 현찰 공사는 드문 일이었다. 주저할 게 없었다.

"지출해. 현장으로 바로 갈 거니까."

김 양과의 통화를 끝내자마자 시계를 보니 12시였다.

그녀는 갑자기 심한 현기증을 느꼈다. 조금씩 좁혀져 오던 천장과 바닥이 뱅뱅 돌아가고 가슴이 맷돌 사이의 콩처럼 갈아지는 것만 같았다. 내가 왜 이러지? 마루에 웅크리고 앉아 머리를 흔들어대던 그녀는 벌떡 일어나 창문을 활짝 열었다. 눈발은 여전히 감질나게 내리고 있었다. 성긴 눈발 사이로 예식장에서 남자 옆에 다소곳이 고개를 숙이고 있을 여자의 모습이 그려졌다. 타원형의 둥그스름한 눈 모양에 크고 검은 눈동자, 단정한 코의 선, 도톰한 호박볼을 가진 여자였다.

"현모양처감이네요. 덕도 있어 뵈고… 귀하게 자란 분 같아요."

지난 가을, 남자의 여름 양복을 세탁소에 맡기려고 정리하던 그녀는 양복 안쪽 호주머니에서 한 장의 사진을 발견했다. 그녀는 남자에게 사진을 내밀면서 여자의 인상에 대해 말했다. 그래? 남자는 엷게 웃으며 슬금슬금 곁눈질로 그녀의 눈치를 살폈다.

그녀는 더이상 아무 말도 묻지 않았다. 그후 가끔 질투 비슷한 감정이 스멀거리기도 했지만, 표면적으로는 늘 담백하게 남자를 대했다. 하지만 그 담백함의 이면에는 남자에 대한 배려보다도, 그 감정에 대해 상투적으로 묶이고 싶지 않다는 마음이 앞서 있었다. 자신에겐 그런 통속적인 게임을 할 무기가 없다고 그녀는 일찌감치 인정해버리고 말았다.

그녀는 현장에 가는 일도 잊은 채 방으로 들어가 침대 위에 붙박인 듯이 누웠다. 날아온 돌멩이에 맞은 것처럼 눈에 둔탁한 통증이 일었다. 그때 바로 전화가 걸려 오지 않았다면 그녀는 대책없이 눈물을 쏟아냈을지 모른다.

전화를 걸어 온 사람은 그녀와도 가까운, 남자의 친구였다. 그녀는 그를 선배라고 부르고 있었다.

"미연아! 나야."

"네에, 웬일이세요."

"식 끝나고 지금 공항으로 떠났다. 미국으로 간다더구나. 잠깐 보았는데 녀석도 마음이 편하지는 않은 것 같더라. 네가 강단 있는 아이라 걱정은 안 된다고 하면서도, 너 지금 나와라. 내가 드라이브 시켜줄게."

강단… 그 말을 되새기고 있자니 풋, 공허한 웃음이 흘러 나왔다. 그녀를 아는 모든 사람에게 듣는 말이었다. 그녀는 늘 그래왔다. 사적인 만남은 일체 접촉을 피하고 일에만 정신을 쏟고 살았다. 그런 그녀를 사람들은 찔러도 피 한 방울 나지 않을 사람이라며 가볍게 질책하고는 했다. 남자와 가까이 사귀게 된 건 그녀 자신이 생각해도 신기한 일이었다. 남자의 집요한 구애가 아니었다면 힘들었을 것이다. 남자는 자기 삶을 모두 걸어버린 양 온몸으로 여자에게 접근해 왔다.

당신은 내게 승부욕마저 일으키게 합니다. 그래요, 보물은 쉽게 얻어지는 법이 아니겠지요.

근 이 년이나 되는 끈질긴 구애였다. 그 집요한 열정이 살풋 감동스러워질 때쯤 그녀는 자기 안에서 낯선 싹 하나가 자라오르는 것을 느꼈다. 제 안에 그런 면이 있으리라고는 단 한 번도 상상해보지 않은, 익숙지 않아 문득문득 혼란스럽기조차 한, 그리고 마침내는 알 수 없는 조바심으로까지 자신을 몰고 가버린 아주 낯선 정서였다. 부드럽고 여린 속살의 미세한 떨림 같은 것. 그녀를 흔들어놓은 건 어쩌면 남자보다는 그 낯선 정서였을지 모를 일이었다. 그녀를 향한 남자의 구애가 사랑이기보다는 우선 도전이었던 것처럼.

"네에… 다음 날로 하죠. 저, 급한 일로 나가봐야 돼서요."

멍하게 생각에 잠겨 있던 그녀는 선배의 호의를 가볍게 거절하고
수화기를 내려놓았다.

2

그녀는 입고 있던 옷에 코트만 걸치고 서둘러 집을 나왔다. 주말
이어선지 도로는 중고차 전시장 같고 내리자마자 녹아버린 눈으로
질척거렸다.

틀렸다, 하면서도 가야 한다는 마음뿐이었다. 가서 어쩌겠다는 계
획 같은 건 없었다. 어쩌면 남자가 기다릴지도 모른다는 엉뚱한 망
상에 사로잡혀 있었기에 그녀는 다른 것은 아무것도 생각나지 않았
다. 난 널 버리지 않아, 라고 말하던 어느 날의 남자의 목소리만 귓
속에 들어간 벌레처럼 윙윙거렸다.

공항에 도착한 그녀는 국제선이 있는 주차장에 차를 세우고는 2청
사로 달려갔다. 그녀는 출국장이 있는 삼층으로 올라가며 연신 주위
를 두리번거렸다. 하지만 출국할 사람들이 막 빠져나갔는지 주위는
한산하기만 했다. 간간이 배웅하고 돌아가는 사람들만 반대편 에스
컬레이터로 어수선하게 내려가고 있었다.

그녀는 홀 한가운데에 넋을 잃고 섰다.

끝난 건가… 순간 그녀는 바위 같은 것이 그녀의 눈앞을 매몰차게
가려 마치 굴 안에 갇혀버린 기분이었다. 서른 넘게 살아오면서 적
지 않은 굴을 하나씩 통과할 때마다 그녀는 어떤 희열을 맛보곤 했
다. 하지만 이번에는 지금껏 지나왔던 굴의 의미와는 달랐다. 그것

은 살아오면서 한번도 느끼지 못한 가장 비합리적이고 모호한 것이었다. 그동안 버텨온 시간이 속절없이 무너진다는 것에 걷잡을 수 없이 화가 나면서도, 그 순간 다른 감정은 하나도 없이 그저 허탈하기만 했다.

그녀는 면세점과 약국 가운데 있는 화장실로 몸을 끌며 들어갔다. 세면대 앞에서 화장을 고치고 있던 여자가 옆으로 자리를 비켜주면서 살짝 웃어보였다. 고마워요, 그녀는 혼자말처럼 낮게 말하고는 수도 꼭지를 세게 틀었다. 물은 시리고 차가웠다. 세수를 하려고 들어온 것이 아니었지만, 두 손으로 얼굴에 물을 몇 번 뿌린 그녀는 가방에서 손수건을 꺼내어 물기를 닦았다. 피부가 뻣뻣하게 당겨왔다.

"어머, 참 예쁘네요. 월석이지요?"

목걸이를 가리키며 여자가 호들갑을 떨었다. 그녀는 그제서야 목걸이 알이 월석인 걸 알았다. 목걸이는 그녀의 남자가 선물한 것이었다.

그녀가 주차장으로 나와 차에 시동을 걸고 있을 때 비행기 한 대가 저공으로 유유히 날아가고 있었다. 그녀는 비행기가 시야에서 멀어질 때까지 멀거니 바라보고 있다가 공항을 빠져나왔다.

등촌동 하이웨이 주유소 앞에 있는 공중전화 부스 앞에서 그녀는 차를 정차시켰다. 회사 직원에게 지시사항을 전달하고 끊으려고 하는 데 잠깐만요, 하며 미스 김이 바꿔 준 사람은 그녀의 어머니였다.

어머니가 회사를 찾아올 때는 무언가 변화가 있어서라는 것을 알기에 그녀는 다시 맥이 쭈욱 빠졌다. 집에서 나온 이후로 그녀는 다달이 생활비를 부쳐주는 것 외에는 아버지의 제삿날이 아니면 어머니를 찾아가지 않았다. 그것이 어머니에게도 편할 것이라고 생각하고 있었다.

"맴이 헛헛할 텐데… 내가 그리 가리? 지금 어디냐?"

"괜찮아요, 신경 끄고 엄마 일이나 잘 하세요."

새로 사귄 남자의 이야기를 하려고 온 줄로 짐작한 그녀는 어머니의 말에 미음 돋듯 하는 눈물을 훔쳐내며 퉁명스럽게 대꾸해버렸다.

아버지가 돌아가신 후 어머니는 세 명의 남자와 동거를 하였다. 그때마다 아버지가 남기고 간 재산이 성큼성큼 줄어들었지만 어머니의 생활은 윤기가 흘렀다. 젊은 시절부터 몸이 허약했던 아버지가 폐암으로 돌아가시고 나자 학교에서 돌아오는 그녀를 반기는 것은 '벤지'라는 강아지뿐이었다. 어머니는 그녀가 숙제를 하다가 책상 앞에 엎드려 졸고 있을 때나, 다음 날 등교 시간이 다 되어서야 들어와서는 옛다, 하며 도시락 대신 동전을 그녀의 손에 쥐어주곤 했다. 그녀는 그때까지 어머니를 심하게 미워하지는 않았다. 외롭다는 생각은 들었지만 어머니의 모습이 너무나 행복해 보였기에 나름대로 위안을 삼을 수 있었다.

중학교 이학년 때부터 그녀는 아침마다 엄마, 학교 다녀올게요, 라는 인사를 하지 못하고 소리없이 집을 나와야 했다. 어머니의 첫 남자가 그녀의 집에 살게 된 해였다. 어머니의 두번째 남자가 집에 들락거리기 시작하고부터 그녀는 어머니를 혐오했다. 하지만 그런 감정을 드러내지는 않았다. 그것은 어머니가 남자들을 아버지라고 부르라고 시키지 않았고, 그녀의 책상 앞에 놓여 있는 아버지의 사진첩을 치우라고 하지도 않았기 때문이었다.

성적이 우수했던 그녀가 대학 진학에 관심을 두지 않은 것은 하루라도 빨리 어머니로부터 독립하기 위해서였다. 그녀는 졸업을 하자

마자 건축회사 경리직으로 취직하여 회사 근처에 방을 얻었다. 그때부터 그녀와 어머니는 아버지 제삿날말고는 전화로만 이야기하는 사이가 되었다.

남자가 없으면 한 순간도 견딜 수 없는 여자… 어머니는 그것이 남편에게 받지 못한 것을 찾는 것이라고 했지만, 그녀는 어머니의 그런 행적을 싸구려 열정이라며 인정하지 않았다. 그래서였던가, 그녀는 늘 이성을 향한 섣부른 감정의 동요를 스스로 차단했다. 만일 내가 한 남자를 만난다면 그것은 감정보다는 인간으로서의 신뢰야, 라는 것이 그녀의 생각이었다.

그녀가 올 때까지 기다리겠다며 훌쩍거리는 어머니를 달래서 보낼 마음으로 회사 앞까지 갔던 그녀는 건물 앞에서 오히려 속력을 높여 휑하니 지나치고 말았다. 차를 멈추면 그 순간 차와 함께 온몸이 녹슨 폐품처럼 폭삭 무너앉을 것만 같았다.

3

지는 햇살을 보러 갈까…….

경부 고속도로를 달리던 그녀는 천안 1km라는 이정표가 보이자 우측으로 차선을 바꾸었다. 천안 톨게이트를 빠져나오니 야청빛 기운이 사위를 둘러싸고 있었다. 잠시 방향감각을 잃은 그녀는 삼거리에서 신호를 기다리며 지도를 펼쳤다.

온양을 지나 태안 쪽으로 가다 보면… 바다가 있구나.

들쭉날쭉한 해안선을 따라 만리포, 천리포, 몽산포, 학암포까지 손가락을 짚어가던 그녀는 제일 끝에 있는 안면도라는 지명에 시선을 멈추었다. 그녀의 차 앞으로 달려가고 있는 빨간 스포츠카 바퀴에 체인이 감겨져 있었다. 그녀는 고개를 갸우뚱했다. 추운 날씨였지만 길이 얼어 있는 것도 아니고 산간 지방도 아닌데 꽤나 조심성 있는 사람이라는 생각이 들었다.

도고를 지나 덕산 삼거리에서 그녀는 차를 세웠다. 밤길이고 초행이라 통 감을 잡을 수 없었다. 그녀는 길 모퉁이의 '새로나 슈퍼'라고 써 있는 가게 안으로 들어갔다. 슈퍼 안에는 주인 여자가 카운터 앞에 앉아 컵라면을 먹고 있었다.

"저기 말씀 좀 묻겠는데요, 안면도를 가려면 곧장 직진하면 되나요?"

"저맨치 가다가 우로 돌아가면 수덕사가 나오는디유, 그곳을 지나면 갈산면이에유. 그기서 계속 똑바로 가세유. 한참 가다 보면 방조제가 있는 간월도가 나와유. 그기서 조끔만 더 가면 안면도로 가는 길이 있을 거구먼유."

태안을 거쳐야 되지 않느냐고 그녀가 되묻자 아낙은 텔레비전 화면에 시선을 둔 채로 지름길이에유, 라고 대답했다.

갈산면으로 들어서니 주위는 칠흑처럼 어두웠다. 겨울이었고, 마을이 산으로 둘러싸여 있어서일 것이었다. 헤드라이트 불빛에만 의지하며 달리던 그녀는 오래지 않아 묵지근한 피곤을 느꼈다. 평상시에도 잠이 모자란데다 며칠 간 거의 뜬눈으로 밤을 새웠던 것이다. 가물거리는 정신을 모으기 위해서 라디오를 켰지만 주파수가 맞지 않아 직직거리는 소음만 들렸다.

한참을 달리다 보니 AB지구 방즈제가 있는 다리가 나왔다. 다리

왼쪽 둑길에는 차들이 두어 대 세워져 있고 넓은 둑 밑으로 낚시꾼들이 앉아 있는 것이 보였다.

그녀는 차를 둑 옆에 세워놓고 창문을 열었다. 비릿한 내음이 눅눅한 물바람에 섞여 코끝에 닿았다. 그녀는 뺨이 얼얼해져 올 때까지 창문 밖으로 얼굴을 내밀고 바람을 맞았다.

그 남자는 대체 나에게 무엇이었을까, 어디쯤에서 무엇이 어긋난 것일까… 내가 마침내 미래의 모든 것을 그와 함께 할 결심을 하고 그를 중심으로 삶의 틀을 바꾸고 있을 때에 그는 기다렸다는 듯 감정이 식어가고 있었다. 어차피 사람의 마음이란 정물화가 아니라는 것쯤은 누구나 알고 있다… 그렇지만……

그녀는 차창을 올리고 다시 차를 몰았다. 마을 하나를 지나 굼깊은 산 속으로 접어들었다. 길가에 우거져 있는 적송 밑에 눈이 희끄무레하게 쌓여 있었다. 길은 올라갈수록 험했다. 내리막길을 오십여 미터 정도 내려갔을까. 갑자기 바퀴가 팽그르르 돌면서 차체가 기우뚱거렸다. 그녀는 얼른 핸들을 왼쪽으로 돌리고 브레이크를 밟았다. 하지만 차는 순식간에 제멋대로 주욱 미끄러져 갔다. 다음 순간 쿵, 소리와 함께 차는 산 밑의 고랑에 빠져버렸다.

핸들 가운데에 가슴팍을 부딪친 그녀는 잠시 동안 정신이 아뜩했다. 얼마 후 정신을 가다듬은 그녀가 차 밖으로 나오려고 문을 흔들었지만 어디가 뒤틀렸는지 문은 열리지 않았다. 60도 정도로 실그러진 차 안으로 매콤한 휘발유 냄새가 들어왔다. 그녀는 서둘러 시동을 껐다. 그리고 자꾸 옆으로 쏠리는 몸의 중심을 잡기 위해 핸들을 힘주어 잡았다.

벗어나야 한다……

그녀는 상체를 문에 완전히 기대고 두 손으로 문 손잡이를 힘껏 잡아당겼다. 문이 힘겹게 조금 열렸다. 그녀는 열린 문 틈으로 몸을 밀어냈다. 그녀의 몸은 빙판 아래로 떨어지면서 저만치 아래로 뒹굴어 내려갔다.

아무도 없어요? 소리를 질러보았지만 되돌아오는 것은 그녀의 음성뿐이었다.

시간이 흐를수록 몸은 얼어가고 코트 속으로 칼날 같은 바람이 집요하게 파고들면서 그녀는 정신마저 혼미해졌다. 나뭇잎이 뿌리와 줄기에 의지하여 퍼져가듯이, 길이 보이지 않으니 다리의 움직임이 망설여졌다. 그녀는 한참을 그대로 서서 어둠을 응시했다.

그렇게 서너 시간 보내는 동안 빙판에 닿인 그녀의 발은 차츰 감각이 없어졌다. 그 와중에도 혼곤한 피로가 몰려와 눈꺼풀이 자꾸 밑으로 내려갔다.

네가 고작 이 정도밖에 안 되었더냐? 잠시 막힌 미로 때문에 주저앉아? 길이 없어도 걷는 거야. 길은 네가 걸어야 생기는 거야.

그녀는 소리라도 지르듯 주절거리고 나서 코트자락을 바짝 여미고는 무끈한 발을 끌어 걸음을 옮겼다. 얼마쯤 걸었을까, 산 아래서 어떤 소리가 들려오고 있었다. 그 스리는 점점 가까이 들려오고, 희미한 불빛이 여명처럼 산 주위에 번져오고 있었다. 손을 흔들었던가, 아니면 다가오는 물체를 바라보기만 했던가, 그녀는 폭설처럼 뿌려지는 불빛에 온기를 느끼며 스르르 눈을 감았다.

4

〈外息諸緣內心無喘〉

밖으로 모든 인연을 쉬고, 안으로 마음의 헐떡임이 없게 하라.

광목천 위에 붓으로 씌어져 있는 글이 그녀가 눈을 뜨고 처음 마주친 것이었다. 그 글은 그녀가 누워 있는 맞은편 벽에 걸려 있었다.

이곳이 어딘지, 차는 어떻게 되었는지… 만취하여 필림이 끊긴 사람처럼 그녀는 지난 밤 이후가 가물거렸다. 하지만 글의 내용이 마음에 와 닿아선지, 이상하게 방안이 아쉬람처럼 편안하게 느껴졌다.

지은 지 얼마 안 되었는지 벽지는 얼룩 없이 깨끗했고, 머리 위에 놓여져 있는 텔레비전과 인터폰도 손때가 묻어 있지 않았다. 가늘고 여린 빛줄기가 이불 위에 올려져 있는 그녀의 손등에 비쳤다. 그녀는 빛줄기를 따라 시선을 옮겼다. 갈색 체크 무늬로 가려진 커튼의 틈을 비집고 말간 아침 햇살이 들어오고 있었다.

그녀가 다시 눈을 감으려 하자 파도소리가 방안 가득 들려왔다. 일어나 창문 커튼을 여니 출렁이는 바다가 가슴으로 덥석 안겨왔다. 그리 길지 않은 방파제 앞에 배 한 척이 들어와 있고, 사람들이 무언가를 열심히 옮기고 있었다. 저만치 오두마니 떠 있는 섬 앞의 하얀 등대 주위로 갈매기가 날아다니고, 가까운 곳에 사각으로 된 가두리가 두어 군데 보였다.

시선을 육지 쪽으로 끌어오니 건물 앞에 은회색 갤로퍼와 오토바이, 그리고 르망 한 대가 세워져 있었다. 그 앞으로 검은 장화와 회색 오리털 점퍼를 입은 남자가 방파제 쪽으로 뚜벅뚜벅 걸어가고 있는 게 보였다. 늠름한 목덜미와 곧게 펴진 어깨에 의연한 기운이 서려 있었다.

요의를 느낀 그녀는 창가에서 돌아서 주위를 두리번거리다 방문을 열어보았다. 다행히 현관 왼쪽에 욕실이 있었다. 그녀는 유리문을 밀고 욕실 안으로 들어갔다. 감청빛 타일로 된 욕실 안은 정갈했다. 세면기 위에 부착되어 있는 거울도 말끔했고, 수건걸이에 걸려 있는 타월도 보송했다. 변기에 물을 내린 그녀는 세면대 거울 앞에 서서 대군하게 들어간 눈과 허옇게 분칠한 듯한 입술, 부스스한 머리를 한 자신의 모습을 낯설게 바라보았다.

그녀가 막 방으로 돌아왔을 때 인터폰이 울렸다.

"일어나셨남유? 사장님이 전복죽을 갖다 드리라고 해서유."

나이든 아주머니의 음성이었는데 나직하고 정다웠다.

"저……."

무슨 말이라도 해야 한다고 생각되어 입을 열었지만 말이 잘 나오지 않았다.

이부자리를 개어놓고 그녀는 벽에 기대어 앉아 있었다. 오 분 정도 지나 인터폰을 한 아주머니가 왔다.

"큰일날 뻔했구먼유. 아가씨 차는 렉카차로 꺼냈대유. 어젯밤 사장님이 아가씨를 밤새 간호했어유."

시퍼렇게 얼어 있던 그녀의 발도 사장이 풀어주었다며 아주머니가 덧붙였다.

"여기가 어딘가요?"

그녀가 열없이 웃으며 물어보자 아주머니는 안면도 끝에 있는 포구라고 말해주었다.

"어디를 가려다 그 변을 당했남유?"

그녀가 대답없이 미소만 짓자, 아주머니는 더이상 묻지를 않고 따끈할 때 먹으라는 말을 남기고 방을 나갔다. 쟁반에는 동치미와 말간 간장이 담긴 종지, 그리고 전복죽이 놓여 있었다. 그녀는 전복죽을 몇 수저 입 안에 넣었다. 고소하고 담백했지만 그녀는 더이상 수저를 들 수가 없었다.

그녀는 다시 잠을 청했고, 깨어나면 또다시 눈을 감았다. 마치 고향집에 돌아온 나그네처럼 오래도록 깊은 잠에 빠졌다.

주위는 온통 불바다였다. 불 기운에 그녀의 몸은 달군 쇳덩이처럼 벌겋게 변해가고 있었다. 살려주세요, 두 손을 흔들며 밖을 향해 소리를 질러 보았지만 아무도 없었다. 그때, 차 한 대가 그녀가 있는 곳을 지나치다가 후진하여 멈추어 섰다. 차 안에서 나온 사람은 그녀의 남자였다. 남자는 잠시 멀거니 서 있다가 눈동자만 굴리며 주위를 살피더니 황급히 차 안으로 들어갔다. 민기 씨! 그녀가 남자를 불렀을 때에 차는 이미 그녀 앞을 가로질러 멀어져 가고 있었다.

그녀는 급하게 몸을 일으켰다. 현실감은 없었지만 너무 선명한 꿈이라 깨어나서도 방안이 모두 불 속처럼 느껴졌다. 자신의 몸 구석구석을 훑어보던 그녀는 전구 스위치를 눌렀다. 불빛이 어둠을 밀어냈지만 답답함을 느낀 그녀는 옷걸이에 걸려 있는 코트를 입고 방을 나왔다.

계단을 내려가던 그녀 앞에 검은 물체가 다가섰다. 그녀는 무르춤 걸음을 멈추었다.

"놀라지 마세요. 이 집 주인입니다."

그녀의 팔을 부축하며 다가선 사람은 주인 남자였다. 예전의 그녀 같으면 대번에 팔을 뿌리쳤을 터이지만, 주인 남자의 행동이 워낙 자연스러워 그녀는 가만히 팔을 맡겼다. 그녀는 남자를 따라 일층에 있는 가게 안으로 들어갔다. 아까 보았던 아주머니가 바구니에 담겨 있는 수저를 행주로 닦아 수저통에 넣고 있었다.

주인 남자는 공단으로 된 도톰한 방석을 내밀며 그녀에게 편히 앉으라고 말했다. 식사를 차려 오겠다며 일어나는 아주머니에게 그녀는 물 한잔을 청했다.

그녀 앞에 주인 남자가 마주 앉았다. 구릿빛 얼굴에 날카롭지는 않지만 깊고 포근한 느낌을 주는 암갈색의 눈을 지닌, 그러나 어딘가 독특한 우수가 느껴지는, 그녀보다 서너 살 정도 더 들어 보이는 사람이었다. 얼굴에 흐르는 태가 어촌 태생으로는 보이지 않았다. 주인 남자는 점퍼를 벗으며 주머니에서 담뱃갑을 꺼내다 무슨 생각이 들었는지, 다시 담뱃갑을 주머니에 넣었다. 그리고 그녀를 바라보며 미소지었다. 마치 친오빠가 객지에서 내려온 누이동생을 대하는 듯한 무람없는 눈빛이었다.

그녀는 그 눈빛을 받고 있기가 민망스러워 바다 쪽으로 고개를 돌렸다.

"차가 워낙 많이 부서져서 공장으로 다시 보냈어요. 일주일 정도 걸릴 겁니다. 있는 동안 편하게 지내세요. 주변에 좋은 곳이 더러 있으니까 구경도 다니시고요."

"제가 묶는 방값 계산은 어떻게 됩니까?"

그녀가 시선을 돌려 주인 남자를 보며 말했다. 마음 같아선 고맙다는 인사라도 해야 한다고 생각하면서도 그녀는 짐짓 냉정한 자세를 취했다.

"가시는 날에 알아서 주십시오. 지금은 철도 아니고, 방을 만들고 첫 손님이니까 특별히 할인해드리지요.”

주인 남자의 눈빛에는 사심이 전혀 깃들여 있지 않았다. 언제나 셈 관계는 철저하게 하며 살아온 그녀로서는 오히려 거북한 상황이었다. 하지만 헤픈 선심만은 아닌 것 같아 그러죠, 라며 주인 남자의 뜻을 담백하게 받아들였다.

잠이 안 올 땐 최고입니다. 무슨 뜻에선가 주인 남자는 자리에서 일어나는 그녀에게 소주 한 병과 회 한 접시가 담긴 쟁반을 내밀었다.

5

몽롱하고 아득하기만 한 해무가 좀체 시계에서 벗어나주질 않는 늦은 새벽까지 그녀는 바다만 바라보고 있었다. 잠을 청해볼까도 생각했지만 그때마다 악몽이 되살아났다.

갑자기 왼쪽 가슴 부위에 쩌릿한 통증이 지나가더니 팽팽하게 당겨왔다. 한동안 잊고 지내던 후유증 증세였다.

아이 한번 낳아보지 못한 그녀가 유방암 수술을 받던 날은 일기예보도 없이 태풍이 불어와 집 앞의 목련이 봉오리째로 뚝뚝, 땅으로 떨어져내린 이 년 전, 봄날이었다.

그녀는 생리가 끝난 지 일주일이 지났는데도 가슴에 단단한 멍울이 만져지는 것을 무시하고 지내다가, 병원에서 실내를 개조하겠다는 상담 의뢰를 받고 방문했다. 상담을 끝내고 여의사와 가벼운 대화를 나누다가 그녀는 자신의 증세를 이야기했고, 의사는 간단한 내진을 끝내더니 종양인 것 같아요, 라며 정밀검사를 해야 된다고 덧붙였다. 검사 결과는 악성이었다. 그녀는 절망할 시간도 없이 다음 날 바로 수술을 받았다.

의사는 그녀에게 두 가지 수술방법을 제안했다. 하나는 정형적인 절제술로 유방뿐만이 아니라 흉근과 림프절을 전부 제거해버리는 것이었고, 두번째는 비정형적 절제술로 흉근을 남겨놓아 여성으로서의 미용을 유지하는 방법이었다. 그녀는 재발 가능성이 적고 안정성이 있는 정형적 유방 절제술을 택했다.

수술 당일에 그녀는 회사에는 일본 마쿠하리 자재 전시회 때문에 출국한다고 전화를 넣고, 어머니에게도 알리지 않은 상태로 혼자 병원에 갔다. 퇴원한 지 한 주도 지나지 않아 그녀는 가슴에 붕대를 감은 채 클라이언트를 만나기 위해 뛰어다녔다.

그리고 그 즈음, 한 선배를 만나러 간 곳에서 그녀는 선배의 친구라는 그 남자와 첫 대면을 했다. 한눈에 그녀에게 호감을 느낀 남자는 적극적으로 그녀에게 접근하며 사랑의 감정을 호소해왔다. 하지만 그녀는 남자가 일방적으로 만들어놓은 약속들을 모두 무시하거나 아예 전화까지도 회피하며 남자의 다가섬을 허락하지 않았다.

그리고 이제, 차를 타고 미끄러지듯 유연하게 사라진 남자… 그는 지금 미국 어느 해변가나 호텔에서 신부와 함께 싱그러운 시간을 보낼 것이다. 어쩌면 그녀에게 함께 가자고 했던 나이아가라 폭포 앞에서 쌓였던 체증을 쓸어내고 있을지도 모른다. 아니면, 신부가 곤히 잠들었거나 잠시 자리를 비운 사이, 그녀에 대한 유쾌하지 않은 의무감에 뒷목이 당겨와, 보드카를 단숨에 털어 넣으며 그녀에 대한 생각을 지우려 애쓰고 있을지도 모른다. 자신이 아니면 이제 어느 남자도 만나지 못할 여자…….

남자를 알기 전, 그녀는 결혼식을 올리기 전까지는 자신의 몸을 허락하지 않겠다는 곰팡내 나는 성의식을 가진 여자였다. 남자가 그녀를 처음 안았을 때 그녀는 아기처럼 몸을 떨었고 이마에 식은땀까지 흐르는 촌스러움을 보였다.

잠깐만요! 그날 밤 남자가 그녀의 옷을 벗기려 했을 때 그녀는 남자를 단호하게 밀쳤다. 그리곤 남자의 눈을 또렷이 바라보며 자못 비감한 목소리로 말했다.

"전 가슴이 없어요."

그녀의 말을 남자는 그대로 받아들인 것 같지 않았다. 워낙 감정 표현이 적고 서툰 그녀였기에, 일테면 난, 따뜻한 여자가 못 돼요. 라는 식의 의미를 지닌 말일 거라고 여기는 표정이었다.

남자는 너그러운 미소를 던지며 그녀에게 다가왔다.

"내가 당신의 가슴이 되어주겠어. 나를 믿어. 이젠 아이들 같은 줄 다리기는 그만하자구."

남자의 부드럽고 간곡한 음성을 들으면서 그녀는 잠깐 고개를 숙였고, 이윽고 불을 꺼주세요, 라고 말하고 나서는 천천히 옷을 벗었다. 메마른 그녀의 입술 위에 입을 맞춘 남자는 홀로 열이 올라서는 단모음을 길게 뱉어내며 그녀의 가슴을 더듬었다. 잠시 후, 흐물거리는 목소리로 남자가 중얼거렸다. 내가 너무 취한 건가…….

"켜지… 말아요!"

남자의 손이 스탠드로 옮겨지는 것을 느낌으로 안 그녀는 절망적인 음성으로 말했다. 하지만 이미 불은 켜져버렸다.

남자는 입을 벌린 채로 그녀의 가슴을 바라보았다. 그녀는 남자의 눈만 응시하며 그대로 서 있었다. 눈은 뜨고 있지만 보이지 않고 감각 없는 조상처럼.

그녀가 가늠이 되지 않을 만큼 긴 시간이 자신을 옥죄어 오고 있다고 느끼고 있을 때, 남자는 어색하면서도 안쓰러움이 담긴 눈빛으로 그녀에게 다가와 깊이 안아주었다. 힘주어 눈을 감는 그녀의 몸이 휘청거렸다. 말없이 그녀를 들어 안아 침대에 눕힌 남자는 상처 난 새끼를 보듬는 어미사자처럼 그녀를 오랫동안 어루만졌다. 그녀는 남자의 부드러운 손 끝이 살에 닿는 순간마다 막혔던 혈맥이 시원하게 뚫리는 것을 느꼈다.

생각해보면, 가슴이 없다는 사실에 대해 그녀는 얼마나 많이 수치스러워하고 스스로 노여워했던가. 무슨 불구도 아닌 그저 수술의 흔적에 불과한 그 밋밋한 가슴을, 그녀는 자기 삶에 예고된 저주처럼 그 의미를 확대시키며 필사적으로 감추어왔다. 불구의식은 차라리 마음 어느 깊은 곳에 있었을 터. 어쨌거나 낙인으로 받아들여온 가슴이었는데…….

그날 이후, 그녀의 내부에 커다란 변화가 시작되었다. 수술 이후로 더욱 견고하게 닫혀버렸던 메마른 자아가 무엇엔가에 눈을 뜨고 있었다. 그동안 무심히 지나쳐버린 사물과 시간의 흐름 같은 것들이 개안 수술을 받은 사람의 형형한 눈빛에 잡히듯 새로운 빛깔로 넘쳐들어왔다.

그러나, 삶은 선심을 오래 베풀지 않았다. 그 해 여름을 끝으로 낯설게 울렁거리던 시간들은 차츰 가뭇없이 사라져갔다.

넘치다 싶을 정도로 그녀를 보듬어주던 남자는 차츰 냉랭해지기 시작했다. 장기 출장도 전화 한 통으로 처리하고, 어쩌다 들어오는 날에도 몸을 가누지 못할 만큼 만취한 상태였다. 그런 날에 남자는 불을 환하게 켜놓고 그녀에게 옷을 벗으라고 했다. 그녀는 맨몸에 화살처럼 박혀오는 남자의 시선을 견디어냈다.

"네가 이래서 일에 미쳐 있었군. 당당함과 무심함을 가장하고 나를 저울질하던 기분이 어때, 하미연 씨?"

남자는 침대에 비스듬히 기대어 그녀의 몸 구석 구석을 감상하며 키들거렸다. 그 악마적인 미소에 당혹해하면서도 그녀는 아무런 항의도, 반발도 하지 못했다. 이미 그녀는 남자의, 혹은 그 무엇엔가의 포로였다. 낯선 정서?

그녀는 주인 남자가 넣어주고 간 소주병을 끌어당겨 빈 컵에 가득 따랐다. 그리고는 독약처럼 조금씩 입 안에 흘려 넣었다. 다리를 모으고 고개를 떨군 채 컵을 실없이 돌리던 그녀는 엄마… 하고 나직이 중얼거렸다. 컵 위로 어머니가 연해 어른거렸다.

"못난 놈… 그래, 결혼은 딴년하고 할 생각이면서 너는 그냥 데리고 놀았다냐? 그래서, 그동안 감사하무니다, 하고 꾸벅 절이라도 했어? 혼자 똑똑한 체 다 하고 살더니 원. 인제 물 건너 간 놈이니까 아예 미련 같은 거 키울 생각하지 말아라. 인생 한수 오지게 배웠다 치고 잊어버려."

언젠가 남자와 함께 서먹한 저녁을 먹고 있을 때 예고 없이 찾아온 어머니는 덤덤한 남자의 태도를 못마땅히 여겼다. 식사를 물리고 차를 마시며 어머니는 남자에게 이제 뜨게부부로 그만 살고 결혼식을 올리라고 말을 건넸다. 남자는 잠시 당황한 표정을 짓다가 네에… 하고 말 끝을 흐렸다.

엄마가 나보다 강한 건지도 몰라… 남자가 싫어지면 떠나고, 싫다하면 보내고, 함께 있을 땐 온 정열을 담아 끌어안고…….

어머니는 아버지가 병원에 입원해 있을 때에도 친구들과 캬바레를 갔고, 주말마다 피부 미용실을 다녔다.

궂은 날이라고 꼭 티를 내야 하남요? 아버지의 장례식 날 친척 중의 한 어른이 영화에 나오는 외국 여자처럼 검은 빌로드 원피스를 입고 화장까지 하고 나타난 어머니를 보고 인상을 찌푸리며 한마디 하자 당당하게 쏘아붙이던 사람이었다.

슬며시 오른 취기로 벽에 몸을 기대고 있던 그녀는 갑자기 분연한 마음이 되어 창문을 열었다. 바닷물이 언제 밀려갔는지 넓은 갯벌이 펼쳐져 있었다. 갯벌 위에는 갈매기들이 떼지어 모이를 찾고 있었고, 한 아낙이 생굴을 바쁘게 따고 있었다. 그녀는 해감을 토해내는 조개처럼 입을 벌려 깊게 심호흡을 했다.

6

삼 일이 지나면서 그녀의 몸은 차츰 사고 이전으로 회복되기 시작했다. 도시 펴지지 않을 것처럼 바짝 구겨져 있던 마음도, 비록 눈길에 닿아지는 사물 하나하나 속으로 남자의 모습이 자물려와, 그때마다 목이 뻑뻑하게 메어오긴 했지만, 그녀는 묵묵히 견디며 추스르고 있었다. 바닷가 주변을 거닐기도 하고 식사도 가게에 내려가 아주머니와 함께 했으며 뜻밖에 단체 손님이 온 날에는 주방일을 손도왔다. 회사에는 전화로 몇 가지 중요한 지시만 내려놓고는 며칠 후에 돌아가겠노라고 간단히 말해버렸다.

그녀가 묶고 있는 곳은 '은하 횟집'이었다. 주인 남자는 손님이 없을 때에는 하루에 한두 차례씩 나타났다 사라지곤 했다. 아주머니의 말로는 주인 남자가 거처하는 집이 따로 있다고 했다. 몇 해 전에 무슨 일인가로 가족을 다 잃고는 서울에서 이곳으로 내려와 가게를 차린 후 주욱 혼자 살고 있다고 했다.

"내가 잘 키운 딸이라도 하나 있으면 사장님 같은 사위 얻어 복 한 번 누렸을 턴디… 저리 선한 분은 없구만유."

점심 식사 때, 불쑥 나타난 주인 남자는 회덮밥과 뽀얗게 우러난 국물에 실파를 총총 썰어 넣은 조갯국을 끓여와서는 말없이 그녀 앞에 내려놓고 사라졌다. 당황해하는 그녀에게 아주머니는 아직 아가씨 몸이 성치 않다고 생각하시는가봐유, 하며 자기 하던 넋두리를 이어갔다.

아주머니는 안면읍에서 풍으로 누워 있는 남편과 단둘이 살고 있다고 했다. 하나밖에 없는 아들은 어디에 있는지 소식조차 알 길이 없다고 했다. 가게 일이 끝나면 주인 남자가 집까지 데려다 주면서 거의 매일 남편의 손을 꼭 잡아주고 간다는 얘기 끝에는 눈 밑을 훔쳤다.

어둠이 깔리고 나서 얼마 후, 아침부터 잠록하던 날씨가 하늘이 바다에 맞닿은 듯 내려앉는 것 같더니 갑자기 세찬 비가 쏟아지기 시작했다. 섬 끝 마을이면서 마을이 끝나는 지점에 바다만 바라보고 앵돌아져 있는 이곳은 비가 쏟아져 내리자 마치 바다 속에 침수되어 버린 듯한 착각을 느끼게 했다.

손님이 끊어진 가게 안에서 그녀는 혼자 신문을 뒤적거리고 있었다. 그녀가 벌떡 일어난 것은, 그녀와 함께 있다가 슬그머니 자리를 떴던 아주머니가 비올 땐 부칭개가 입에 당기지유, 라며 얇고 노릇하게 부쳐진 해물 부침개를 들고 들어왔을 때였다. 먼저 드세요, 아주머니에게 미안한 표정을 지으며 밖으로 나온 그녀는 산책을 할 때 보아둔 가로등 옆 공중전화 부스가 있는 곳으로 급히 달려갔다. 혹시 남자가 전화를 걸어왔을지 모른다는 생각이었는데 응답기에는 '잘 있는 거니?' 라고 시작된 어머니의 끈적한 음성 하나만 달랑 들어와 있었다.

그녀는 부스의 유리벽에 비스듬히 기대어 섰다. 저 앞쪽 검은 바다 위에 하얀 폿말이 세차게 밀려왔다가 사라지곤, 다시 밀려왔다.

도대체 왜 이래? 담백하게 보내주었잖아? 그렇게 사랑했니?

생각하면, 그건 아니었다. 서서히 변해가는 남자를 지켜보면서, 남자의 열렬한 구애가 승부욕 강한 사내의 치사한 허세였음을 뒤늦게 깨달으면서도, 그녀는 남자를 경원하거나 자신을 한심해하지 않았다. 분명 사랑은 아니었다. 남자와 함께 시작된 어떤 것, 제 안에 새로이 일어나는 물결들에 그녀는 다만 충실하고자 했고, 물결들의 그 감미로운 울렁거림에 기꺼이 제몸을 맡겼다. 그것은 벅찬 충일이었다. 서른 몇 해를 통틀어 처음 경험해본, 그리하여 아마 이제는 그 이전으로는 결코 되돌아가지 못할.

어찌 보면 남자는 너무 늦지 않은 적당한 시간에 가장 적절한 역할로 그녀의 인생에 나타나준 명배우였다. 그 사람으로 분노할 건 없었다. 하지만 현실은 늘 영화가 끝나는 곳에서 다시 시작된다. 그리고 그녀는, 아직 현실에 대한 어떤 감각도 되살릴 수 없는 것이었다.

유리벽에 기대어 바다를 바라보고 있던 그녀는 문을 밀치고 나와 쏟아지는 빗속을 휘청휘청 걸어다녔다. 그녀는 모노 드라마의 배우처럼 혼자 중얼거리다가 돌연히 목걸이를 빼내어 너울거리는 바닷물에 던졌다.

월석. 그녀의 남자가 구애에 성공하고 난 후 처음으로 건네준 선물. 남자의 들뜬 성취감이 선택한 첫 물건.

추위도 잊은 채 헤매던 그녀가 오한이 몸 속으로 배어드는 것을 느낀 것은, 자신의 앞에 소리없이 나타나 우산을 씌어준 주인 남자를 본 순간이었다. 주인 남자는 측은한 눈빛으로 그녀를 바라보고 있었다.

"…들어가요."

그녀는 이층 창가에 서서 자기를 바래다 주고 돌아가는 주인 남자의 뒷모습을 물끄러미 내려다보았다. 퍼붓는 빗속에 어깨까지만 겨우 가려주는 작은 우산을 들고 걸어가고 있는 남자의 모습은 어딘지 많이 위태롭고 고적해 보였다.

다음 순간, 그녀는 마치 책이라도 읽듯, 아니 오래 전에 외어두었던 시 한 구절을 불쑥 떠올리며 무심히 그 문장을 암송하듯, 이렇게 중얼거리고 있었다.

아마 내일쯤, 저 남자는 내게 청혼을 하게 될 거야…….

그녀는 스스로 깜짝 놀랐다. 무슨 엉뚱한 상상인가, 도대체 누가 말한 거야, 내가? 혼몽이 이리도 질긴가? 아니면 내심 그런 걸 기다리기라도 했는가.

그녀는 숨이 막혀 와 창턱에 몸을 기댔다. 머리가 어질했다. 비는 여전히 세차게 퍼붓고 있었다. 누가 입력해준 것 같은 그 어처구니 없는 상상, 진부한 스토리에, 그러나 그녀는 슬며시 취해가고 있었다. 감기 기운 같은 미열에 몸을 맡긴 채, 사선으로 쏟아지는 어두운 빗발 속에서, 그녀는 휘뜩휘뜩 무수한 영상들을 보고 있었다.

남자가 청혼을 한다. 그녀가 선선히 응낙을 하고, 유일한 하객인 식당 아주머니가 감격의 눈물을 쏟으며 바라보는 가운데 두 사람은 서로에게 결혼 서약을 한다. 회사를 정리하고 내려와 그녀는 남자와 함께 식당일에 매달린다. 남자는 결혼 후에도 여전히 따뜻하다. 남자의 얼굴에 우수가 사라지고, 그녀의 가슴에도 이제 그늘 따위는 없다. 아이들이 생기고, 식당은 계속 번창하고, 아아! 나날은 그지없이 행복하다. 세월이 흐른다. 여전히 모든 게 좋다. 그러나 이제, 한 생을 마감하여야 할 시간. 남자가 먼저 죽고, 장성해 서울로 분가한 자식들은 효성스레 수시로 안부 전화를 걸어오고, 그녀는… 어느 조용한 오후, 식당 앞 흔들의자에 앉아 뜨개질을 하다가 툭! 고개를 떨구고 드디어 남자를 따라간다. 햇살이 아주 맑은 날이다. 백발의 아주머니가 슬프게 운다.

잠깐의 상상을, 즐기다가, 혹은 추억하다가, 그녀는 퍼뜩 정신을 차렸다. 꿈도 환각도 아니었지만, 마음은 그러나 세월에 정말 실렸던 걸까. 무수한 영상 그 갈피마다의 천연색 감흥들이 전신에 미열처럼 흐르고 있었다.

감미로웠던가? 감미로웠고, 살 만했는가? 살 만했다. 그런데…….

그녀는 천천히, 마침내 창가를 떠나, 이윽고 거울 앞으로 가 섰다. 거기에 한 여자가 있었다. 방금 흔들의자에서 고개를 떨구었던 여자가 거기에 다소 멍청한 표정으로 맥맥히 서 있었다. 그녀는 피식 웃어 표정을 바꾸어주었다. 삼십 분쯤 그녀는 거울 안의 제 얼굴을 뚫어지게 바라보았다. 그리고 말했다.

행복? 뭐, 별것도 아니군.

그녀는 다음 생으로 건너와 있었다.

7

그녀는 일어나 창가로 갔다. 맑은 아침 햇살이 수면 위에서 눈부신 축제를 벌이고 있었다. 그때 막 가게 앞으로 낯익은 차가 다가오는 게 보였다. 그녀의 차였다. 운전석에서 내려와 가게로 들어가는 주인 남자의 뒷모습이 어제처럼 쓸쓸해 보였다. 그녀는 두어 차례 고개를 주억거리며 그 쓸쓸한 어깨 위로 미소를 띄워 보냈다.

문득 서울 집의 어수선한 거실이 떠올랐다. 그 그림은 이십 년쯤 지난 낡은 사진첩 속의 풍경처럼 매우 낯설고 아득했다. 거기엔 배반의 통속과 우울한 순정이 있었다. 그것은 생각만큼 다 나쁘지는 않아 보였다. 좋지도… 그냥 흔한 그림이었다.

그녀는 방과 욕실을 정리하고 아래층으로 내려갔다. 주인 남자는 가게 앞에서 어항을 청소하고 있었다. 그녀는 짐짓 밝은 목소리로 입을 열며 남자에게 다가갔다.

"그동안 고마웠어요. 계산은 아주머니에게 하면 되나요?"

돌아보는 남자의 얼굴에 아주 잠깐, 머뭇거림 같은 짧은 변화가 있었다. 그 표정이 정리되고 난 후, 이윽고 남자가 말했다.

"그러세요. 차는 아주 말끔히 고쳐놨더군요. 안녕히 가세요."

그녀는 식당으로 들어가 계산을 끝냈다. 아주머니와 이야기를 나누고 나오니 주인 남자는 보이지 않았다. 차에 올라 시동을 걸면서 문득 그녀는 자동차 수리비에 대해서 묻지 않았다는 걸 깨달았지만 주인 남자를 찾아볼 생각은 하지 않았다. 공회전하는 엔진 소리가 사고 나기 전보다 부드러워진 듯했다. 그녀는 중립에 가 있는 자동

기어를 천천히 잡아당기며 힐끗 바닷가 쪽을 한번 바라보았다. 민박
집에서 묵고 아침 산책을 나온 듯한 젊은 남녀 한 쌍이 영화 속에서
처럼 하늘거리는 동작으로 쫓고 쫓기겨 모래밭을 뛰어다니고 있었다.
　좋은 때다… 그녀는 휘익, 시내 방향으로 크게 핸들을 틀었다.

유 숙 희

●

1942년 충남 예산 출생.

이화여대 음악대학, 미네소타 음악대학원 졸업.

1997년 ≪열린 문학≫에 <디어헨리>를 발표하여 등단.

디어 헨리

디어 헨리,

새벽 세시. 낮과 밤이 뒤바뀐 탓인지 저절로 눈이 떠지는군요. 산중턱 비탈에 옹색한 마당을 거느리고 올라앉은 이 집 창문으로, 바깥을 내다보는 일이, 옛 우물 안을 들여다보듯 얼마나 가슴을 설레게 하는지요.

오늘 밤에, 파터스빌에서 당신이 올려다볼 별들을 미리 찾아보려 했는데. 하늘은 잔뜩 찌푸리고 있는지 별은 며칠째 보이지 않고, 그 아래로 시커먼 이 도시의 실루엣이, 붉은 십자가들을 머리에 매단 채 질펀히 누워 있을 뿐입니다. 밤의 거대한 휘장에 덮인 서울거리가 또 다른 얼굴이 되어 쉬고 있습니다. 이상도 하네요. 웬 십자가가 이리도 많은지.

그렇게나 그리던 고향에 가까워지며 소녀처럼 들뜨던 느낌을 당신에겐 어떻게 설명해야 할는지. 그런데 서울은 또다시 달라져 있었습니다. 서울로 들어오던 길은 십 년 전하고는 달리 논밭이 사라지고 집들이 들어선 변한 모습이었답니다. 거기에 도시의 자동차 행렬은 끝없이 긴 컨베이어 벨트였습니다. 파터스빌 메인 스트리트, 이따금 씩 몇 대 안 되는 차들이 지나가는 텅 빈 그 길에 익숙한 당신이 이 광경을 보신다면… 글쎄요, 서울은 놀라운 발전을 한 것이겠죠.

하늘은 황사현상이라나요. 누렇게, 뿌옇게 찌들어 있었지요. 그러 나 내 눈엔 매연도 한몫을 더해 그렇게 보이는 듯했어요.

봄은, 잊혀진 기억을 일깨우듯 진달래와 개나리, 그리고 구름 같 은 벚꽃을, 환하게 물들인 채, 온몸을 드러냈습니다.

진달래, 개나리. 얼마나 그리웠던 꽃이던지요. 막 가슴 밑에서 솟 아오르는 뜨거운 희열 같은 느낌을 마냥 삼켜야만 했어요.

이상 기온 탓이라나요. 정작 오월에 들어서야 피는 라일락마저 뭉 터기로 피어 화곡동 언덕 길은 정말 꿈결처럼 화려했어요.

문득 한 멜로디가 떠오르는 거예요.

'…꽃피는 산골.'

아주 잊고 있었던 이 노래가 무의식 어느 갈피 속에선가 톡 튀어 나와 갑자기 가슴을 파고들데요.

사실, 봄이면, 유년 시절에 뛰어놀던 동산을 찾아, 나는 얼마나 마 음속에서 헤맸던지요. 파터스빌 집 부엌 창 너머로 보이는 아늑한 뒤뜰에 가득히 피어나는 새하얀 덕우드 꽃들은 유년시절의 그 노래 를 애써 떠올리게 했습니다. '무슨 생각하고 있어?' 하며 다가오던 당신에게 아무것도 아니라며 얼버무리기만 했었지요. 어렸을 적의 노래들이 내 기억 저편 너머로 아주 사라져버렸다고 믿었었는 데……

타향에서 갖고 온 절절한 외로움을 내려놓고, 쉬고 싶은 고향에 나는 이렇게 돌아왔는데. 나는 다시 소녀가 되어 마음 구석구석 빼놓은 공간 하나 없이 가득 차 넘쳐 흐르던 그리움을 이렇게 송두리째 쏟고 있는데, 당신은 어쩌죠?

"봄마저 미쳤나봐."

핸들을 돌리며 앞차의 꽁무니를 따라가던 오빠는 어린애처럼 들떠 있는 나를 돌아보며 혼자말처럼 알아듣지 못할 말을 중얼거렸어요. 오빠의 얼굴은 십 년이란 세월의 흔적말고도 머나먼 길을 걸어온 방랑객의 얼굴처럼 지쳐 보였어요. 오빠, 어머니를 쏙 빼어닮았다던 오빠가 점점 늙었을 적 아버지를 닮아가는 것이 이상하네요. 수십 년이란 세월이 흘러간 이제에.

온종일 북적거리던 소리가 끊긴 이 시간, 며칠 있으면 신부가 될 사현의 깊은 숨소리가 방안을 채웁니다.

벽 한쪽에 걸린 길다란 웨딩 드레스. 사현이가 고집했다던 멋진 그 예복에 푸른 꿈을 얹고, 이젠 아리따운 숙녀가 된 사현이 길게 자리를 잡고 누워 있군요.

헨리, 도착하던 그날이었던가 봅니다.

무거운 결혼 선물을 가방 꾸러미에서 조심조심 끌러 사현에게 건네주었을 때의 그 아이의 표정이라니. 몰라보게 예뻐진 사현에게 건네준 그 천체 망원경이 뜻밖의 결혼 선물이라는 듯, 한창 물오른 나뭇잎처럼 애젊고 아름답기만 한 얼굴이 잠시 일그러지며 놀라더군요.

파터스빌 거실 창 옆에 놓인 천체 망원경과 똑같은 모델을 사느라 당신과 한 시간 반이나 걸려 뉴욕 시에 가던 날, 나는 사현의 숙녀가 된, 기뻐할 얼굴을 상상해보았습니다. 늘 들여다보던 만화경에 싫증을 내며 투덜거리는 사현의 어린 모습을 떠올려보면서. 만화경을 들고 밤하늘에 별이 보이지 않는다고 투정을 하던 그 아이 얼굴 표정을 생각하며, 막연하게 숙녀의 상을 그려보려 했지만 사현은 옛날 십 년 전 코흘리개의 얼굴로만 확연히 자리 잡는 것이었어요.

사현은 이제 내 눈앞에 어엿한 신부감이 되긴 했는데.

그날 선물 꾸러미에서 꺼낸 책자를 열어 열심히 망원경의 조절 방법을 일러주었지만 사현은 고맙다는 말과는 달리 별 관심을 쏟지 않는 것이었어요.

글쎄, 사현이가 좋아할 것이라고 믿었던 내가 너무 옛날 생각만 한 것일까요?

사현이가 모로 누우며 무슨 소리를 내는군요. 무슨 꿈을 꾸고 있는 것인지. 방 한구석으로 쌓여 있는 고급스런 물건들로만 가득 찼다는 혼수 상자들 뒤켠에 천체 망원경이 이제 쑥스럽게 홀로 서 있군요.

낮에, 잠시 조용해진 틈을 타, 봄 햇살이 뿌옇게 내리꽂히는 오빠네 마당 안을 혼자서 내려다보았습니다. 마당 구석에 늙은 벚꽃나무 한 그루가 벚꽃을 흐드러지게 피어내 늘어져 있지만 마당은 어수선한 게 아무런 꽃이 없더군요. 홀로 선 그 벚꽃이 그렇게도 화사했는데. 갑자기 까닭 모를 서글픔이 나를 사로잡는 것이었습니다. 어쩌면 화려한 옷차림의 늙은 여자처럼 쓸쓸하게 보였던 때문일까요. 이상하네요. 화려함 속에 쓸쓸함이라니. 회갑 사진에서 봤던 어머니의 화사한 분홍 저고리처럼 소연함이 스치는 것이었어요.

돌아간 어머니가 그리워집니다. 구부정한 허리를 이끌고 빈 땅만 있으면 일구어 꽃밭으로 만들었다던 어머니가.

십 년 전, 아버지의 교통사고. 그리고 잇달은 어머니의 심장마비. 두 분의 장례식 때야 부랴부랴 나왔던 나는 얼마나 부끄러움을 안고 울었던지요. 무한정 마음은 이곳을 찾아왔었지만 실은 한번도 돌아올 수 없었던 초라함이라니. 오랜 동안 고향을 떠나 죄스럽기만 하던 부모에 대한 그때의 사무치는 회한은 아직도 뼛속까지 저려옵니다.

며칠 전 영생 고아원을 찾아 헤매다 헛걸음치고 오던 날, 나는 갈월동 정류장에서 내려야 했습니다. 굴다리를 지나 청파동 언덕을 올려다보며 나는 열세 살 소녀 모습으로 돌아갔지요. 낮에 본 청파동 길은 여전히 가팔랐습니다. 길모퉁이를 돌아 내가 살던 집이 그 윤곽을 뚜렷하게 나타났을 때, 가슴이 얼마나 뛰던지요. 좀 짙은 청색으로 변해진 철제 문은 옛날 그대로의 모습이었습니다. 문 틈새로 들여다본 뜰 안으로 어머니가 곧 걸어 나올 것 같은 착각에 나는 초인종을 눌러버렸어요.

"누구세요?"

인터폰의 빡빡한 목소리에 나는 흠칫 놀라 그제야 대문에서 멀어졌습니다. 저만큼 물러서서 대문을 열고 나오는 아무라도 보고싶어 한참을 그대로 서 있었지요.

"꺅, 꺅, 꺅."

새소리가 들려왔어요. 옛집 담 위에서 들려오는 새소리. 어머, 까치 한 마리가 고개를 조아리며, 나를 알아보고 반겨주었답니다. 저 여자가 떠난 지가 얼마쯤 되었던가 하는 듯 이리저리 고개를 갸우뚱하는 것이었습니다.

나의 유년시절의 동네에, 어렸을 적 뛰어 놀던 집 앞 공터는 간데

없고 그곳에 들어선 높다란 아파트들이 길게 그림자를 늘어뜨리고
서 있었어요. 앞에 있던 구멍가게 아저씨도, 건너편에 서 있던 뻥튀
기 아저씨도 사라진 그 골목길에 옛집과 까치만이 그대로였습니다.

"시금치, 배추, 오이 사세요."

털털털 소리를 내며 올라오던 소형 트럭에서 들리는 마이크 소리
에 화들짝 놀라 나는 그만 발길을 돌렸습니다. 딸랑딸랑 방울을 울
리던 두부 장수의 은은한 소리, 따가따가 하던 다듬이 소리가 대낮
의 정적을 뚫고 들려올 것을 기대했던 옛집 앞. 글쎄요, 발전이겠지
요. 그러나 돌아오는 길에 휘청거리는 걸음을 멈추고 몇 번을 돌아
보았는지 모릅니다.

지난 밤, 오빠는 몹시 술에 취해 들어왔습니다.

오빠는 대문을 열어주는 나를 붙잡고는 초점이 흐려진 눈을 나에
게 고정시키면서 몸을 흔들흔들, 균형을 잡으려고 애를 쓰더군요.

"야, 지선아. 넌… 행복… 하냐? 서양서… 사는… 재미가… 조으
냐… 이… 말씀… 야."

오빠는 내가 서양 사람 다 됐다며 잠시 내 얼굴을 빤히 내려다보
았어요.

"세상 놈들이… 몽땅… 돌았다구, 양놈들… 도 다… 마찬가지…
지? 돈에… 환… 장한 것… 같단 말야, 죄다 손가락에 이… 렇게 침
만 바르구 말야."

엄지 손가락을 입에 넣는 시늉을 하던 오빠가 앞으로 쓰러질 듯하
더니, 늦게 뛰어나온 올케언니를 비키라고 떠밀며 안방으로 들어가
더군요.

"여보, 당신 몸 좀 생각해서 술 좀 작작하구려."

올케언니의 갈라진 목소리가 안방 장지문을 타고 새어 나왔습니다.

"이… 봐, 마누라. 난… 당신의 부자… 아버지가… 아니란 말야. 난… 지쳤다구요. 그리고, 이건… 다 무언 게야. 사현이는 왜… 이리 많이 싸가지구 가야 하는… 거란 말이야. 걔가… 상품야, 뭐…야!"

쿠당탕 하는 소리가 이어서 났어요. 그 방에도 잔뜩 쌓여 있는 혼수 상자들이 오빠가 발로 차, 넘어지는 소리인 것 같았습니다.

"히야, 넌… 또 왜… 웃는 거냐? 한… 번 맞…어 볼래?"

늘 말이 별로 없던 오빠는 마음대로 펴지지 않는 혀를 놀려 무언가를 털어놓고 싶어했어요.

"여보. 취해도 단단히 취했군요. 탈이 뭘 알아요! 말도 못하는 벽창호를 보고……."

이어진, 짜증이 잔뜩 실린 올케언니의 목소리.

화곡동 산마루, 꽃 향기 가득한 이 밤에, 나는 얼마 동안 잠을 이루지 못했었습니다. 풍선처럼 마구 부풀어올라 하늘 높이 들떠 있던 내 가슴에 구멍이 뚫어져 가랑비가 벌써 내리기 시작하네요.

이곳으로 떠나오기 얼마 전, 촉촉이 젖었던 당신의 눈빛이 떠오릅니다.

와인 몇 잔이면 금세 눈빛이 달라지는 당신… 온전히 메꿀 수 없는 당신의 텅 빈 마음 구석이 환히 보이는 것 같아 내 눈마저 촉촉해지던 그날, 웬일로 이상하게, 당신도 오빠처럼 만취하진 않았지만, 혀가 잔뜩 굳어 있었어요. 돌아갈 고향이 있다는 게 그리 부러웠던가요?

괘종시계 소리가 방문을 밀고 들어옵니다.

새벽 네 시를 알리는 무거운 소리.

커다란 저 괘종시계가 삼성동 예전 오빠 집에 걸렸을 때는 잘 어울리던 것이었는데. 이제는 처량한 모습으로 마루 끝 한 벽을 넓게 차지하고 있습니다. 이사 다닌 흔적으로 여기저기 생채기가 났고 게다가 뽀얗게 먼지마저 안고 있어요.

창 밖에 빛이 조금씩 푸르스름해져갑니다. 조금 눈을 붙여야 할 것 같군요.

낮에, 또 다른 산마루에 오르느라 숨이 몹시 찼습니다.

물어 물어 창신동 산 꼭대기에 오르기까지 계단 수가 모두 삼백두 개. 청파동보다 훨씬 높은 곳에 있는 건물은 낯선 현판을 달고 있었습니다.

성곽에 딸려 있던 커다란 대문과 시내에 반짝거리던 도시의 밤 풍경이, 그리고 빛나는 수많은 별들이 한눈에 보였다는 단편적인 추억을 빌려 이번엔 동대문 방향 쪽으로 찾아본 이곳, 과연 산 꼭대기더군요.

마주 보이는 언덕바지는 한참 재개발 공사가 진행중이라서 전쟁의 폐허처럼 살벌하게 무너져 내려 있고 그 밑으로 시멘트로 새로 짓고 있는 회색 아파트들이 보였습니다. 어딜 가나 판에 박은 듯한 아파트들이, 어마어마한 값으로 호가한다는 아파트들이 옛날 동네를 밀어내고 있었습니다.

숨을 겨우 돌려 돌아보니 영생 고아원은 간 곳 없고 그 자리엔 개척교회가 들어앉아 예배를 막 끝내는 중이었습니다. 늙고 추레한 여인네들이 찬송가와 성경책을 허리에 끼고 나오더군요. 굴 껍데기 같은 집들이 다닥다닥 붙어 있는 옹색한 산 동네의 여인들이 무리를 지며 내 앞을 지나갔습니다. 떠들썩한 여인네들의 대화 소리 중에 '집사님' '목사님' 그리고 '아파트' 이런 단어들이 튀어 나왔습니다. 예배시간 동안 무엇을 그들은 기원한 것인지. 뽀얀 얼굴은 하나도 보이지 않고 온갖 주름투성이인 여인들의 얼굴들. 산 아래서 누리는 듯한 풍요로움을 갈망하고 있는 것은 아닌지. 반짝이는 수많은 별들이 서울 어느 곳보다 더 환히 잘 보일 산마루에 사는 여인들이, 몹시 삶에 지쳐 보였습니다.

여인들에 둘러싸였던 목사는 앳된 얼굴로 눈에 광채를 뿜으며 다가왔어요.

"아. 영생 고아원요. 이사한 지 오래 전이지요."

고아원은 경기도 M 시 쪽으로 옮겨졌다고 들었고, 자신은 벌써 세번째 부임된 교회의 목사라나요. 예수 믿으십니까? 다짜고짜 묻는 그는 나를 한참 동안 붙잡고 전도하려고 드는 것이었습니다. 세상의 아픔과 고통받는 이들을 구원하는 데 몸과 마음을 바칠 각오가 되어 있는 듯 늠름한 젊은 목사는 패기에 넘쳐 보였습니다. 그런데, 옆에 걸려 있던 현판의 글자가 눈에 들어왔습니다. 대흥교회(大興敎會). 무엇을 어떻게, 크게 번성하겠다는 것인지. 그 많던 네온 십자가 중의 하나인 대흥교회. 이 밤중에 대흥교회 네온 등은 도시의 다른 네온 등과 함께 서울을 밝히겠지요. 상호(商號)를 알리는 네온 등들과 함께.

헨리, 비가 쏟아지려나 봅니다. 며칠 사이에 봄이 가려는지 갑자기 더워진 서울 거리에 꽃 이파리들이 함박눈 오듯 무수히 떨어져 내렸어요. 앞마당의 구름 같던 벚꽃도 빛을 잃은 지 오래더니 그나

마 겨우 매달려 있는 꽃잎들마저 어쩌다 부는 바람에 사르르 땅으로 떨어집니다. 어수선하던 마당 구석이 하얀 꽃잎들로 뒤덮였습니다. 나뭇가지는 하얗디하얀 꿈에서 아프게 깨어나 다른 꿈을 꿀 차례인 가 봅니다.

내일이면 사현이는 신부가 되는데… 떨어져 내리는 꽃잎들을 담아 다 신부의 발 아래에 솔솔 뿌려줄까봐요.

"비가 오면 어쩌나."

낮에 올케언니가 떨어지던 꽃잎을 잠시 바라보면서 잔뜩 주름진 얼굴에 수심을 띠었습니다.

그 많은 혼인 준비로 올케언니의 얼굴이 초췌해 보입니다. 기뻐야 할 결혼 준비가 언니를 짓누르고 있는 듯, 어깨가 축 늘어져 보입니다.

왜 그리 준비할 것이 많은지, 꼭 그리 해야 하는 것인지……

사현네 사돈댁은 요새 누가 혼수 많이 하는 사람이 어디 있냐고 하면서도 시댁 식구가 오촌까지는 합쳐서 스물다섯 명이라는 얘기를 잊지 않았다는군요. 게다가 혼수뿐만이 아니라며 올케언니는 말끝을 흐렸습니다.

"고모는 여기 사정을 몰라서 그래요. 다들 그만큼 하는데요."

잔뜩 쌓인 혼수감에 놀라던 첫날, 휘둥그레진 내 눈을 보며 올케 언니가 변명처럼 늘어놓았습니다.

누군가에 의해 등이 떠밀려져, 외줄 타며 걷는 사람처럼 아래만 보며 균형을 지키는 듯한 불안함, 그런 것이 올케언니의 얼굴을 스 쳐갔습니다. 올케언니도 오빠 못지않게 지쳐 보입니다.

헨리, 오빠가 몹시 취해 돌아오던 날 알게 된 일이지만, 실은 오빠 네 집마저 저당을 잡혔다는군요. 사현의 의사 신랑, 병원 차릴 자금 마련을 해야 한다나요. 이 사실을 알까봐 내 앞에서 쉬쉬하는 올케 언니를 보며 나는 안타까움과 슬픔으로 가슴이 터질 듯합니다.

　이제 보니 헨리, 당신과의 결혼은 너무나도 간결했어요.
　당신이 학위 논문을 끝내고 난 해였으니까 퍽이나 오래된 얘기입니다.
　패물이라곤 금반지 하나씩. 금반지 사던 날 금방에서 진땀깨나 흘렸다고 하셨죠? 하기야 조교의 월급이 빤했던 때였으니까.
　결혼식 날 손 꼽을 정도로 적은 숫자의 손님들. 대학 채플(Chapel)은 그리 크지 않았는데 반도 안 찼었어요. 그날 대학 채플 안의 그 엄숙했던 분위기를 당신도 기억하시죠?
　채플 안을 울리던 웅장한 오르간 음악이 온 홀 안으로 울려퍼져서 천장의 아름다운 스테인드 글라스의 빛과 어우러져 정말 황홀했었지요.
　헨리, 당신과 나를 행복감에 흠뻑 젖게 한 그날, 아름다운 선율이 꿈 같은 환한 꽃잎들이 되어 신부인 나의 발아래 골고루 뿌려져, 나를 사뿐사뿐 당신 옆으로 데려가 주었었죠.
　오랜 세월 속에 퇴색되지 않은 채, 기억 속에 박혀 있는 소중한 장면 장면이 각각의 색과 빛을 띠며 살아납니다. 추억 속에 붙박여버린 스테인드 글라스를 통과하던 빛과 음악, 그리고 그 엄숙했던 분위기가 영원히 내 뇌리에서 사라지지 않는군요.
　추억은 모두 다 아름답기만 한 것인가요?
　항상 그렇지만은 않다고 당신은 늘 그러셨지요. 그래서 당신은 이곳에 나오기를 꺼려했던 것이고요.

헨리, 기어코 비가 쏟아졌어요.

토요일 오후, 비 내리는 서울길은, 컨베이어 벨트가 작동을 멈춘 듯, 어쩌다가 움찔거리며 움직이는 차와, 서로 가겠다고 아우성치는 차들로 뒤덮여 어지럽고 숨막혔어요. '아비규환'이란 말이 생각나면서, 신부를 옆에 태우고 나는 어찌나 조바심이 나던지요.

결혼식장 마당은 온통 우산들로 꽉 찼었어요.

뚝뚝 떨어지는 빗방울이 사현의 새하얀 웨딩 드레스에 사정없이 떨어졌습니다. 다행히 차에서 내리면 식장 입구까지는 얼마 되지 않는 거리였지만요.

예식장은 여섯 개의 웨딩 홀에 모인 손님들로 장터를 이루었답니다.

짙은 화장 때문인지 마네킹처럼 딱딱한 얼굴을 한 신부가 부축해 주는 몇 사람들과 함께 바삐 층계를 내려갔습니다. 신부 예복의 기다란 꼬리를 치켜들며 사현의 뒤를 따라 우리는 삼층으로 올라갔어요. 그런데 사현의 얼굴도 그 마네킹 같던 신부와 별로 다르지 않았어요.

올케언니는 분홍색 한복에 밍크 숄을 둘러 아주 귀티 나는 모습으로 신부 대기실 문을 열며 들어왔어요. 바로 뒤를 이어 정장 차림의 미현이가 정웅이를 손에 잡고 들어왔구요. 그녀의 귀에 걸린 새파란 사파이어 귀걸이가 불빛에 반짝 빛을 내었어요. 당신의 어머니, 엘리자베스의 눈빛 색깔과 같은 그런 파란색이었지요.

바다 빛을 옮겨 담은 듯, 파란 눈동자를 가진 당신의 어머니. 그녀의 건강은 어떠신지, 궁금해지네요. 롱 브렌치 해변가를 혼자 걸으며 바다 소리에 귀를 기울이고 있을 그 분이.

당신 말씀대로 당신은 운이 좋은가봐요. 정겹고 사랑이 많은 그분을 나도 퍽 좋아하고 있는 것, 당신도 잘 아시지요.

지난달 롱 브렌치 양로원에 들렀을 때 엘리자베스의 눈은 맑은 하늘을 감싸며 반사하는 대서양의 빛을 안고 더욱더 파랬습니다. 동료들에게 그렇게나 정을 베풀며 지낸다고 칭찬을 아끼지 않던 원장의 말이 오히려 생경스럽게 들렸어요. 우리는 그녀가 살아온 삶을 너무나 잘 알잖아요.

"어머니, 난 형들이 물려주던 헌 옷들이 싫어서 혼났어요."

"헨리, 그래도 신발은 새것으로 꼭꼭 사주지 않았었니?"

당신의 장난기 섞인 말에 어머니 또한 환한 얼굴로 옛 얘기를 주고받았었지요. 혈연도 아닌 당신을 쳐다보는 그녀의 그윽한 눈길이라니. 난 그때마다 혼자 벅찬 감정을 살며시 삭여야 했습니다.

신부를 보는 올케언니의 눈빛도 그윽했는데, 자세히 보면 촉촉한 물기까지 섞여 있고, 착잡한 감정들이 잘게 깔려 있는 듯, 결코 밝지만은 않았답니다.

화장을 고쳐주고 부케를 손에 잘 쥐어주던 미현은, 사현을 일으켜 세우고 식장 입구로 걸어갔습니다.

오빠는 사현을 오랫동안 물끄러미 바라보더군요. 오빠가 축복스런 오늘마저도 왜 그리 지쳐 보이는지.

사현과 오빠 내외가 식장 문 바투 붙은 접수 테이블을 지나서 입구에 나란히 섰습니다. 나는 접수 테이블에서 웅성거리며 봉투를 주거니받거니 하는 사람들의 분주한 손놀림에 시선을 잠시 빼앗겼습니다. 오랜만에 보는 이곳의 풍습이 내 눈에 기이하게 비치는 걸 보면 나도 타향살이에 젖어 틀림없는 이방인이 된 모양입니다.

식장 앞에서 막이 올라가기를 기다리는 배우처럼 서 있는 사현, 그녀의 고급스런 신부복의 긴 꼬리를 반반하게 늘어뜨리며 나는 뉴욕 시의 명소인 세인트 패트릭 성당의 긴 통로를 떠올려봤어요.

"요즘 애들 자기만 편하면 제일이라고. 샤노 웨딩 드레스만 고집해, 이 철부지가."

올케언니가 웨딩 드레스를 만지며 며칠 전 한숨과 함께 했던 말이 문득 뇌리를 스쳤어요.

어느새 오빠를 따라 들어간 신부가 신랑과 나란히 주례 앞에 섰어요.

비디오 촬영사의 불빛이 환하게 신부와 오빠, 신랑 얼굴에 마구 쏟아지는 동안 홀 밖에 웅성거리는 소리가 끊임없이 밀려 들어오고, 자리를 찾지 못한 손님들, 앉아 있는 손님들의 대화 소리마저 겹쳐져 좀처럼 조용해지지 않았습니다. 서로 만난 지 오래된 듯 회포를 푸는 화사하게 차려 입은 손님들의 모습, 주례사를 귓등 너머로 흘리며 딴청 피우는데도 주례사는 아랑곳하지 않고 이어졌습니다.

신랑 측에 앉은 시어머니의 뽀얀 얼굴이 곱게 입은 연두색 한복에 어울려 품위를 한껏 돋보이게 했습니다. 한복의 화사함이 궂은 날씨를 무색하게 하듯, 환했지요.

한복이 저렇게 세련되고 아름다워진 것을 보고 엘리자베스가 뭐라고 할지.

파란 눈을 뜨고 비유티풀을 연발하겠지요?

그녀는 어쩌다 입곤 하던 내 한복을 그렇게 좋아했는데… 삼십 년도 넘은 구식 한복을.

한복은…, 난 압니다. 당신의 아픔을 상기시키는 것인지를. 꺼질 듯하며 꺼지지 않는, 아니 당신이 놓치지 않으려고 붙잡고 있는 이 곳과 연결된 가느다란 기억 속의 실오라기라는 것도.

흰 무명천으로 된 한복을 입었던 여인네가 어머니였을 것이라고 했었죠? 흐릿해진 기억 속에 당신은 그 치마를 붙잡고 울었던 것밖에 기억이 없노라며 깊게 빨아들인 담배 연기에 섞어 말하던 당신, 그러니까 뉴욕 이타카의 케프테리아에서였어요… 난 그때 당신은 전혀 한국과는 무관한 사람이라고 믿었었죠.

"아 유 프롬 코리아?"

"예스, 아이 앰."

"미, 투."

당신의 큰 눈이 활짝 열리는 것을 놓쳤더라면 난 당신을 싱거운 농담을 하는 사람쯤으로 여기고 그냥 지나쳐버릴 뻔했죠.

윙윙거리는 마이크 소리 요란한 식장 안에서 누군가의 시선이 옆 얼굴에 자꾸만 와 꽂히는 느낌이 들었습니다. 주례사가 한참 무르익어 가는데 시선을 집요하게 보내던 그 누군가가 어깨를 탁 내리치는 것이었어요. 자세히 살펴보는 낯설고 늙은 여인의 얼굴에서 차츰 어느 기억 속의 젊은 얼굴이 스며 나왔습니다.

"고모!"

나는 고모의 손을 움켜잡았습니다.

"아이구 지선이 아냐, 이게 얼마 만이냐."

고모는 내 손을 붙잡고 울먹였습니다. 정말 고모를 본 지가 얼마만이던지요.

고모는 연지 곤지 찍힌 고운 얼굴로 내 기억의 갈피 속에 여태껏 버티고 있었는데, 세월을 훌쩍 뛰어넘어 단숨에 늙은 모습으로 내 눈을 가득 채웁니다.

고모가 결혼하던 날, 축제마당이 된 할아버지 마을은 온동네가 떠들썩했죠. 족두리를 쓴 어여쁜 고모는 사모관대 쓴 신랑 옆에서 눈을 아래로 깔고 다소곳이 앉아 있었어요. 우리들은 신랑 각시가 오래오래 잘살라며 국수를 먹었지요. 마을 사람들이 들고 온 온갖 음식도 한 상에 가득 올랐었구요. 훈훈했던 옛날 추억에 파묻혀 불그스레 상기했던 고모의 얼굴이 그만 이렇게 세월 앞에 어쩔 수 없이 노파가 되었군요. 하기야 나 또한 이렇게, 오십을 바라보는 초로의 여인네로 변한걸요.

고모는 이제 다시 혼자가 되었고, 도시로 떠나 보낸 자식들이 얼마나 잘살고 있는지, 딸애는 서울서 이렇다 하는 집 마나님이 되었다며 얘기가 무척이나 많았습니다.

"그래, 고생 많다며……."

고모는 측은한 눈매로 내 옷차림을 훑어보았습니다. 빤히 아래 위로 훑는 사람들의 눈초리가 지금쯤은 익숙해졌어야 하는데 왜 아직도 나를 움츠리게 하는 것인지 모르겠어요.

뭐라구 대답할 수 없던 나는 속으로만 고모에게 대꾸했지요.

'파터스빌의 평화스러움을, 떠밀림 없는 자유로움을, 그리고 밤마다 찾아와 변함없이 반짝여주는 별들을, 세상의 어느 보석보다 더 화려한 아름다움을 보여주는 우리들만의 별들을, 고모는 아실 리가 없겠지요.'

오기처럼 들릴지도 모를 소리를 나는 혼자서 중얼거린 셈이죠.

고모는 나의 굵은 손마디를 쓰다듬으며 말했습니다.

"네 아버지도 가고, 이제는 내 차례인가봐."

고모는 가까이 서 있던 딸에게 들으라는 듯 제법 힘주어 말했지만 어쩐지 쓸쓸한 여운을 남겼습니다. 자식들을 셋씩이나 낳아서 길러 멀지 않은 곳에 두고 사는 고모. 혼자서 고모부와 함께 살던 시골집을 지키고 있다는 그녀의 눈빛이 노독(路毒)에서 묻어나는 외로움만이 아닌 무엇을 싣고 있었습니다.

결혼식은 짧았습니다. 고모의 얘기를 듣는 동안 어느새 주례사가 끝나버렸더군요.

웅성거림, 비디오 촬영의 환한 빛이 고집스럽게 끊이지 않던 식장에서 사람들이 우르르 나갔습니다. 마치 기록만을 위한 듯한 그런 부산했던 식에서, 주인공 신랑, 신부와 주례의 약력을 알리는 커다란 사회자의 마이크 소리가 경매장의 마이크 소리처럼 어긋나게 들려오는 그런 식에서, 다들 의례껏 그러려니 하는 표정들을 짓는데 나는 왠지 연극이 끝나버린 텅 빈 무대를 바라다보는 그런 허탈감에 사로잡혔습니다. 무언가가 뒤바뀐 것 같아 안타까웠어요. …헨리, 내가 너무 고고하게 달라진 것일까요?

사돈댁이 환하게 웃으며 올케언니의 손을 잡았습니다. 올케언니도 밝게 웃었습니다. 연두색 한복과 연분홍색 한복이 한국 봄 산의 색깔처럼 환했습니다. 그런데 왠지 올케언니의 웃음이 바사삭거리며 부서질 듯 위태해 보이던지. 오빠 집 안방에 매달린 그 하회탈이 보내는 웃음과도 같이.

방안을 내려다보는 하회탈은 실없이 계속 웃고 있어요. 물건들로 잔뜩 쌓여 있던 안방이 이제 텅 비어 휑하고 썰렁하게만 보입니다.

사현의 혼수감이 아침에 몽땅 실려 나갔답니다. 천체 망원경도 함께 실려 갔는지 보이질 않고요. 내가 들어온 줄도 모르는 듯 올케언니가 방안에 멍하게 앉아 있었습니다. 환하게 밝히던 뜰안의 벚꽃은 그리 눈부시던 하얀 옷을 홀딱 벗어버리고 푸르게 달라져 방안을 넘겨다봅니다. 떨어졌던 꽃잎들은 비에 쓸려 어디론가 가버렸고요.

"어디 나가려고요, 아가씨?"

올케언니는 허탈한 표정으로 외출복을 입는 나를 돌아보았습니다.

"M 시에 가려고요."

올케언니는 나를 이방인 취급하듯 불안한 눈으로 보다가 나를 따라나섰습니다. 아니, 휑한 집에서 벗어나려고 따라나섰는지도 모릅니다. 함께 지내던 사현이가 훌쩍 시집 가고 난 후 적적함이 건넌방까지 자욱하게 깔려 있는데, 하물며…….

서울을 벗어나자 초록색으로 펼쳐지는 전원은 우선 시야를 시원하게 해주었습니다. 거대한 시멘트로 지은 고층 건물의 아파트들이, 공상 영화에서나 나오는 것 같은 낯선 모습으로 서 있는 신도시가 멀리 신기루처럼 보이는 곳을 지나자 잠시 동안은 푸르름이 있는 언덕의 연속이었습니다.

"이 나이에 뭐 그런 것이 궁금해지지?"

올케언니는 의아해했습니다. 이제는 세월에 많이 흐릿해진 팔뚝 위 당신의 상처를 잊을 때도 되었지 않느냐구요. 하기야, 올케언니는 당신의 눈빛을 들여다본 적이 없었으니까요.

버스 한 대가 옆을 지나갔습니다.

그 버스 안 사람들이 들썩이며 서서 가는 모습이 눈에 들어왔습니다. 머리들이 희끗희끗한 여인네들이 통로에 서서 어깨를 올렸다 손을 올렸다 하는 모습이… 아니, 춤을 추고 있는 것이지 않겠어요?

무엇이 저렇게 떨구어버릴 것들이 많아 움직이는 버스 안에서까지 저렇게 흔들어야 하는 것인지.

흥겹게 춤을 추고 있는 그들의 어깨춤이, 그들의 손놀림이 왜 그리 서글프게만 보이던지요. 꽃잎을 마구 떨구어내는 오빠 집 앞 뜨락의 벚꽃나무처럼 왜 그리 처량하던지요.

올케언니는 봄 꽃놀이 가는 촌부들이라고 귀띔해주더군요. 자식들 없이 혼자 사는 시골 부인네들일 것이라고.

영어로 된 간판이 줄줄이 붙어 있는 M 시내는 먼지가 뽀얗게 일고 있었습니다. 화려하게 치장한 미니 스커트 차림의 젊은 여인들과 군복차림의 흑인, 백인들이 자그맣고 납작한 가게에서 걸어 나오는 것이 보이자 나는 잠시 어디에 와 있는지 꿈 속을 가고 있다는 생각에 사로잡혔었습니다.

버스에서 내려 한참 만에 찾은 영생 고아원은 먼지가 뽀얗게 쌓인 골목골목을 돌아 길에서 거리를 두고 들어앉아 있었습니다. 허름하고 길다란 이층 집이 서 있는 마당 안으로 들어서자 고만고만한 어린애들이 옹기종기 모여 무엇인가에 열중하고 있었습니다. 몇몇 큰 애들이 흘깃흘깃 올케언니와 나를 보았습니다. 저만큼 앉아 있던 아주 어린 꼬마들도 우리를 흘끔 올려다보았어요. 잠시 눈만 부딪쳤지만 뭔지 공허한 눈빛들이었어요.

원장실이라고 씌인 방문을, 빼꼼이 열고 들어가자 원장은 돋보기 안경을 벗으며 우리를 반겼어요.

전쟁이 끝난 지 오래되어 아주 폐쇄되었을 줄 알았던 이 고아원

에, 아직도 영아로부터 열아홉 살 되는 애들까지 있다는군요. 당신
이 이곳을 떠났던 나이인, 대여섯 살 되는 아이도 여럿 되고. 모두들
자리를 잡아 홀로서기 할 때까지 같이 살다 나간다고 하네요. 마침
한 아이가 취직이 되어 부천의 어느 공장 기숙사로 떠나는 날이라
모두들 마당에 모여 웅성거린다구요.

전쟁도 없는데 무슨 이유로 아직도 고아들이 있는지. 흥청거리는
백화점과 쇼핑센터가 몰려 있고, 반짝거리는 자동차들이 줄을 잇고
있는 풍요로워진 이곳에.

미혼모에게서 버려진 아이들, 교통 사고로 부모를 잃은 애들, 이
혼 부부들이 서로 안 맡겠다고 외면한 자녀들, 불구아라서 부모에게
서 버려진 애들이 아직도 이곳에 산답니다. 원장도 고향에 가고 싶
어도 갈 수 없는 실향민이었어요. 그의 연민에 찬 눈빛이 세상을 원
망하고 있는 듯 처연해 보였습니다. 고아원은 몇몇 실향민의 손으로
운영되고 있었습니다. 휴전선에서 멀지 않은 이곳, 밤마다 무수한
별들을 황해도 고향 사람들과 같이 볼 수 있다는 것을 큰 위로로 삼
고 있다는 원장의 눈빛도 당신을 닮았어요.

그러고 보니 당신은 이 아이들에 비해 전쟁 고아란 떳떳한 이유로
이곳을 떠난 셈입니다. 어엿이 살아 있는 부모로부터 버림을 받은
이 아이들. 정말, 그 태 뭐라고 하던 아이, 당신 기억에 어슴푸레 한
구석에 박혀 있다는 그 불구 아이는 영영 입양이 안 되어 스물이 넘
도록 이곳에 있다가 양잿물로 목숨을 끊었대요. 그 애 이름은 김태
호. 당신이 알면 마음 아파할 것 같아 이 소식은 빼고 새로 편집한
편지를 다시 써야 할까봐요.

당신에 대한 옛날 기록이 여지껏 있을까 했는데. 원장은 그 전 원

장에서 물려받은 기록들을 사무실 구석 찌그러진 나무상자에서 꺼내
주었어요. 그런데 당신 어머니, 엘리자베스가 갖고 있는 것과 별 다
름이 없는 내용이네요.

김수양(가명).
네 살 혹은 다섯 살.
검은 바지와 밤색 상의, 검정 고무신 착용.
서울역 앞에서 발견됨.
영생 고아원 입원 1955. 4. 3.
정한필 가정 입양 1955. 11. 6.
영생 고아원 재입원 1956. 2. 1.
미국 일리노이주 멕킨리 가정 입양 1956. 12. 8.

당신이 혹시나 하던 연결고리를 찾을 수 없어 안타까울 뿐이네요.
무의식 속에 자주 손이 올라가 만지곤 하는 당신 팔뚝 위의 상처를,
어쩌다 그런 모양으로 그곳에 있는가를 설명해줄 이가 이 세상에 아
무도 없는 것일까요?
의례껏 기대하지 않는다는 당신의 말, 짐짓 웃음을 먹으며 태연한
듯하던 말이 내게는 절절하게 가슴속을 파고들었었는데… 어쩌죠?
하지만 헨리, 나 역시 부모를 잃은 고아인걸요. 사람은 누구나 언
젠가는 고아가 된다는 사실을 잊고 사는 게 아녜요?
원장이 혹 무슨 끄나풀이라도 있을까, 옛날 서류를 꺼내어 뒤적이
는 동안, 올케언니는 말이 없이 앉아 있었습니다.
원장도 일찌감치 부모와 헤어져, 혼자여서인지, 당신의 아픔을 예

사로 여기지 않았습니다. 혼자, 삼촌을 따라 남하해 온 후 삼촌이 객사하는 바람에 혼자 꾸려온 삶의 외로움과 고통에 짓물렀던 과거를 털어놓았을 때 나는 또 다른 당신을 만난 듯했어요.

맥없이 그림자처럼 앉아 있던 올케언니가 원장의 애기에 귀를 기울이는 듯했어요. 무릎에 얌전히 올라 있던 그녀의 한손이 다른 한손을 살며시 포개놓는 것이 보였어요. 그러더니 한손으로 손등을 어루만지기 시작하더군요. 원장의 어두운 과거 얘기에 무거워진 분위기 탓이었을까. 미미하게 움직이던 그녀의 손놀림이 조금씩 빨라졌습니다. 혹시 그녀는 나를 쫓아온 것을 후회하고 있었는지 모르겠어요.

"여기 뭐가 또 있군."

원장의 말에 나는 바짝 긴장했었습니다. 그런데 겨우 당신을 파양하던 사유가 적힌 서류 하나와 오래된 편지 하나를 원장은 상자에서 꺼냈습니다. 누래지고 사그라진 종이에서 부스러기가 떨어져 내렸습니다.

"파양은 어째 되는 거죠?"

오랫동안 궁금하던 것을 묻는 나에게 원장은 이렇게 말하더군요. 혼혈아에 대한 사회적인 편견을 견디어내지 못하는 것이 첫째 이유라구요. 서류에는 담담히 경제적인 이유만을 나열하고 있었어요. 엘리자베스가 그때 고맙다고 쓴 편지는 어디론가 자취를 감춘 정한필 씨를 영영 찾지 못해 전달되지 않은 채 오랜 세월 동안 그 상자에 들어앉아 변색되어 있었습니다.

오랜만에 보는 투명한 하늘이 원장실 문을 열고 나온 우리를 기다렸습니다. 햇살이 제법 따갑게 내리쬐는 마당에는 아까 보지 못했던 화려한 색깔이 눈을 자극해 왔습니다. 애들마다 손에 들려진 색색의 풍선들이 하늘을 오를 듯 공중에 걸려 있었답니다. 애들이 한 청년을 둘러싸고 있었습니다. 아마 고아원을 떠날 그 청년인가 봅니다. 꼬마들은 풍선이 좋은지 잠시 슬픈 눈빛을 잊고 뒷전에서 시시덕거렸지만, 원장이 가까이 다가가자 모두 조용해졌습니다.

'형아!' 하는 소리인 것도 같고 '엄마!' 하고 부르는 것 같은 잘 알아듣지 못할 아이들의 함성과 함께 모든 풍선은 하늘로 날아갔습니다. 대여섯 살짜리 애들 두셋은 풍선을 놓치는 것이 아쉬운 듯 몇 번이고 하늘로 오르는 풍선을 잡으려 펄쩍펄쩍 뛰어 손을 하늘로 뻗치는 시늉을 했습니다. 머리가 희끗희끗한 원장도 풍선 하나를 올려보냈습니다.

풍선이 하나, 둘, 셋, 넷… 파랑, 빨강, 노랑… 둥둥 떠올라갔습니다.

나는 그 자리에 서서 하늘을 수놓은 많은 풍선을 올려다보았습니다. 풍선들이 바람을 타고 저 멀리 하늘에 별처럼 작아질 때까지 눈을 떼지 않았습니다.

올케언니도 나처럼 오래오래 하늘을 올려다보더군요.

그 청년이 떠나고 풍선들이 사라진 훨씬 후에도 아이들이 마당에서 떠나질 못했습니다. 나도 한참을 서성이며 그곳을 떠날 수가 없었습니다. 꼬마들 곁으로 가서 머리를 쓰다듬으며 얘기를 붙이는 나를 올케언니는 조용히 기다려주었습니다.

어둑어둑해진 골목을 돌아 나오며 올케언니는 여전히 말이 없었습니다. M 시내 버스 정거장 옆 국밥집에 앉아 국밥에 수저를 넣을 때까지도 올케언니는 조용했었습니다. 돌아오는 길에 저만큼 신도시의 을씨년스러운 실루엣이 보이는 즈음, 어머나, 얼마나 많은 별들이 하늘을 메우며 나타났던지요. 파터스빌의 우리들의 별만큼이나 반짝거리는 별들이 잔뜩 쏟아져 내릴 것 같이 반짝이지 않겠어요. 휙휙 지나치는 창 밖으로 한없이 하늘에 시선을 보내던 올케언니가 옆에 앉은 나를 돌아보았는데, 무슨 말을 할 것 같던 올케언니는 말 대신 내 손을 꼭 쥐어주었습니다.

헨리, 내일이면 당신 곁으로 돌아갑니다. 며칠 전 짐을 꾸리느라고 잔뜩 어질러진 속으로 올케언니가 들어와, 정성스레 싼 선물 보따리를 넌지시 건네주었습니다. 보자기 안에는, 당신이 좋아하는 김과 인삼차, 그리고 놀랍게도 안방에 애지중지 모시고 있던 하회탈이 환히 나를 보고 웃고 있었어요. 오빠가 헤어지기 섭섭하다며 가지고 가라는 하회탈. 오빠의 손때와, 아버지, 그리고 할아버지들의 손때가 묻어 있는 하회탈이.

헨리, 하회탈만은 사양했습니다. 파터스빌 집에 잘 어울리지도 않을 이 탈은 여기에 남아야 할 것 같아서요. 사현에게 물려주라며 나는 조심스레 올케언니에게 탈을 돌려주었답니다.

하회탈 대신, 나는 얼마나 소중한 것을 안고 돌아가는지 올케언니는 알고 있을까요?. M 시에서의 영생 고아원, 당신의 체취가 묻어 있는 영생 고아원을 찾아갔던 것만으로 나는 충분했어요. 그 고아원 원아들의 표정 없이 굳어 있는 얼굴들에서 나는 또 다른 슬픈 하회 탈들을 너무 많이 보았는걸요.

헨리, 막상 이곳을 떠난다니까 왜 이리 착잡해지는 거죠? 막 당신 곁으로 달려가고 싶으면서도 마음 한쪽 구석은 이곳에 더 머물고 싶어지는 상반된 느낌을 당신은 이해하시나요?.

엊저녁, 마루에서 저녁상을 막 물리려고 할 때 안방 전화 벨이 울렸었습니다.

사현에게서 걸려온 해외 전화였습니다. 올케언니가 몹시 기다리던 전화였는데…. '사현이냐? 그래, 잘 지내니?' 하며 올케언니는 반가움에 울먹이는 소리로 묻더군요.

파타야 해변이 얼마나 아름다운지 모르겠다고, 네온 등이 환히 비치는 바닷가를 둘이서 환상적으로 걸었노라고. 행복한 듯, 사현의 목소리는 여느 때보다 한결 높아져 있었다는데. 나는 사현에게 밤하늘이 보이냐고 올케언니에게 물어달라고 했어요… 사현은 바다에 취해, 네온 등에 흔들리는 불기둥으로 빚어내는 아름다운 밤바다만을 얘기하더라는군요.

사현은 천체 망원경을 가져가기나 했을까요?

고아원에서 돌아오던 며칠 후, 올케언니는 마당에 쭈그리고 앉아 부지런히 손을 놀리고 있었습니다. 어수선하던 밭이 말끔히 치워지고 꽃들로 채워져갔습니다.

채송화, 봉선화, 패랭이, 그리고 이름 모를 꽃들까지. 빨강 분홍 보라 노랑색으로 물든 꽃이었어요.

머지않아 남의 손으로 넘어갈 이 집, 마당 한구석에서, 손삽을 들고 움직이는 올케언니의 손은 흙이 잔뜩 묻어 있었어요. 길 건너 화원에 다녀온 모양인지 옆에는 아직도 색색의 꽃들이 심겨지길 기다리고 있었습니다. 그때, 어디선가 흰 나비 한 마리가 날아들어 혼자

꽃밭을 축복하고 있었습니다.

마당이 이제 환해졌습니다.

홀로 서 있던 벚꽃나무도 이제는 외롭지 않아 보입니다.

퇴근길에 마당을 들어서며 놀라하던 오빠의 표정을 어떻게 묘사해야 할지… 사위어가는 저녁 빛 속에서도 오빠의 눈빛은 색색의 빛을 환하게 안고 있었습니다.

오늘 밤, 마지막 짐 정리를 하느라 가방을 다시 풀었습니다. 그런데 예기치 않던 짐 하나가 짐 속에서 나오지 않겠어요. 올케언니가 어느새 다시 집어 넣은 하회탈이었습니다.

나는 하회탈을 올케언니 몰래 다락에 집어 넣으려고 다락 위로 올라갔습니다. 다락은 발 디딜 틈 없이 잡다한 물건들로 가득 차 있었습니다. 하회탈을 다락 뒤켠 창문가에 내려놓는 순간 창문 곁에 서 있는 낯익은 물건이 눈에 띄었습니다.

천체 망원경이었어요.

나는 그 자리에 앉아 천체 망원경을 멍하니 쳐다보았습니다. 만화경을 들여다보며 별이 보이지 않는다고 투정부리던 사현이 천체 망원경을 버린 것에 나는 충격을 받은 모양입니다. 파터스빌로 다시 가져가 거실에 나란히 놓고 싶은 생각에 천체 망원경을 들어보았습니다. 가뜩이나 무거워진 짐 속에 더 들어갈 자리가 없다는 것을 알고 다시 제자리에 놓다가 다락 창문으로 스며드는 서울의 밤 빛을 보았습니다.

언제 다시 돌아와 볼 수 있을까 하는 고향의 거대한 실루엣을 마지막으로 내려다보았습니다. 번쩍이는 수많은 네온 등 사이에서 눈

을 돌려 저만큼 높이 올려다보았어요. 희미하게 잘 보이지 않는 별
들을 자세히 보려고 천체 망원경에 눈을 댔습니다.

　어머나, 헨리.
　서울 하늘에도 우리가 보았던 별들이 보이는 것이었어요.

서울에서
당신의 사랑하는 아내가.

월병(月餠)

아버지가 오시던 날, 꼭두새벽부터 내리던 비는 끊일 줄 몰랐습니다. 아버지는 언니네 가게로 들어가시며 비 젖은 보도 블록에서 뒤뚱, 헛발을 짚으셨습니다. 나는 얼떨결에 아버지 팔을 잡았고 '아버지'라는 생전 불러보지 못했던 세 글자가 불쑥 입 밖으로 튀어나왔습니다. 그 말에서 느껴진 이상한 기분. 그것은 한참 후까지도 입안에 남아 있었습니다.

그날 아버지는 몹시 서운해하셨습니다. 언니가 공항에 으레 나와주려니 하셨던 거지요. 언니가 가게 일로 몹시 바쁘다고 누누이 설명했지만 아버지는 여전히 서운한 표정이었습니다.

아버지는 십 년 전보다 훨씬 더 늙어 있었습니다. 등은 굽어 있었고 몸은 수척했습니다. 공항 승객 출구에서 뵈었을 때, 사실 저는 잘 알아보지 못했습니다. 십 년 전에 언니가 들고 갔던 감색 양복을 입고 오지 않으셨다면, 아마 아버지를 놓쳤을지도 모릅니다. 아버지도 저를 몰라보는 눈치였습니다. 저도 십 년 동안 나이를 먹은 거지요.

"니래 희정이가?"

아버지는 내 얼굴을 훑어보셨지요. 그날, 나는 일찌감치 서둘러 종업원 아이에게 세탁소를 부탁하고 뒷방에 붙어 있는 거울 앞에서 꽤 오랜 시간을 치장했었습니다. 십 년이란 세월은 긴 시간입니다.

언니네 가게로 가면서 휙휙 지나치는 빗속의 뉴욕 시내 광경에 아버지가 눈을 파는 사이, 아버지를 몰래 훔쳐보았습니다. 아버지의 잔뜩 구겨진 얼굴 속에서 저는, 이제 갓 스물 되는 제 아들, 데니를 봤습니다. 우뚝 솟은 코며 쪽 빠진 볼의 흐름이나 귀 모습.

"넌 네 아버지를 어쩜 그리도 쏙 빼놓았니."

효창동 집 옷장 위에 있던 아버지의 흑백 사진을 들여다보며 어머니는 늘 그렇게 말씀하셨습니다.

아버지는 언니를 본다는 기대감에 흥분하신 듯 보였습니다. 언니네 가게 앞, 차에서 내리며 짐 보따리는 왜 들고 내리시냐는 제 말에, 아버지는 싱긋이 웃기만 했습니다.

언니는 들어오는 우리를 바라보았습니다. 달려오는 대신 언뜻 눈길만 주었고 종업원과 얘기를 계속했습니다. 아버지는 바라만 보고 계셨습니다. 잠시 후 아버지는 '희주래 많이 늙었구나' 하면서 혼자 말을 했습니다.

언니가 굳은 표정을 풀지 못한 채 '오셨어요' 아버지에게 짧은 인사를 건넸지요. 도둑맞는 일이 잦은데다가 몇 안 되는 고용인들이 자주 들락거려 속을 끓이는 언니에게 밤사이 또 무슨 일이 있었나 봅니다. 아버지는 환하게 웃었습니다. 그 웃음이 조금씩 사그라든 건, 아버지와 언니가 마주 서면서부터였습니다. 십 년 만의 재회치고는 뜨거운 포옹도, 반가움의 환희도 없는 담담한 만남이었어요.
어색하기까지 했습니다. 문득 생각나신 듯 아버지가 가방을 카운터
에 올리고 그 안에서 상자를 꺼냈습니다.

"니래 월병 좋아했디?"

아버지는 여섯 살 때 헤어진 언니가 월병을 좋아한다는 걸 여태도
잊지 않았던가 봅니다. 언니의 얼굴이 조금 웃는 듯했어요.

"뭘 이런 걸 게디고 오세요, 남세스럽게스리……."

언니는 퉁명하게 말했지만 싫지 않은 눈치였습니다. 그래요. 언니
는 여태도 월병을 좋아해서, 차이나타운 가는 길이 있으면 꼭 그것
만은 사가지고 오곤 합니다. 나는 아버지와 그러한 추억을 갖고 있
는 언니가 부러웠습니다.

"가게가 크구나."

아버지가 높다란 천장을 올려다보셨습니다.

"크면 뭐해요. 도둑놈 천지인데……."

금요일에는 가게가 동네 흑인들로 북적거리기 시작합니다. 화이팅
이라는 생선, 그러니까 한국 사람들 좋아하는 생태와 꼭같은 건데
요. 동네 흑인들은 그 생선으로 만든 튀김을 매주 금요일마다 저녁
식탁에 올리는 습관이 있지요. 금요일이었고, 생선을 사려고 몰려오
는 그 시간이 다 되어서 전 아버지를 채근해 나오자고 했습니다. 흘
끔, 아버지가 언니의 얼굴 표정을 살폈습니다.

"내래 도와줄 일은 없네? 내래 아직 힘 이서, 야……."

언니가 아버지 말을 막았습니다.

"희정이네로 가 계셔요. 짬 나는 데로 갈 테니."

아버지는 소년처럼 머리를 떨구고 출구로 걸어 나오면서 말문을

열었습니다. '나는 안해본 게 없어, 야' 하시면서, 경비로 일한 적도 있고, 그래서 아직 천진의 한국촌에서는 도둑 잡는 데는 알아주는 사람이라구 말입니다. 구부정한 아버지 등뒤로 가게문이 닫혔습니다. 아버지는 몹시 아쉬운 듯 뒤돌아보았습니다.

"도둑뿐만이 아니예요. 요즈음엔 흑인 갱들의 싸움 때문에 골치인 걸요"

저는 언니 대신 변명했습니다.

뉴왁 남쪽에 있는 언니의 가게는 흑인과 히스패닉들의 밀집 지역 안에 있습니다. 그 가게를 살 때인 십여 년 전만 해도 흑백인이 골고루 섞여 있었고, 경기가 좋아 언니는 몇 해 수월하게 장사를 했습니다. 그러나 차츰 백인이 하나 둘 이사 나가고 흑인과 히스패닉 계 사람들이 이사를 오면서 가게 사정은 급격히 나빠졌습니다. 흑인이나 히스패닉들이라고 해서 다 그런 건 아니지만 사회 밑바닥 계층인 만큼 자연 거칠었습니다. 이들과 떼어낼 수 없는 가난은 자연스레 이곳을 피폐화시켰습니다. 이제 그 거리, 모든 상점들은 굵다란 쇠창살로 창문을 막은 채 장사하고 있습니다. 십여 년 만에 전쟁터처럼 험악해진 겁니다. 언니가 변하기 시작한 것은 장사가 되지 않으면서부터입니다. 언니는 점점 이민 생활에 진저리를 냈습니다. 서구화해가는 딸애들을 못마땅해하고 비쩍 말라가는 형부, 가게에 매여 허덕이는 자신에게조차 짜증을 냈습니다. 까딱하면 욕을 입에 매달았습니다.

삼십여 분의 그리 멀지 않은 거리에 있는 저의 가게로 가는 동안 아버지는 말씀이 없으셨습니다. 나는 말없는 아버지를 보며 십 년 전 중국에서 만났던 일을 생각했습니다.

　중국에서 아버지를 만나기 전까지, 아버지라는 단어는 저와 거리가 멀었습니다. 저에게 아버지는 어머니 옷장 위에 놓인 사진 속의 갇혀 있는 사람에 불과했습니다.

　십 년 전 초여름, 전화 벨 소리에 무심히 수화기를 들었을 때, 전화선 너머에서 언니의 잔뜩 들뜬 목소리가 들렸습니다.

"희정아 아버지를 찾았어. 아버지를 ! "

　나는 언니가　혹시나 하면서 천진으로 편지를 보냈다는 얘기를 생각해냈습니다. 아주 어렸을 때 헤어져 아버지를 기억하지 못하는 나에 비해, 언니는 중국 집과 아버지를 또렷이 기억하고 있었습니다. 언니의 목소리는 악쓰는 것도 같고 기쁜 것도 같고. 하여튼 묘했습니다.

"아버지를 찾은 거야?"

　제 말에 언니가 울음을 터뜨렸습니다. 나는 햇빛이 유난한 창 밖을 내다보며 아버지의 늙은 모습을 상상했습니다. 그러나 아버지는 내 머리 속에서 여전히 젊은 청년이었습니다. 대신, 바로 전 해, 뇌출혈로 쓰러진 어머니가 떠올랐습니다. 싸늘한 시신이 된 어머니의 마지막 얼굴이. 나는, 갑자기 그 환한 햇빛이 싫어졌습니다. 와락, 소리 지르고 싶었습니다. 수화기를 내려놓고 한참 후, 나도 모르게 나온 눈물이 손등에 툭 떨어졌습니다.

　그러나, 삼십 년 만에 아버지를 만나는 기쁨에 들뜬 언니의 호들갑이 저에게서 어머니를, 아버지를 그리워한 어머니를 떨치게 만들었습니다.

　마침 오랜 세월 닫혀 있던 중국의 문이 열리기 시작한 때여서, 우리는 쉽게 중국에 갈 결심을 했습니다.

　장샤 역에서 내려서 아버지를 만났던 일은 마치 엊저녁 일처럼 생생합니다. 장샤 역사 앞 광장은 엄청난 사람들로 가득했습니다. 하나같이 모택동 식 검정 옷을 입은 사람들이었습니다. 새까맣고 거대한 무리 속에서 우리는 믿을 수 없을 정도로 쉽게 아버지를 찾았습니다. 어떻게 그 많은 사람 속에서 움찔거리는 몸짓과 반짝이던 두 눈동자가 눈에 또렷이 들어왔는지 그리고 서로 한발씩 가까워졌는지……. 서양 옷을 입은 중년의 두 여자가 한쪽에서 달려갔고 노년의 검은 인민복 차림의 아버지가 무리 속에서 튀어 나왔고. 우리 셋은 그 많은 사람들 앞에서 서로를 확인하면서 부둥켜 안고 울었습니다.

　며칠뿐이었지만 아버지와의 재회는 언니와 나를 흥분으로 몰았고, 묵었던 외국인 호텔에서, 삼십 년 만에 만난 부녀들로 소문나 인사를 숱하게 받았지요.

　언니가 가지고 간 양복으로 갈아입은 아버지는 멋진 노신사였습니다. 어머니가 그려주던 아버지 모습 그대로였습니다. 나흘은 빨리 갔습니다. 지나간 얘기를 다 하기엔, 아니 삼십여 년을 그리던 아버지를 향유하기엔 너무나도 짧은 시간이었습니다. 그리고 닷새 되는 날, 기차를 타고 내려와 호텔에 나타났던 지앙예의 출현…….

　"참, 지앙예는 잘 있어요?"

　지앙예를 떠올리며 백미러에 비친 아버지를 올려다보았습니다.

　"그 아이야 잘 있다."

　창 밖에서 눈 돌린 아버지의 얼굴에 언뜻 웃음이 나타났습니다.

지앙예가 '누나!' 하며 호텔 안으로 쫓아 들어오던 날, 난 어린애처럼 속이 상했습니다. 그 애에게서 풍겨 나오는 마늘 냄새도 싫었지만, 그보다 아버지를 쏙 빼닮았다는 게, 왠지 묘한 배반감이라고 할까요, 소녀처럼 그런 느낌이 저를 사로잡았습니다. 사십을 넘은 중년 여인인 내가 말입니다. 지앙예는 아버지를 '빠바'라고 불렀습니다. 그 애와 주고받던 아버지 눈길이 여태도 생각납니다.

그날 밤, 언니는 침대에 누워 훌쩍였습니다. 나도 뒤치락거리며 잠을 설쳤습니다. 언니는 그때까지 지갑 속에 아버지의 젊었을 적 사진을 갖고 있었습니다. 아들처럼 젊게 보이는 그 옛날 빛 바랜 아버지 사진을 말입니다. 언니는 어렸을 적부터 어머니와 많이 부딪쳤고, 그럴 때마다 아버지 사진을 보며 위안을 받았었지요.

"아버지는 재혼할 수밖에 없었을 거야."

언니는 그 말을 수차례 반복하면서도 뭔가 개운치 않아하는 것 같았습니다.

"가가 이제는 레지던트로 북경 대학 병원에서 일하디."

아버지는 자랑스럽게 아들 자랑을 늘어놓으셨습니다. 그래요. 저 두 언니처럼 이해하지요. 하지만 속으론 어머니가, 일생을 그저 아버지와 만날 날만 고대하고 아버지 양복마저도 돌아가시기 얼마 전까지 고스란히 갖고 계시던 어머니가, 자꾸만 생각났습니다.

그때 장사에서 돌아오면서 아버지를 만났다는 기쁨보다는 허탈감에 빠져 돌아왔던 것을 아시나요? 어렸을 적, 나는 아버지가 있다는 사실만으로도 동네 아이들을 부러워했습니다. 아버지란 존재에 대한 막연한 그리움이, 이 나이 되도록 숨어 함께 살아 왔었나 봅니다. 살아 있다는 소식과 함께 살아난 그리움이 만남이란 설렘으로, 바람이 들어가기 시작한 풍선처럼 마구 부풀어올랐고, 만나 같이 지낸 나흘 동안 그 풍선은 팽팽해질 대로 팽팽해져 하늘을 오를 참이었습니다. 그런데 닷새 만에, 지앙예의 출현으로 풍선은 구멍이 났고……. 그리고 나서……. 절정에 달했던 기쁨 끝에 매달린 배반감이 자리를 메웠습니다.

우리가 헤어진 것이 다음 날이었던가요? 언제 다시 만날 수 있는지 전혀 알 수 없이, 아버지는 우리가 탄 공항행 미니 버스에 두 팔로 기대고 서 계셨고, 지앙예는 저만치 떨어져서 떠나는 우리를 멍청하니 보고 있었습니다. 언니는 창 밖을 내다보며 연상 눈물을 훔쳤고, 나는 이를 앙물고 앞만 보았습니다. 옆자리에 탄 서양 여자가 그런 우리를 보고 눈시울을 발갛게 붉히더군요. 그리고 우리는 헤어졌지요.

태평양을 다시 건너오면서, 나는 갑자기 횡재한 무엇을, 돌연, 절반쯤 잃은 듯한 느낌이었습니다.

그리고 나서 아버지는 잦게 손을 벌려 왔지요. 처음 얼마 안 되는 생활 보조금을 흔쾌히 보내드리던 마음이 점점 사그라졌고, 짜증스런 소리가 언니에게서, 또 제게서 튀어 나왔습니다. 그리고 사업이 되지 않는다고, 아이들이 커가면서 씀씀이가 커진다고 서로에게 변명했습니다.

지난번 아버지가 미국 초청을 원하시자 언니는 노골적으로 큰 목소리를 냈습니다.

"아버진 자기 살 궁리만 하려는 게야. 지앙예를 미국으로 불러줬으면 하는 눈치 아이가?"

그 다음 언니가 하는 얘기는 차마, 입에 담지 못하겠습니다. 중국

여행 다녀온 '리 헤어' 가발집 주인 여자가 현지서 듣고 왔다는 얘기
는, 평생 혼자 산 어머니를 생각하면, 차마 믿고 싶지 않습니다.
　아버지 초청 문제를 두고 언니와 내가 머뭇거리는 것을 보다 못해
남편이 참견했습니다.
　"이제 팔순 다 된 노인, 지금 안 만나면 언제 다시 본다구 그래."
　남편은 우리의 옹졸함을 꼬집었습니다.

　제 가게가 위치해 있는 패터슨 시내로 들어오면서 하나둘 한국 가
게들의 상호가 눈에 들어오자, 아버지는 고개를 길게 내밀었습니다.
엔진이 꺼지고 차에서 내리면서, 아버지는 저희 내외가 운영하는 가
게 안을 자세히 들여다보셨습니다.
　딸랑거리는 문소리에 천장서부터 주렁주렁 달린 옷가지 속에 묻혀
있던 남편이 뒤돌아봤고, 아버지는 어색해하며, 내민 사위 손을 잡
으셨지요.
　"오시느라 힘드셨죠."
　원산에 두고 온 자신의 아버지 생각으로 남편은 깍듯하고 따뜻하
게 아버지를 맞았습니다. 아버지는 잔뜩 움츠렸던 어깨를 내려놓았
습니다.
　아버지 모습만큼이나 노동에 찌들어 추레한 남편이 하던 일을 멈
추고 아버지와 중국 얘기를 나누었습니다. 저는 뒤켠으로 나갔습니
다. 남편은 오후 세시면 퇴근하는 씬디가 다려놓은 옷을 비닐로 뒤
집어씌우고 있었습니다.
　이제 남편에게서 옛날 방송국에서 일하던 프로듀서의 모습이라곤
찾아볼 수 없습니다. 언니가 자리 잡은 여기, 뉴저지로 이민 온 것

은, 남편이 방송국을 그만두던 해였습니다. 남편은 그때 방송국 노조 문제에 깊숙이 관여하고 있었습니다. 한창 매스컴을 타고 시끌벅적하던 어느 날, 남편은 양부모님 집엘 들렀다가, 방문 밖에서 엿듣고 만 것이었습니다.

"빨갱이던 제 애비 피는 못 속인다니까."

양모는 몹시 질책하는 목소리로 남편의 과거를 들먹이며 비난했습니다. 남하한 뒤 당숙 밑에 양자로 입적된 남편은, 이제껏 그분들을 부모님처럼 모시고 살아왔었습니다. 그날 남편이 그 집에 간 것은 자신의 일로 안기부 사람들이 양부모 집에 들이닥쳤다는 얘기를 듣고 놀랐을 양부모를 위로하기 위해서였습니다.

남편은 며칠 뒤 사표를 제출했고 곧 이민 길에 올랐습니다. 그후 남편은 노동에 찌들어서 뭔가 멍한 눈으로 매일 밤 마시는 술의 양만 늘렸습니다.

내가 뒷방, 바구니마다 쌓인 수많은 옷가지 옆에 앉아 한숨을 내리 쉬고 있는 동안 아버지와 남편은 한참 이야기를 주고받았습니다.

전화가 요란하게 울렸습니다. 남편이 전화를 받았고, '그래 어디 많이 안 다쳤니?'라는 말이 들렸습니다. 나는 전화 받는 남편에게 달려갔습니다.

아버지를 모시고 어떻게 집엘 갔는지 기억이 나지 않습니다. 정신없이 달려갔고, 거실 소파에 누워 입안에 홍건히 피를 흘리는 둘째 아이, 데이빗을 보았습니다.

"넬슨, 그 녀석이 '코리아'를 들먹이며 까불잖아……."

데이빗은 물어보지도 않았는데 변명을 늘어놓았습니다. 저는 그 길로 뉴왁 병원 응급실로 떠났고, 그래서 아버지가 미국에서의 첫날 밤을, 또 우리 집에서의 첫날 밤을 어떻게 보내셨는지 모릅니다.

아버지를 맨해튼에 모셔간 건 일주일 후였습니다. 여름방학을 맞은 데니에게 가게를 부탁하고, 저는 아버지와 함께 맨해튼 관광을 하러 나섰습니다. 링컨 터널을 막 벗어나 여기저기에 우뚝 솟아 하늘 높이까지 올라선 마천루에 눈을 파시며 아버지는 감탄사를 터뜨렸습니다. 아버지는 엠파이어 스테이트 빌딩에 올라가, 사방에 빼곡하게 들어찬 빌딩들을 보며 넋을 잃었습니다. 크라이슬러 빌딩 너머 저만치 허드슨 강이 내다보이는 쪽에 다다랐을 때였지요. 옥상에 놓인 그 벤치. 어머니가 돌아가기 두 해 전 여름에 오셨을 때 앉았던 바로 그 벤치에 아버지가, 앉으셨습니다.
"다리가 아프구만."
저는 슬며시 입을 떼었습니다.
"어머니도 이렇게 여기서 앉으셨었는데……."
아버지가 눈을 크게 뜨고서 돌아보셨지요.
"기래?"
아버지의 표정이 몇 년의 세월을 거꾸로 뛰어넘었습니다. 아버지가 앉은 자리에, 어머니가 어린 데니를 옆에 두고 앉아 맨해튼을 내려다보시던 모습이 자꾸 생각이 나, 몇 발걸음 뒤로 물러났습니다. 아버지가, 잊고 싶은 어머니를 자꾸 생각나게 만들었기 때문이었습니다.
아버지의 그림자가 오후 햇살에 길게 늘어졌습니다. 저는 그 그림자를 보며 아버지의 그림자가 가득했던 효창동 집 마당을 떠올렸습니다. 봄가을이면 어머니는 장에 있던 아버지 양복들을 꺼내, 내다 말렸습니다. 그때마다 저는 아버지 양복 사이사이로 아이들과 숨바꼭질하며 놀았습니다. 동네 아이들이 아버지도 없는 아이라고 놀려, 우정, 아이들을 아버지 양복 말리던 마당으로 끌고 온 것입니다.

"너 아버지 없지?"

"있어."

"어디?"

"아버진 밤에만 오시거든. 이 양복 보면 몰라?"

어린 맘에도 아이들에게 괜한 생떼를 쓰며 거짓말을 늘어놓았답니다.

묵묵히 앉아 있던 아버지가 입을 열었습니다.

"어머니래 고생 많았디?"

아버지는 어머니 생각을 하고 계셨던가 봅니다. 저는 아버지 말에 그저, 소리없이 웃었습니다. 십 년 전 대강 말씀드렸다시피 어머니가 한 고생은 말로 표현할 수 없습니다. 피난민 시절, 부산서부터 시작했던 양품점을 경영하면서 어머니는 언니와 저의 뒷바라지를 훌륭하게 하셨지요. 육십이 채 못 되어 돌아가시도록 어머니가 우는 것을 본 적이라곤 딱 한 번입니다. 이웃집 아저씨에게 저를 결혼식장에 데리고 들어가줄 것을 부탁드리고 돌아온 날, 어머니는 처음이자 마지막으로 우셨습니다.

마천루 구경을 한 후, 자유 여신상을 구경하려고 차에 타는데, 아버지는, 그만 돌아가자, 하셨지요. 대신 언니네 가게로 가자고 조르셨습니다. 저는 오늘 아침 언니와의 전화 통화를 떠올렸습니다. 함께 맨해튼 구경을 할 것처럼 굴던 언니는 못 간다고 전화를 걸어왔습니다. 아침 새벽, 뉴욕 시 '풀톤' 생선 시장에 나간 남편이 물량에 차질이 생겨 두 번이나 뉴욕을 오게 되었다구요. 그래서 가게를 비울 수 없다, 면서요. 언니는 아침부터 피곤에 전 목소리를 냈습니다. 전에 말씀드린 것처럼 언니네 가게는 생태 사러 오는 금요일이 가장 바쁜 날입니다. 그래서 금요일은 언니네 가게를 지탱하게 해주는 중요한 날입니다. 아버지는 하루 온종일 언니 생각을 했나 봅니다.

뉴욕을 벗어나 뉴저지 고속도로에 들어섰을 때, 해가 벌써 '워청' 산 너머로 지고 있었습니다. 고속도로 한편으로 걸린 검은 구름을 보며 비가 몰려올 것 같아 액셀러레이터를 힘껏 밟았던 모양이었습니다. 아버지가 잔뜩 긴장한 얼굴로 힘껏 앞 자리를 잡았습니다.

뉴왁 진입로 표시판 아래로 꺾어들어 한참을 달린 후 언니네 가게가 있는 거리에 들어섰습니다. 날씨 탓인지 거리가 꽤나 어둠침침했습니다. 저는, 바깥으로 고개를 내밀고 주위를 살피는 중국집 아저씨를 보며 천천히 차를 몰았습니다. 허름한 리커 스토어 철창문 너머로 실내를 비추는 희미한 형광등 불빛이 보였습니다. 날이 일찍 어둡기 시작하자 미리 불을 켰나 봅니다. 거리가 황폐해지면서 이곳 사람들은 어둠과 낯선 이를 경계하고 있습니다.

슈퍼 안 생선 코너가, 예상과 달리 사람이 보이지 않았습니다.

언니가 저만치서 걸어오고 있었습니다. 아버지가 언니를 보고 웃었습니다.

"희주, 너 없이 참말로 좋은 구경했다. 미국이라는 데가 정말 좋구만."

"그렇게 좋으셨어요?"

"그래, 보다 보니까 늬 동생 생각나더라."

"……."

"지앙예 말이다."

갑자기 언니의 표정이 변했습니다. 나는 사람 없이 썰렁한 가게를 둘러보았습니다. 장사가 되지 않는 터에 지앙예 얘기를 들어서 그런지 언니의 표정이 심상치 않았습니다.

나는 언니의 주위를 돌리려고, '언니, 오늘 장사 어때?' 하며 웃어 보였습니다. 그런데 언니가 나를 밀치며 굳은 표정으로 아버지 앞에 섰습니다. 언니는 숨기는 성격도 아닌데다가 요즘 들어 더욱 장사가 되지 않아, 신경이 날카로웠습니다.

제 가슴이 두근거렸습니다. 저는 언니를 제지할 요량으로 앞을 가로막았습니다. 언니는 나를 옆으로 밀치면서 아버지에게 듣고 싶은 말이 있다며 입을 열었습니다.

"말씀해주세요. 대답이 듣고 싶어요. 아버지, 지금 부인과는 어떤 사이였던 거예요?"

나는 가발집 주인 여자가 했다는 말을 떠올렸습니다. 언니는 그날 이래 아버지에게 꼭 짚고 넘어가야 할 문제라며 벼르고 있었습니다.

"니래 무슨 말을 하는 기가?"

아버지는 눈이 휘둥그레지며 한 걸음 뒤로 물러섰습니다. 언니는 뒷걸음치는 아버지를 닦아 세우면서 더욱 아버지를 몰아붙였습니다.

"지앙예가 내 동생이에요? 없는 돈에 초청했더니 지앙예까지 불러달라구요?"

가게에 있는 사람들 몇이 무슨 일인가 이쪽을 바라보았습니다.

아버지는 뒤뚱거리면서 카운터에 손을 짚고 섰습니다. 아버지 손 바로 옆에, 두껑 열린 월병 상자가 놓여 있었습니다.

머뭇거리던 아버지가 입을 열었습니다.

"니래 무슨 말을 들었는지 모르디만… 그래……. 그 여자와 난 사상이 맞아 떨어졌었디. 니 엄마는 남한 출신이 되어서 남한으로 가자고 졸랐디만 난 공산주의를 믿었었어. 그 길로 모두가 평등해지고 잘산다고 믿었던 거디… 그래…. 내가 타고 간 데는 마지막 배가 또 있었디…. 난 그대로 주저앉아버린 거야. 나도 모르갔어. 왜 내가 가족을 마다하고 공산주의에 미쳤었는지…. 그건 아직도 내가 풀어야 할 숙제 같은 거디……."

아버지는 오랜 세월 연습해온 고백성사처럼 얘기를 털어놓으셨습니다. 아버지의 목소리는 떨렸고 마지막 몇 마디는 울음소리 같았습니다.

"…그래도 지앙예는 늬 동생 아니가."

언니가 무슨 말을 하려는데 가게가 갑자기 소란해졌습니다. 흑인 한 명이 쫓기는 폼으로 가게 안으로 뛰어 들어왔습니다. 그리고 또 한 명이 권총을 들고 뒤쫓아 들어왔습니다. 가게는 온통 난리 속처럼 뒤집혔고, 모두들 혼비백산해 몇몇은 엎드리고 몇몇은 밖으로 뛰어 나갔습니다. 녀석들이 서로를 향해 권총질을 했습니다. 근래에 극심해진 갱단들끼리의 싸움이 시작된 것입니다.

"정말 지겨워, 더이상 못살겠어!"

날카로운 여자 목소리가 총소리 사이로 들렸습니다. 언니의 목소리인가? 나는 귀를 의심했습니다. 언니가 히스테리컬하게 소리를 지르며 카운터 밑을 마구 뒤지고 있었습니다.

"언니 엎드려. 언니 미쳤어? 엎드리란 갈야!"

난 소리를 쳤습니다. 그러나 언니는 정말 반 미친 듯 소리를 질렀고, 총을 카운터 밑에서 꺼내들었습니다.

"지난번 그 녀석들이야. 야, 이놈들아, 뎀— 유—, 스탑!"

언니가 총을 들었고, 천장을 향해 쐈습니다.

놈들 중에 하나가 뒤를 돌아보았습니다. 총 든 언니를 본 녀석이 이제 언니를 향해 조준했습니다. 무슨 영문인지 모른 채 내 뒤를 쫓아 쭈그렸던 아버지가 휘청거리며 언니에게 달려갔습니다. 그리고 어떻게 된 건지 그 다음 기억은 확실치 않습니다. 언니를 막는지 안는지 허우적대는 아버지의 팔 동작. 그리고 언니가 마구 한손으로 아버지를 밀쳤던가……. 또 한 방의 총소리가 울렸습니다. 언니와 아버지가 뒤엉켜 넘어갔습니다. 총질을 하던 녀석들이 후닥닥 문을 박차며 도망쳤습니다. 형부가 헐레벌떡 뛰어들었습니다. 난 언니와 아버지를 향해 달려갔습니다. 두 사람은 엉켜진 채 움직이지 않았습니다.

나는 '언니! 아버지!'를 번갈아 불렀습니다.

형부가, 종업원이, 사람들이 달려왔습니다. 죽은 듯 엉키어 움직이지 않았던 언니와 아버지가 움직였습니다. 아니, 아버지 밑에 깔린 언니만이 움직였습니다. 아버지 등이, 피로 흥건하게 젖어들었습니다.

아버지 주위에 흩어진 월병 하나가, 뱅그르르 그 자리에서 돌다가, 돌기를, 멈추었습니다.

방문을 닫으려다 다시 엽니다. 창문으로 '워청' 산이 보입니다. 후르륵. 길 건너편 나무에서 불루 제이 한 마리가 하늘로 나릅니다. 산보다 더 높이 오른 새가 이제 푸른 하늘을 가로지릅니다. 밤사이 내린 비는 그쳤습니다. 아침 햇살에 동네의 신록이 더욱 싱싱하게 보이는군요. 울창한 나무 사이로 푸른 잔디를 지닌 낮고 작은 집들이 정적에 묻혀 있습니다. 길 건너 집 여자가 금발 머리를 흩날리며 일요 아침 신문을 집어 들고 집안으로 들어가는 것이 보입니다.

소박하고 평화스런 동네. 나는 여기 산다는 것에 안도합니다. 중국도 한국도 아닌 이곳. 어렵지만 뿌리를 내려야 할 곳은 이곳이니까요.

오늘, 끝내 회복하지 못하고 숨진 아버지 유골을 들고 언니가 중국길에 오릅니다. 충격으로 며칠 간 병원에 입원해야 했던 언니가 중국행을 고집했고, 잠시 후 케네디 공항으로 갑니다. 이제, 언니가, 아니, 아버지가 떠날 시간이 된 것입니다.

아버지, 안녕히 가십시오.

임 영 태

●

1958년 경기도 전곡 출생.

1992년 문화일보 문예 공모에 중편소설이 당선되어 등단.

1994년 ≪우리는 사람이 아니었어≫로 제18회 오늘의 작가상 수상.

장편 ≪비가 와도 이미 젖은 자는 다시 젖지 않는다≫,

≪문밖의 신화≫, ≪비디오를 보는 남자≫ 등 발표.

을평에서

그 해 가을, 을평으로 사흘 간의 출장 여행을 떠났다. 가을도 아직 절반밖에 안 지난 것 같은데 방송에서는 대관령과 덕유산에 벌써 첫눈이 내렸다고 보도하고 있던 10월 하순경이었다. 한 달의 반을 지방 출장으로 보내던 시절의 그 숱한 출장의 하나였을 뿐 별다른 여정은 아니었다.

을평에 도착한 때는 늦은 오후였다. 대합실을 거쳐 역사를 빠져나오며 거리를 쓸어보니 많이 낯익다는 느낌이 다가왔다.

역 앞의 조그마한 광장 끄트머리에 어수선하게 늘어서 있는 몇 대의 택시들로부터 시작되는 그것은 출장 때마다 만나는 지방 소도시의 전형적인 풍경들이었다. 낡은 단층 건물의 유리창에 노란색으로 썬팅 돼 있는 '다방'이라는 글자거나, 역전에서부터 시내 중앙까지 곧장 이어지는 2차선 신작로거나, 유난히 높아 보이는 붉은색 벽돌의 목욕탕 굴뚝, 그리고 어쩐지 흐물거린다는 느낌이 드는 행인들의 나른한 발걸음, 그런 것들.

나는 출장지에 전화를 걸어 위치를 확인하고 나서 역 앞의 택시에 올랐다. 늦가을의 서느러운 바람을 차창으로 받으며 나는 언제나처럼 담배부터 한 개비 빼물었던 것 같고, 아니면 하품을 하면서 잠깐 눈을 붙였던 것도 같다. 매번 비슷한 출장길이어서 자잘한 기억들은 언제나 흐릿하다. 그리고 물론 그런 기억들은 지금으로선 하나도 중요하지 않다.

내 출장지는 읍내의 한 개인 의원이었다. 내가 다니던 회사는 의원급의 병원들을 대상으로 의료보험 청구 프로그램을 개발하여 판매하던 회사였다. 영업사원이 계약서에 도장을 받아 컴퓨터 시스템 일체를 인도하고 돌아오면 다음엔 나와 같은 교육사원들이 며칠 간 프로그램 사용법을 교육하는 것이다. 서울에 있는 병원들은 출퇴근을 하며 교육을 하게 되지만 왕복에 하루가 걸리는 지방으로 판매가 되면 아예 교육이 완료될 때까지 며칠 간을 묵고는 했다. 그 당시 회사에 보고된 내 출장 예정 기간은 3박 4일이었다.

병원에 도착해보니 내가 교육할 대상자는 원장의 부인이었다. 컴퓨터를 들여놓은 곳은 병원 건물 가장 안쪽으로 화장실 옆에 붙어 있는 두 평 남짓의 방이었다. 창고 용도로 쓰던 방이었는지 이런저런 의료 기자재와 차트 용지 등이 어수선하게 방 한쪽에 몰려 있었고, 때문에 투명한 비닐 커버에 덥씌워져 덩그마니 방 중앙에 놓여져 있는 베이지 색의 컴퓨터 본체는 불시착한 어느 외계인이 깜박 잃어버리고 간 장비처럼 낯설게만 보였다.

"교육사원이 오면 정식으로 설치해줄 거라면서 포장만 풀어놓고는 올라갔어요. 설치는 금방 되겠지요?"

원장 부인의 목소리엔 약간 간지럽다 싶은 애교가 흠씬 묻어 있었다. 오십대인 원장에 비해 십여 년은 아래로 보이는 젊은 얼굴이었다.

"설치는 금방 될 텐데 그동안 의자나 하나 더 준비해주시지요. 두 개가 있어야 같이 앉아서 교육을 하거든요."

나는 부인이 나가자마자 빠르게 컴퓨터의 비닐을 벗기고 설치를 시작했다. 부인이 남기고 간 분 냄새가 자꾸 코를 자극했다. 잠시 후 사무장이 들어와 의자를 넣어주었다. 사무장의 얼굴엔 무언가 마뜩찮아 하는 기색이 깔려 있었다. 잘 부탁합니다, 라는 내 인사에도 그는 건성으로 고개만 한번 끄덕이고는 대꾸 없이 밖으로 나갔다.

부인은 막 설치를 끝냈을 즈음 커피잔을 들고 들어왔다.

"보통으로 탔어요. 입에 맞으실지 모르겠네……."

"네, 맛있습니다."

사실은 설탕이 조금 많았다.

나는 바로 컴퓨터를 작동시키고 교육에 들어갔다. 프로그램의 사용 방법 자체는 두 시간이면 충분히 설명된다. 하지만 그건 일방적인 설명일 뿐, 사용자가 모든 기능을 충분히 자기 것으로 숙지시켜 혼자서 작업에 들어갈 수 있으려면 적어도 사나흘의 반복 연습이 필요했다. 첫 두 시간 정도의 기본 설명이 끝나고 나면 다음부턴 실습을 지시하고 조력하는 일이 교육 사원인 내게 맡겨진 업무였다.

부인은 그만하면 이해력이 높았다. 다행이었다. 다만 시시콜콜한 질문은 다른 원장 부인들과 다르지 않았다. 원장 부인이 피교육자일 경우는 병원 업무에 구애받지 않고 교육 시간을 조절할 수 있다는 이점이 있는 대신에 교육이 짜증스러워지기 쉬웠다. 대개의 경우 원장 부인들은 원장이나 간호사보다 교육을 소화해내는 것이 느렸고, 그러면서도 시시콜콜한 질문은 누구보다 많은 것이다.

왜 이 항목에서는 뒤로 가지 못하지요? 프린터는 계속 켜두어도 돼요? 여기서도 엔터 키를 치나요? 또 쳐요?

나는 부인이 물어 올 때마다 싹싹하고 친절한 목소리로 설명을 되풀이했다. 그것은 교육 사원의 기본 수칙이었다.

부인은 약간 말이 많은 편이었지만 그렇다고 수다스럽게 여겨지지는 않았다. 오히려 교육시간 내내 소녀처럼 방실방실 웃고 있는 것이어서 조금은 매력적으로 보이기도 했다. 약간 앙증맞다 싶은 귀여움이 느껴지기도 했는데, 때문에 나이 지긋하게 보이던 원장과 자꾸 대비가 되었다.

첫날은 두 시간의 교육을 끝내자 이미 밤이었다. 나는 건물 이층의 자택에서 원장 내외와 늦은 저녁 식사를 함께 했다.

"가까운 여관에 숙소를 준비했는데 사무장이 안내할 겁니다. 교육 중에 필요한 게 있으면 사무장을 통해서 말씀 주시면 바로바로 조치해드리지요. 쉽게 내려오기도 어려운 거리니까 모쪼록 추후에 서로 번거롭지 않게 충실한 교육을 부탁합니다."

식사를 마치고 거실에서 나오기 전에 원장이 말했다. 계단을 내려오며 나는 원장의 부드러운 미소와 그가 사용하는 단어들, '…을 통해서' '조치' 등의 관료적 어휘가 그런대로 어울린다고 생각했다. 맞지 않을 것 같으면서도 그것들은 잘 어울렸다.

병원으로 내려오니 사무장이 기다리고 있었다. 나를 안내하여 여관으로 가면서도 여전히 사무장의 태도는 무뚝뚝하기만 했다.

"박내과에서 예약해논 방을 달라고 하면 될 겁니다."

사무장은 '목화장'이라는 네온 간판이 달린 삼층짜리 건물을 손짓하고는 바로 돌아섰다. 나는 병원으로 돌아가는 사무장의 뒷모습을 별 생각없이 잠시 바라보다가 이내 여관으로 들어갔다.

나는 여관방에 들어서자마자 욕조 가득 뜨거운 물을 받아 열차 여행의 피로를 풀었다.

출장의 첫날이면, 아니 정확히는 출장이 끝나기까지의 매일 밤을 나는 뜨거운 탕에 벌거벗은 몸을 누이는 것으로 그 하루 일과를 마감하곤 했다. 하루 교육을 끝내고 나서 부옇게 김이 서린 욕조 안에 몸을 담그고 있노라면 마음이 푸근하게 가라앉으며 아늑해졌다. 그것은 사실 쓸쓸함이기도 했다. 까닭없이 알싸하고 고적한 심사가 되는 것도 그 시간이었다.

나는 탕에서 나와 담배를 꺼내 물고는 무심한 시선으로 방안을 쓸어 보았다. 누르스름하게 변색된 천장의 사방무늬 벽지, 방 한쪽 투박한 나무 탁자 위의 주전자와 재떨이, 일회용 치솔과 수건과 요구르트 하나, 그리고 내가 아무렇게나 던져놓은 출장용 가방, 모두 낯익은 풍경들이었다.

옆방 텔레비전에서 가랑가랑 나직한 음향이 들려왔고, 어느 골목에선가는 두어 차례 취객의 고함이 솟구쳤다. 창 아래로는 간헐적으로 신작로를 질주해가는 차량들의 여운이 어디 먼 곳으로부터 밀려오는 폭풍소리처럼 축축하면서 깊었다.

삼십 분 정도 그렇게 앉아 있었다. 오랜 세월을 유랑객으로 떠돌아 다니기라도 한 듯한 습관적 비감에 젖으면서 나는 어깨 위에 내려앉는 나른한 피로감에 몸을 맡겼다. 기억날 듯 말듯 눈앞을 지나가는 누구의 어떤 표정, 어떤 목소리, 어떤 웃음소리, 그리고 나른한 권태가 있었다.

역시 습관이었다. 나는 그런 정서 안에 자신을 무방비로 방치해놓는 것에 익숙했다. 그럴 때면 스르르 몽롱해졌다. 마약에라도 취해 육체에서 정신이 일탈되듯, 나는 벽에 기댄 내 몸뚱어리가 저 아래쪽으로 자꾸 멀어지고 있는 것을 영화의 엔딩 자막 바라보듯한 눈길로 묵연하게 내려다보는 것이다. 그럴 때, 벌거벗은 내 살덩어리는 남의 몸을 갖다 붙인 듯 아주 낯설기도 했다.

얼마 후에 밖에서 노크 소리가 들렸다. 나는 팬티만 걸친 채 문 앞으로 다가서서 누구냐고 물었다. 차 배달 왔노라는 여자의 목소리가 들렸다. 차 시킨 적 없다고 내가 말하자 여자는 박내과에서 보냈다고 빠르게 덧붙였다. 나는 잠시만 기다려달라고 말하고 나서 얼른 옷을 걸쳤다.

"박내과에서 보냈어요."

여자는 커피잔을 내려놓으며 문 밖에서 했던 말을 반복했다. 나는 어정쩡한 자세로 침대 끄트머리에 앉았다.

"설탕 프림 다 넣어요?"

"네."

여자는 커피잔을 내 손에 건네주더니 탁자 뒤의 자주색 소파에 다리를 꼬고 앉았다. 내 쪽으로는 제대로 눈길 한번 주지 않고 있었다. 나는 약간 어색한 마음이 되어 찻잔을 내려놓으며 담배부터 한 개비 빼들었다.

"피울래요?"

"아니요."

내가 재떨이를 가져오려고 탁자로 다가갔을 때 여자는 고개를 뒤로 제끼며 크게 하품을 했다.

"텔레비나 보고 있지 그래요."

내가 말했다.

"됐어요. 빨리 마시고 주세요."

나는 속으로 쓴 입맛을 다셨다. 원장의 과잉 배려에 슬그머니 짜증이 났다. 남자 혼자 있는 여관방에 차 배달까지 시켜주는 것은 아무리 생각해도 촌스러운 친절로 생각되었다. 그때 문득, 혹시 찻값 외에 다른 용도의 돈까지 덤으로 지불돼 있는 건 아닐까 하는 생각이 들었다. 나는 차를 마시며 여자의 얼굴을 훔쳐보았다. 여자는 방에 들어올 때의 무표정함 그대로였다. 얼굴에선 아무것도 읽어낼 수 없었다.

나는 찻잔의 마지막 한 모금을 남겨두고 되도록 천천히 담배를 빨았다. 여자의 눈길은 내내 방 구석의 옷걸이 쪽에 가 있었다.

"병원으로도 차 배달을 가곤 합니까 ?"

"가끔이요."

대답을 하면서도 여자의 눈길은 내게 오지 않았다. 옷걸이에서 자기 발가락 끝으로 옮겨 왔을 뿐이었다. 물어봐? 하지만 어떤 식으로 물어야 자연스러울지 알 수가 없었다. 나는 마지막 한 모금을 마셔 버리고 빈 찻잔을 탁자 위에 내려놓았다. 그리곤 잠시 여짓거리며 서 있다가 텔레비전 앞으로 가 파워 버튼을 눌렀다. 지지지지 탁한 소리가 튀어올랐다.

내가 채널을 맞추고 돌아섰을 때 여자는 이미 자주색 배달 보자기를 챙겨 손에 들고 있었다.

"찻값은 계산됐나요?"

나는 자신의 표정이 약간 멍청해져 있을 것이라 생각했다.

"네."

여자는 등뒤로 시큰둥히 대답하며 문으로 걸어갔다. 딸깍, 여자가 나갔다. 나는 괜히 맥 풀리는 기분이 되어 다시 침대에 걸터앉았다. 어쩐지 뭔가 속은 듯한 기분이었다.

그 첫날은 몹시 피로했다. 대개 목욕을 하고 나면 밖으로 나가 술 한잔 걸치는 것이 내 습관이었지만 그날은 침대에 누워 늦은 시간까지 텔레비전만 시청했다. 그 전날 서울에서 늦도록 마신 술자리의 피로가 가시지 않았던 때문이었다. 동료들과 술내기 당구를 치고 난 뒤에 이어지는 흔한 술자리였는데, 단골집인 회사 앞 카페에서 3차를 끝낸 것이 새벽 세 시였다.

자정이 넘어 정규 방송이 끝나자 화면에는 여관에서 비디오로 내보내는 홍콩 액션 영화가 나오기 시작했다. 나는 가죽 점퍼를 입은 영화 속의 주인공이 애인과 함께 오토바이를 타고 악당들에게 쫓기는 장면에서 텔레비전을 껐다. 줄거리가 상투적이었고, 꾸역꾸역 졸음이 밀려왔다. 아마 형광등도 끄지 않은 채 잠이 들었을 것이다.

을평에서의 첫날은 그렇게 지나갔다.

이튿날은 느지막이 일어나 10시쯤 병원으로 갔다. 대기실의 환자 수는 전날보다 많아 보였다. 환자 수로만 보면 서울의 웬만한 병원급에 처지지 않을 터였다.

"늦으셨네요? 저는 벌써부터 기다렸어요."

컴퓨터 앞에는 이미 원장 부인이 나와 앉아 한창 실습에 여념이 없었다. 나는 피곤기를 드러내기 위하여 입을 가리면서 큰 동작으로 선하품을 했다. 그러자 부인이 일어섰다.

"커피 갖다 드릴게요"

부인의 목소리는 여전히 애교스러웠다. 분 냄새도 여전했다.

"어제처럼 탔어요."

담배 한 개비를 피우고 났을 때 부인이 커피잔을 들고 들어왔다. 나는 설탕이 조금 많은 커피를 빈 속에 흘려 보냈다.

"식사는요? 내일은 일찍 이층으로 으세요."

"됐습니다. 원래 아침은 안 하거든요."

부인은 제법 열성적으로 실습에 임했다. 기초 마스터 파일도 스스로 입력하려 했고, 배운 대로의 진행이 조금만 틀려진다 싶으면 그때마다 꼭 확인 질문을 해서는 꼼꼼히 메모를 했다. 나는 가끔 조언을 던지거나 부인의 질문에 대답을 해가면서 삼십 분 정도 지켜보았다. 그리고 자리에서 일어났다.

"어제 말씀드린 대로 혼자서 쭈욱 해보세요. 저는 동네나 좀 거닐다가 오겠습니다."

"네? 어마, 옆에 계셔야 할 텐데……."

부인은 조금 호들갑스럽게 목소리를 늪이며 나를 올려다보았다.

"혼자도 잘 하시는 데요 뭐. 만약 하시다가 막히는 게 있으면 메모를 해두세요. 어차피 내일모레부턴 혼자 하셔야 될 테니까 미리부터 스스로 감당하는 것에 익숙해지시는 게 좋을 겁니다."

"그렇긴 하지만… 하긴 지루하기도 할 테니까 나갔다 오시구요, 대신 이따 저녁에는 오늘 다녀간 환자들의 실제 데이터를 입력해볼 거니까 좀 도와주세요."

"…저녁 이후에는 교육을 안 합니다. 한꺼번에 많이 한다고 해서 금방 느는 것도 아니고, 솔직히 제가 피곤하거든요."

내가 정중하게 거절을 했지만 부인은 오히려 생긋생긋 웃었다.

"아이, 그러지 마시고 한 시간 정도만 보아주세요. 끝나고 나면 제가 맥주 한잔 사드릴게요. 됐지요?"

스스럼없이 애교를 드러내는 부인 앞에서 나는 조금 당혹스런 기분이었다. 얼마간 귀찮았고, 그러면서도 나도 모르게 마음 한구석이 싱숭하게 출렁거렸다.

"딱 한 시간만입니다."

내가 그렇게 말하자 부인은 부모로부터 어려운 일의 승낙을 받아낸 소녀처럼 반색을 하며 기뻐했다. 나는 부지런히 입력하고 있으라는 말을 남기고는 밖으로 나왔다. 부인은 가벼운 미소로 알았다는 말을 대신했다.

별이 따스했다. 가을 바람이 가볍게 찰랑거리며 보도 위를 쓸고 다녔다. 산책하기에는 딱 알맞은 날씨였다. 나는 발길 가는 대로 이리저리 쏘다녔다.

어느 횡단보도 앞에서 첫 담배를 피워 물었고, 어느 골목을 들어서다 한 남자와 부딪칠 뻔했고, 어느 사거리에서 교복 입은 남학생이 시간을 물어보는 바람에 여관에 시계를 놓고 온 것을 깨달았다. 그리고 어느 건물 앞에서 자판 커피 한 잔을 뽑아 마셨다. 사람들이 모두 수족관 안의 붕어들처럼 흐느적거리고 있다는 느낌이 들었다. 아니면 나 혼자 흐느적거리고 있었다. 한 시간쯤 그렇게 걸어다녔다.

문득 이발을 하고 싶다는 생각이 들었다. 나는 거리의 간판을 두리번거리며 조금 번화한 거리로 걸어나갔다. 머리를 깎자는 게 아니고 면도와 안마나 받을 생각이었으므로 나는 조금 번드레한 간판을 찾아 다녔다. 얼마쯤 걷다가 가전제품 대리점이 들어 있는 건물의 지하에 있는 이발소로 들어갔다.

"면도만 해주세요."

내 말이 끝나자 여종업원은 바로 의자를 뒤로 펼치고 나를 누였다. 나는 눈을 감았다. 곧 뜨거운 김이 서린 수건이 내 얼굴 위에 덮여졌고, 잠시 후에는 여자의 부드러운 손길이 내 턱을 받치고 관자놀이 근처부터 면도를 시작했다.

그렇게 얼굴을 맡기고 편안하게 누워 있으려니 며칠 전에 비디오로 보았던 영화 장면들이 출렁출렁 내 감은 눈앞을 지나갔다. 그러자 다음 순간엔 비디오 가게에 테이프를 돌려주는 걸 깜박 잊고 내려왔다는 생각이 들었다. 한창 잘 나가는 테이프라며 대여기간을 꼭 지켜달라고 당부하던 주인 남자의 얼굴이 떠올랐다. 역시, 라고 투덜거리고 있을 것이었다.

나는 단 한 번도 대여기간을 지켜본 적이 없었다. 빌려올 때마다 매번 이번엔 제 날짜에 갖다 주자고 생각하곤 했지만, 막상 영화를 보고 나면 다시 비디오를 빌려볼 생각이 나기 전까지는 내 기억에서 비디오 테이프는 흔적도 없이 사라지고 말았다.

나는 내 자취방 어느 구석엔가 뒹굴고 있을 비디오 테이프를 생각했다. 이어서 방바닥에 아무렇게나 널려 있을 옷가지들도 생각했고, 생전 걷지 않고 지내 큼큼한 냄새로 절어 있는 이부자리도 떠올렸다. 그러자 그 방 안에 배어 있을 건조한 권태로움 한 자락이 스멀스멀 가슴 아래께로 고여왔다.

여자는 내 윗입술을 잡아당기며 코 밑 수염을 밀기 시작했다. 나는 언제나처럼 잠깐 숨을 멈추었다. 나는 내 콧김이 여자의 손에 가

닿는 것이 늘 신경쓰였다. 음란한 서비스 따위엔 차라리 대범하면서도 나는 왠지 그런 사소한 것에 자꾸 마음이 걸리곤 했다. 잠시 후 여자의 손은 귓볼로 넘어갔다.

내 눈앞에는 다시 서울의 자취방이 그려졌다. 밤 늦은 시각에 들어와 알알한 술기운으로 물끄러미 올려다보던 천장의 꽃무늬 벽지가 지나갔다. 아니, 그 무늬는 눈을 뜨고 보고 있는 양 내 바로 머리 위에서 아른아른거렸다. 그러자 다시 그 누르스름한 벽지에 배인 내 일상의 심사, 을씨년스런 적막감이 가슴 아래쪽에 뭉쳐졌다.

실상은, 나는 그런 을씨년스런 적막감에서 평안을 느끼고는 했다.

가끔 무엇을 찾으러 이곳 저곳을 들쑤시다가 기억조차 가물한 아주 오래된 흔적들과 만난다. 전혀 기억되지 않는 이름이 박혀 있는 명함이거나, 누군가와의 약속 시간과 다방 이름이 적혀 있는 메모지 한 장, 혹은 색 바랜 수첩에 적혀 있는 이런저런 전화번호와 주소들. 그런데 아무리 생각해도 그 이름이나 주소에 연관된 기억이 떠오르지 않을 때, 나는 왠지 평안해지는 것이다.

그것은 기억이 떠올라 와줄 때도 마찬가지였다. 책갈피의 명함 한 장이, 찢어진 수첩의 흐릿한 약도가, 혹은 유행가 가사 한마디가, 불쑥 까맣게 잊고 있던 사람이나 어느 장면을 떠올려줄 때, 나는 아무런 감동의 파고 없이 다만 스르르 평안해졌다.

아, 그 사람이 있었지! 아, 그때! 하는 식의 나를 스쳐 간 모든 기억의 흔적들.

나는 나른한 봄볕에 몸을 맡기듯 그 기억들 앞에서 안온함으로 충만해진다. 한때 내 삶의 줄기에 관여하며 영향을 미치던 것들의 지금 현재의 완벽한 무관, 그 생생하던 것들의 지금 현재의 부질없음,

부질없음의 인식이 주는 어떤 초극의 심사, 그리고 무중력, 무중력
의 평화.

말하자면 나는 모든 열정이란 걸 허랑하게 여겼다. 열정은 집착이
고 집착은 피로를 남긴다. 나는 내 주변의 모두를 스쳐 보내며, 나
또한 누구에게도 기억됨 없이 다만 스쳐 지나가고자 했다.

가볍게, 아주 가볍게, 나는 어떤 부질없는 열정에도 빠지지 않고
무심한 바람처럼 세월을 비껴갈 것이었다.

여자는 면도를 끝내고 안마로 넘어갔다. 여자가 내 양말을 벗기고
발을 씻기기 시작했다. 나는 어제 욕탕에서 발을 깨끗이 씻어 다행
이라고 생각했다. 그러나 사실은 발의 때 같은 것은 아무래도 좋았
다. 나는 그렇게까지 모든 것에 예민하지는 않았다. 내가 유일하게
참아내지 못하는 건 내 콧김이 여자의 손에 가 닿는 일이다. 콧구멍
에서 채 1센티도 못 벗어난 내 생생한 숨결이 낯선 여자의 손에 가
닿는다는 건 언제라도 께끄름했다.

여자의 두 손이 적당히 강하면서 부드럽게 내 오른팔을 주무르며
내려갔다. 나는 티나지 않게 심호흡을 하면서 어깨의 힘을 뺐다. 여
자가 내 손가락 관절을 가볍게 한 마디씩 잡아당겼다. 여자의 안마
솜씨는 그만하면 괜찮았다.

그때, 나는 문득 '미래 소프트 사(社)' 장부장과의 주말 면담을 기
억해냈다. 벌써 일주일 전에 해둔 약속이었다. 주말이라면 출장을
끝내고 올라가는 바로 그날이었으므로 때마침 떠오르지 않았다면 필
시 잊고 지나갔을 것이었다.

장부장은 여러 번째 나를 채근하며 자기 회사로 옮겨 올 것을 제
의하고 있었다. 대리로 있는 내 직급을 과장으로 하고, 월급도 크게

상향 조정하겠다는 좋은 조건이었다. 내가 처음부터 단호하게 거절을 했음에도 장부장은 쉽게 포기하지 않으려 했다.

"그 좋은 실력을 유저 교육이나 하면서 썩일 작정이오?"

"나는 유저 교육이 좋아요. 속 편하거든요."

"속 편한 것도 한두 달이지. 마냥 그렇게 지내면 정말 머리가 굳어집니다. 남들은 발전 없는 교육부서에서 개발부로 옮겨 가고 싶어 안달하는데, 다람쥐 쳇바퀴 돌리는 일이나 한가지인 유저 교육에 매달리는 까닭이 뭐예요?"

그때까지 장부장을 두 번 만났다. 만나자면 만나주는 내 태도가 가능성 있게 비쳐진 것인지, 매번 한마디로 거절했는데도 불구하고 장부장의 회유는 집요했다.

그 이유는 미래 소프트 사에서 당시에 추진중인 '토털(TOTAL) 정보 관리 시스템'의 개발을 위해 나의 노하우가 필요한 때문이었다. 나는 몇 년 전에 어느 대학 연구기관에 파견 근무를 하며 그 계통의 업무에 대한 충분한 경험을 익힌 바 있었다. 자체의 기술력은 어느 정도 가지고 있다지만 그 방면에 축적된 경험이 없는 미래 소프트 사로서는 나 같은 유경험자가 절실히 필요했던 것이다.

물론 나는 회사를 옮길 마음이 전혀 없었다. 뿐더러 다시 개발부서에 들어갈 마음도 없었다. 익숙한 얼굴과 익숙한 사무실 분위기를 바꾸고 싶지 않았다. 나는 회사 지하 다방의 익숙한 실내와 눈 감고도 찾아다니는 출퇴근의 교통 노선 또한 바꾸고 싶지 않았다. 새로운 사람들과 사귀는 것도, 다시 또 플로우 차트와 씨름하는 일도 내키지 않았다. 애초에 개발부에서 교육부로의 이동을 자청한 것도 나였다.

여자의 손이 내 가슴 위를 부드럽게 쓸었다. 그리고 잠시 후에는 빠른 동작으로 내 팬티 속을 헤집었다. 여자의 손은 서너 번 더 내 팬티 속을 들락거렸다. 물컹하던 나의 그것이 서서히 부풀어올랐다. 그러자 충분히 감질나게 만들었다고 생각했는지 여자의 손은 팬티를 벗어나 어깨 부근으로 올라갔다. 내 상체를 타고 앉은 여자에게서 색색거리는 숨소리가 들려 왔다.

이윽고,

"특별 서비스 해드릴까요?"

은근한 목소리로 여자가 내 귀에 속삭였다.

"됐어요."

내가 시들먹한 반응을 보이자 여자는 곧 안마를 마무리하기 시작했다. 형식적으로 몇 차례 더 어깨를 두드리고 난 여자는 이내 내 눈을 가리고 있던 수건을 걷어냈다. 그리고 의자를 당겨 올렸다.

나는 방금 안구 이식 수술을 끝낸 환자처럼 조심스럽게 눈꺼풀을 들어올리며 밝은 빛을 받아들였다. 눈앞의 대형 벽거울 속에는 허여멀끔해진 서른다섯 살 사내가 무덤덤한 표정으로 눈을 껌벅거리고 있었다.

이발소에서 나오자 허기가 느껴졌다. 고개를 들어보니 해는 여전히 중천을 크게 벗어나지 않고 있었다. 나는 가까운 식당에 들어가 점심을 들었다. 식당에서 나와서는 또 삼십여 분 정도 걸어다녔다. 그리고 시장 근처의 동시상영 영화관에서 마피아가 나오는 영화를 보았다. 함께 상영하는 영화는 국산 에로물이었는데, 나는 마피아 영화가 끝나자 바로 나와버렸다.

밖에는 불그죽한 석양빛이 시나브로 저녁 하늘을 물들여가는 중이었다.

병원으로 돌아오니 원장 부인은 여전히 컴퓨터에 매달려 있었다. 화사하고 야리야리한 외모와는 다르게 제법 집요한 구석이 있었다. 나는 약속대로 저녁 식사가 끝난 후에 한 시간 정도 부인의 데이터 입력 작업을 도와주었다. 작업이 다 끝나자 부인은 맥주를 사겠다고 말했다. 나는 정리해야 할 업무가 있다며 사양을 했다.

"그럼 내일 사드릴게요. 좋지요?"

부인이 잔뜩 실망한 표정으로 배시시 웃었다. 나는 멀건 미소로 응대하고 먼저 방을 나왔다.

밖에는 뜻밖에도 사무장이 나를 기다리고 있었다.

"같이 술이나 한잔 하지요?"

사무장은 대뜸 그렇게 말했다. 뜬금없는 제의였다. 별로 내키지 않았으나 사무장이 무슨 할 말이 있는 듯 보여져서 나는 잠자코 그를 따라 밖으로 나갔다. 사무장은 한식집의 조용한 방으로 나를 데리고 갔다. 거기서 우리는 반찬이 삼십여 가지쯤 나온 한정식을 앞에 두고 소주를 나누기 시작했다.

제쪽에서 먼저 나를 이끌고 온 사무장이었지만 처음엔 별 말이 없었다. 나도 의례적인 말 몇 마디를 던지고 나서는 묵묵히 내 술잔만 비웠다. 사무장은 빠르게 잔을 비워갔다. 술잔이 비면 탁자에 내려놓기도 전에 술병을 집어 들어 잔을 채우는 것이어서 내가 따라줄 틈도 없었다. 삼십 분도 안 되어 사무장은 얼근히 취한 기색을 보였다.

그리고 어느 순간, 사무장은 조금 도전적인 표정이 되어 내 얼굴을 빤히 바라보았다.

"원장 부인 어때요?"

생급스런 물음이었다. 나는 깨나른하게 풀어지기 시작하는 사무장의 눈을 바라보며 담배 한 대를 빼물었다. 담배를 몇 모금 빨 때까지도 내가 아무 말없이 자신의 얼굴만 바라보고 있자 사무장은 약간 긴장하는 빛을 보였다. 곧 사무장이 다시 말했다.

"육감적이지요? 제법 여자다운 애교도 있겠다, 뭐 그만하면 인물이지요."

나는 사무장의 얼굴을 빤히 바라보았다. 느닷없이 경박한 어조를 만들어가며 툭툭 던지는 사무장의 말에서 나는 어떤 조바심을 읽었다. 비로소 나는 나를 바라보던 사무장의 눈빛이 무엇이었던가를 알 수 있었다. 질투였다. 그러자 웃음이 나왔다. 어쩌면 부인과 사무장이 육체관계를 맺은 사이인지도 모르겠다는 생각이 얼핏 스쳐갔다. 쫀쫀한 사내와 관계를 맺었군. 나는 다소 짜증스러워져 손에 들고 있던 담배를 거칠게 비벼 껐다. 그리고 반쯤 일어서는 자세를 취했다.

"피곤해서 먼저 일어나야겠습니다."

사무장이 인상을 찌푸렸다. 곧이어 사무장은 애써 호기로운 목소리를 끌어올리며 내 쪽은 보지도 않고 빠르게 말을 던졌다.

"그 여자 색기가 보통이 아니에요. 보니까 댁한테 은근히 관심을 주고 있는 것 같던데, 내가 충고 하나 하지요. 이건 정말 댁을 위해서 하는 소린데, 한번 물리면 좋을 것 하나도 없어요. 게다가 원장이 누구 한 놈 잡으려고 벼르고 있으니 진작에 조심해야 할 겁니다."

나는 얼굴이 벌게져 있는 사무장을 물끄러미 내려다보았다. 사무장은 방바닥으로 고개를 떨구며 내 눈길을 외면했다. 사무장이 결혼을 한 사람인지 아닌지가 문득 궁금했다. 철없는 친구로군… 나는 벗어 놓았던 상의를 집어 들며 자리에서 일어났다. 그때였다, 사무장이 화들짝 놀란 얼굴로 고개를 쳐들었다. 거기에 담긴 표정이 어찌나 절박하던지 나는 한순간 멍청해져버렸다.

"부탁합니다! 그 여자 가까이 하지 말아 주세요. 그 여잔… 내일 밤에는 더 적극적으로 나올 거예요, 마지막 날이니까요. 제발, 같이 자지 마세요. 제발이요."

사무장의 얼굴은 금방 울음이라도 나올 듯 보기 흉하게 일그러지고 있었다. 나는 어처구니가 없어 사무장의 얼굴만 멀뚱히 바라보았다. 무슨 저질 코미디라도 보고 있는 기분이었는데, 하지만 그런 식으로 쉽게 무시해버리기엔 사무장의 표정이 너무 집요하고 절박했다. 나는 공연히 민망해졌다.

"결혼은 하셨소?"

이윽고 나는 그렇게 물었다.

"아니요. 제발… 그냥 올라가주세요. 전… 저는… 그 여자를 사랑합니다. 원장과 결혼하기 전부터 알던 여자지요. 그 여잔 저한테 다시 옵니다, 다시 와요. 원장의 재취로 들어가긴 했지만 전 그 여자를… 제가 아주 우스운 놈으로 보이지요? 당신은 몰라요. 제발, 그냥 아무 일 없이 돌아가주세요, 부탁합니다. 제발이요."

별 너저분한 신파도 다 있다는 생각에 나는 다시 역겨워졌다. 하기야 일말의 연민이 없는 건 아니었고, 도대체 두 사람의 관계가 무엇인지 은근히 궁금하기도 했지만 정말이지 더이상은 사무장의 얼굴과 마주하기가 싫었다.

"아무 일 없을 거요."

나는 옷을 걸치자마자 휘적휘적 밖으로 나와버렸다.

마루에 내려설 때 얼핏 사무장의 울음소리가 들린 듯했다. 돌아보니 사무장은 고개를 푹 꺾은 채 어깨를 들먹이고 있었다. 여전히 황당한 기분이면서도 왠지 나는 금방 발을 뗄 수가 없었다. 촌스럽고 기이한 열정이었지만 어쨌거나 그 속에는 사무장 나름의 절박한 진정 하나는 있었다. 그 진정이 나를 공연히 서늘하게 했다. 나는 까닭없이 혼란스러운 기분이 되어 한참이나 멍하니 서 있다가 돌아섰다.

그 둘째날 밤에는 번화가로 나가 늦도록 술을 마셨다. 물론 혼자였다. 명가수 누구가 독점 출연하고 있다는 포스터가 붙여진 어느 스탠드 바에 가서 자정 가까이 맥주병을 비웠다. 적어도 내가 스탠드 바를 나오기까지는 한물 간 그 왕년의 여가수는 무대에 나오지 않았다. 돈을 계산하면서 포스터에 있는 가수는 나오지 않느냐고 슬쩍 물어보았다.

"다음 주 월요일에 들러보세요. 그 가수는 월요일에만 나오거든요."

여자가 대답했다. 여자의 입에서 발음된 다음 주 월요일이라는 날짜가 내게는 서기 2100년보다도 낯설고 아득했다.

둘째날에도 목욕을 했다. 목욕을 끝내고 침대로 갔다.

나는 벌거벗은 채로 침대 위에 누워 사방무늬가 바둑판처럼 가지런한 천장 벽지를 올려다보았다. 말라붙은 파리 한 마리가 보였다. 침대 위에 올라서서 천장의 파리까지 때려 잡는 누군가의 모습이 그려졌다. 무척이나 심심했었나 보다는 생각이 들었다. 나는 심심하지 않았다. 나는 권태롭지도 않았다. 그랬다, 누구의 훼방도 받지 않고, 누구의 훼방꾼도 되지 않고, 나는 그저 장롱 위의 먼지처럼 혼자 비장하게 세월의 흔적을 쌓을 것이었다. 나는 심심하지 않았고, 나는 쓸쓸하지도 않았다.

둘째날은 그렇게 지나갔다. 사무장의 엉뚱한 호소만 빼면 대체로 평안한 하루였다.

셋째날의 아침은 전날과 똑같이 시작되었다. 10시쯤 일어나 주섬주섬 옷을 챙겨입고는 병원으로 갔고, 나보다 먼저 나와 컴퓨터 앞에 앉아 있는 부인을 삼십 분 정도 지켜보았고, 설탕이 조금 들어간 커피를 마신 다음에 거리로 나섰다. 병원 문을 나서기 전 환자 대기실에서 잠깐 마주친 사무장은 첫날과 마찬가지의 무뚝뚝한 표정으로 나를 외면했다.

거리엔 여전히 사람들이 흐느적거렸고, 가을은 하루만큼 깊어져 있었다.

그날 낮에는 철길 건너편 동네를 어슬렁거리며 돌아다녔다. 그쪽은 퍽 한적했다. 읍 규모의 지방 도시란 대개 철길을 사이에 두고 양쪽에 전혀 다른 양상의 마을이 형성되고는 한다. 한쪽에 개발과 동떨어진 원주민 중심의 주거지가 있다면, 다른 한쪽은 관공서와 상가 등이 늘비한 번화가를 이룬다. 그 둘의 차이가 크지 않은 지역도 있지만, 어느 곳은 마치 타임머신을 타고 오가듯 양쪽이 생판 다른 풍경과 분위기를 보이기도 한다. 그 마을이 그랬다. 철길을 하나 건넜다뿐 같은 읍평 지역인 그 마을은 병원이 있는 지역에 비하면 족히 십 년 세월은 차이질 만큼 허술하면서 한적했다.

나른하게 가라앉아 있는 그 마을을 오후 내내 느릿느릿 걸어다녔다. 거리엔 지나다니는 사람도 별로 없었다. 나는 어느 구멍가게 앞에서 서너 살바기 아이들 몇 명이 흙장난 하는 모습을 삼십 분 가까이 지켜보기도 했고, 논밭이 펼쳐지기 시작하는 마을 외곽 큰 나무 아래에서 잠깐 낮잠을 자기도 했다. 잊혀져가는 것, 세월과 멀찍이 거리를 두고 있는 풍경들이 마음을 편안하게 했다.

어둑해질 무렵 병원으로 돌아왔다. 원장 부인은 아침에 수북이 쌓 아놓았던 지난 이틀 간의 환자 명세를 어느새 깨끗이 처리해놓고는 나를 기다리고 있었다.

"다 끝냈어요. 이만하면 능력 있는 학생이지요?"

확실히 그렇긴 했다. 소녀 같은 표정으로 칭찬을 기다리는 부인의 모습은 애교보다는 그 뜻밖의 끈기로 해서 문득 아름다워 보였다.

"제가 교육해본 중에 가장 우수한 학생이네요."

"어머, 그래요? 무뚝뚝한 선생님한테 칭찬을 받으니 더 기쁜데요. 자, 우리 나가요. 약속대로 제가 술 한잔 살게요."

마지막 밤이라 나도 홀가분한 마음이었다. 나는 사양하지 않고 부 인을 따라 병원을 나왔다. 부인은 병원 뒷마당에서 자기 차를 끌고 나와 나를 옆자리에 태웠다.

"좋은 데로 모실 게요. 특별한 날만 가끔 가는 곳인데 분위기가 아 주 그만이에요."

차는 시내를 빠져 한적한 국도를 십여 분 달렸다. 드문드문 무슨 가든이라거나 무슨 장이라고 휘황히 블 밝힌 간판들이 어두운 도로 옆에서 갑자기 나타나곤 했다. 달빛이 부드러운 천처럼 은은히 내려 깔리고 있는 밤이었다.

차가 국도를 벗어나 오른쪽의 내리막길로 접어들었다. 얼마 안 가 호수가든이라는 아치형 간판이 보였다. 한눈에 꽤나 정성들여 조성 한 고급 음식점이라는 걸 알 수 있었다. 울창한 숲을 두르고 안쪽에

서구형 2층 목조건물이 있고 그 앞으로는 인공호수와 몇 개의 아담한 정자가 보였다.

"분위기 괜찮지요?"

"좋군요."

우리는 정중하게 맞이하는 종업원에 의해 1층의 조용한 방으로 안내되었다. 분위기나 조망을 생각하면 전면이 통유리로 돼 있는 2층 창가가 훨씬 나을 듯했지만 미리 예약이 된 듯하고 또 어디라도 크게 상관없다는 마음이어서 나는 잠자코 부인을 따라갔다. 적당한 크기의 깔끔한 방이었다. 곧 음식과 술이 들어왔다.

"숙소까지 모셔다 드릴 테니까 편한 마음으로 취해도 돼요. 서로 너무 점잔만 빼면 술맛이 없지 않겠어요?"

첫잔을 건네며 부인이 한 말이었다. 불편한 마음은 없었고 얼마쯤 취하고 싶기도 했으므로 나는 부지런히 부인이 건네는 잔을 받았다. 하지만 부인이 자꾸 이런저런 말을 걸어오는 건 약간 불편했다. 가장 만만한 동료들과의 술자리에서도 나는 말을 별로 하지 않는 편이다. 세상 돌아가는 일에 대한 특별한 견해도, 늘어놓을 푸념도, 자랑거리도 내게는 없었다. 그러니 며칠 전에 처음 알게 된 여자와 단둘이 주고받을 만한 이야깃거리란 애초부터 있을 리 없었다. 나는 내내 부인의 말을 듣기만 하면서 가끔 맞장구만 쳐주었다.

"말씀을 참 잘 하시네요. 술도 잘 드시구요."

부인은 받은 술잔을 오래 놓고 있지 않았다. 급하게 마시는 게 아닌데도 어느 순간 보면 벌써 잔이 비어 있고는 했다. 옆에 술 따라주는 시종이라도 붙어 있어야만 내 손이 편하겠다 싶을 정도였다. 자연스럽게 이런저런 화제를 이끄는 솜씨도 퍽 능란했다. 내쪽에서 거의 말을 하지 않는데도 대화가 끊기지 않는 건 부인의 그런 화술 때문이었다. 무엇보다 부인의 매력은 자칫 경박하거나 헤프게 보일 수 있는 언행조차 일정한 품위를 유지하면서 익숙하게 소화해낸다는 점이었다. 어떤 말이나 행동도 부인이 표현하면 자연스러웠다.

홀쩍 두 시간이 지났다. 아직 깊은 밤은 아니었지만 슬슬 일어나야겠다 싶었다. 부인이 갑자기 취한 기색을 보이고 있었고 나도 이제 그만 혼자가 되어 여관으로 돌아가고 싶었다.

"자리 불편하세요?"

대놓고 시계를 내려다보는 나에게 부인이 짐짓 서운한 투로 말했다.

"불편하지 않습니다. 충분히 마신 것 같고 해서……."

나는 문득, 내일 밤에는 더 적극적으로 나올 거라던 사무장의 말을 떠올렸다. 그 말을 잊고 있었던 건 아니었다. 병원에서 나를 기다리고 있는 부인을 보는 순간부터 그 말을 생각했었지만 일부러 무시하고자 했다. 사무장의 경고와 상관없이 나는 부인과 관계를 맺고 싶은 마음 따위는 전혀 없었다.

그런데 불쑥, 유혹에 그냥 응해줘볼까 하는 마음이 슬그머니 생겨나고 있었다. 되어가는 대로 맡겨두자. 일부러 몰아갈 것도, 일부러 피할 일도 없지 않은가. 나는 술병을 들어 부인의 잔을 채워주었다. 그때 부인이 말했다.

"장소를 옮길까요?"

그러죠, 하고 나는 대답했다. 우리는 바로 자리에서 일어났다. 부인이 말한 '장소'가 무슨 의미였을까를 생각하며 나는 부인을 따라 천천히 주차장으로 발길을 옮겼다. 서늘한 바람이 휘익 목덜미를 훑고 지나갔다. 가을의 끝물이 느껴지는 바람이었다.

　승용차 뒤에서 갑자기 시커먼 물체 하나가 툭 튀어나왔다. 부인과 나는 동시에 우뚝 걸음을 세웠다. 사모님… 시커먼 물체가 그렇게 말했다. 사무장이었다. 부인이 어처구니없어 하며 고개를 반쯤 옆으로 틀었다. 주차장 안쪽의 부우연 외등이 노여움과 짜증으로 일그러지는 부인의 옆얼굴을 비추어 주었다. 사무장이 거의 반울음의 목소리로 말하기 시작했다.

　"제발, 제발 이러지 마세요. 사모님… 언제까지고 당신을 기다릴 겁니다. 하지만, 이제 그만해요, 도대체 언제까지고 이럴 거예요, 얼마나 더 나를 아프게 만들 거예요… 제발……."

　부인은 시선을 먼 곳에 둔 채 꼼짝도 않고 서 있었다. 사무장이 비척거리며 부인에게 다가섰다. 부인은 여전히 외면하고 있었다. 사무장은 죄진 어린아이처럼 고개를 푹 숙였다. 부인이 금방이라도 사무장의 뺨을 후려갈길지 모른다는 생각에 나는 공연히 마음이 초조해지고 있었다. 풀썩, 사무장이 부인의 발 아래에 무릎을 꿇었다.

　"난… 당신 없으면 못 살아요. 차라리 날 죽여요. 제발……."

　다음 순간 전혀 예상하지 못했던 상황이 벌어졌다. 그때까지 내내 왼고개로 먼 곳만 바라보던 부인이 사무장의 얼굴을 두 손으로 감싸 부드럽게 만져주기 시작했다. 마치 어린 아기를 달래기라도 하는 듯한 모습이었다.

　도무지 모든 게 비현실적이었다. 눈앞에 보고 있으면서도 나는 두 사람이 연출하고 있는 그림을 제대로 받아들일 수가 없었다. 기이한 연극 하나를 보고 있다는 느낌뿐이었다. 그러면서 한편 나는 지난 밤 한식집에서 처음 사무장의 울음소리를 들을 때처럼 까닭없이 가슴이 서늘해지고 있었다. 무언가 혼란스러웠고 무언가 아득했다.

부인은 이제 사무장과 똑같이 무릎을 꿇고 있었다. 사무장은 고개를 좀더 숙여 부인의 가슴에 얼굴을 묻고 있었고, 부인은 무어라 나지막이 웅얼거리며 사무장의 등을 토닥거리고 있었다. 사무장의 어깨가 간헐적으로 심하게 들썩거렸다. 부인은 그때마다 사무장을 좀더 깊이 안아주었다. 두 사람 다 나에 대해서는 전혀 신경쓰지 않고 있는 듯했다. 아니, 이 세상 아무것에도 신경쓰지 않는 모습이었다.

어쨌거나 참으로 이상한 기분이었다. 은밀하면서 적나라하고, 낯설면서 한편 친숙했다. 그리고 무언가 매우 고전적인 풍경이라는 느낌이었다.

두 사람은 밤새도록이라도 붙안고 있을 것만 같았다. 나는 막막히 서서 기다렸다. 실상 기다리는 건 아무것도 없었다. 외등 불빛마저 그들이 있는 곳까지만 미치고 있어 나는 침침한 그늘 속에 혼자 우두커니 서 있을 따름이었다.

이윽고, 나는 조용히 돌아서서 주차장을 빠져나왔다. 사방이 조용했다. 본채 안쪽을 지날 때 갑자기 손님 몇 사람의 흐벅진 웃음소리가 날아왔다. 나는 공연히 놀라 걸음을 빨리 했다.

아치형 간판을 벗어나 모퉁이 하나를 돌아서자 사위가 칠흑처럼 어두워졌다. 풀벌레 소리도 들리지 않았다. 시커멓게 누워 있는 비포장 도로를 십여 분 걸어오르자 마침내 국도가 나타났다. 국도도 캄캄하기는 마찬가지였다. 달빛은 아까부터 구름에 가려 있었다.

길섶에 붙어 한참 동안 가만히 서 있었다. 아주 가끔 쌔앵 날파람을 일으키며 승용차가 질주해 갔고, 그러고 나면 곧 잠깐 물러났던 어둠이 스멀스멀 제자리를 메우며 절벽 같은 고요를 만들었다. 시간도 정지될 듯한 어둠이었다. 그 속에서 나는 무언가와 싸우고 있었다. 무언가와 맞붙어 필사적으로 버텨내고 있었다.

달빛이 잠깐 흘러 내리다가 곧 사라졌다. 차 한 대가 지나가고 나서 나는 천천히 무릎을 끓었다. 사무장처럼 고개를 반쯤 숙이고, 사무장처럼 두 손을 가지런히 모으고, 나는 힘겹게 입을 열어 중얼거려 보았다.

"차라리 날 죽여요… 제발…….."

돌아눕는 자리

울지 않으려 했지만 아무래도 눈시울은 뜨거워져 있었으리라. 열차에 오르며 마지막으로 뒤를 돌아다보았을 때, 허름한 역사 지붕과, 푸르스름하게 깔린 이내와, 축축한 저녁 하늘로 산개해 오르는 참새 몇 마리가 보였다.

나는 제법 아귀차게 주먹을 말아쥐었는데, 그건 결의도 뭣도 아닌 그저 제 속의 황량한 심사를 다스리느라 끌어올린 속절없는 비장감에 불과했다. 하기야 마음 한켠으론 아릿아릿한 설레임 또한 없지는 않았다. 어쨌거나 해방이었으니까.

나는 열차에 오르고 나서 한번 더 뒤를 돌아다보았다. 허름한 역사 지붕과 푸르스름하게 깔린 이내가 있었다. 참새떼는 이미 보이지 않았다.

그 해에 나는 열세 살이었다.

두 사람이 도자기 공장 입구에 들어섰을 때 이미 사위는 짙은 어둠이었다. 추적추적 겨울비가 내리고 있었다. 아직 깊은 밤은 아니었으나 주변에 인가가 없는 탓인지 어둠의 밀도는 깊고 무거웠다.

앞장서 걷던 갑수가 다 왔다는 표정으로 흘깃 돌아보았다. 병호는 말없이 고개를 끄덕거렸다.

트럭이 한 대 지나갈 만한 비탈길을 이 분쯤 걸어 오르자 군데군데 돌무더기로 어수선한 널찍한 공터가 나왔다. 공터 오른쪽에는 전면이 자연석으로 장식되어 자못 완강하게 보이는 단층 건물이 길쭘하니 누워 있었다. 아직 완성된 건물은 아니었다. 그곳 현관에 배구공만한 외등이 달려 있었는데 거기에서 나오는 휘연한 불빛으로 해서 주변 분위기는 한층 을씨년스러워 보였다. 공터 왼쪽 약간 높은 곳으로는 이십 미터 길이의 조립식 건물이 보였다.

갑수는 그 조립식 건물 쪽으로 앞장서 걸었다. 병호는 갑수를 따라 조립식 건물의 열려진 문으로 들어섰다. 안에는 삼십대 중반으로 보이는 사내가 혼자 쪼그리고 앉아 보일러용 온돌 파이프를 설치하고 있었다. 사내는 두 사람이 들어서자 비스듬히 고개만 틀어 올려다보았다.

"어휴, 아직까지 일하고 있어요?"

비에 젖은 어깨를 움츠리며 갑수가 말했다.

"심심해서… 일하러 온다던 그 사람인가?"

조금 무뚝뚝해 보이는 사내의 눈길이 병호의 아래위를 덤덤히 훑고 지나갔다. 병호나 갑수보다는 서너 살쯤 웃길로 보였다.

"네, 서로 인사나 하지요. 여긴 며칠 전에 우연히 만났다던 그 군대 동료고, 이쪽은 장 선생님 동생인데 여기 관리 책임자라고 할 수 있지.”

갑수가 수럭스럽게 목청을 높이며 양쪽을 소개했다. 사내와 병호
는 통성명 없는 가벼운 고갯짓으로 인사를 대신했다. 사내는 곧 자
기 일로 돌아갔고, 갑수가 멀뚱히 서 있는 병호의 어깨를 치고는 먼
저 문을 향해 돌아섰다.

“저녁은?”

사내가 등 뒤에서 물었다.

“했어요.”

갑수가 돌아보지 않고 대답했다.

갑수는 조립식 건물을 나와 공터 맞은편의 건물로 병호를 데리고
갔다. 당장 작업에 필요한 장소만 위주로 해서 반쯤 지어져 있는 그
건물은 도자기를 만드는 작업장이었다. 병호가 갑수와 함께 지내게
될 방은 건물 뒤쪽에 붙어 있는 살림집 안에 있었다. 방문을 여니 난
장판이었다. 한번 깔린 이후로는 생전 걷지 않은 듯 여겨지는 이불
말고라도 방안은 발 디딜 틈 하나 없이 온갖 잡동사니로 어지러웠다.

“히이, 혼자 지내다 보니 이렇게 되더라구.”

갑수가 조금 머쓱해하며 히죽거렸다. 병호는 덤덤하게 웃으며 손
바닥으로 갑수의 등을 쳐주었다.

방은 따뜻했다. 갑수가 점퍼만 벗어 던지고 먼저 두툼한 이불 속
으로 파고들었을 때 가까운 곳 어디에선가 컹컹 개가 짖기 시작했
다. 병호도 웃옷을 벗어 머리맡에 던져두고는 갑수를 따라 누웠다.
잠시 후에 병호는 누운 자세에서 상체만 약간 일으켜 형광등 선에
길게 매달린 노끈을 잡아당겼다. 돌멩이 떨어지듯 툭! 삽시간에 시
커먼 어둠이 내려깔렸다.

얼마 후 개 짖는 소리가 그쳤고, 그러자 잠깐 밀려나 있던 빗소리가 신산하게 투닥거리며 성큼 다가섰다.

병호는 꿈을 꾸었다. 산만하게 엇섞여드는 거친 꿈이었다. 꿈을 꾸었다는 기억뿐, 어느 으슥한 골목을 마구 내달리고 있었다는 기억뿐, 눈을 떴을 땐 더이상 아무것도 기억나지 않았다.

병호는 꿈의 여운을 털어내며 사부자기 일어나 앉았다. 옆자리의 갑수는 곤히 자고 있었다. 뒷산과 마주 보고 있는 방문을 열자 쌔애앵 살찬 바람이 밀려 들어왔다. 비는 그쳐 있었다. 병호는 주섬주섬 옷을 걸치고 밖으로 나갔다. 희붐한 새벽빛 속에 드러난 공터는 밤에 바라보던 때보다 더욱 썰렁한 느낌으로 다가왔다. 병호는 몇 걸음 걸어 아무 곳에나 오줌줄기를 갈기고 나서 방으로 돌아왔다.

막 문을 닫고 앉자 기다렸다는 듯 다시 비가 내렸다. 병호는 비스듬히 벽에 기대어 토방에 떨어지는 빗소리에 귀를 맞추다가 담배 한 개비를 꺼내 물었다. 심하게 그르렁거리는 갑수의 콧소리가 제법 호젓한 가락이 되어 밖의 빗소리에 섞여들고 있었다. 병호는 곧 담배를 끄고 다시 몸을 눕혔다.

얼추 아침이 돼 오는 시각이어서 눈만 감고 있으려던 병호는 자기도 모르게 깜박 잠이 들었다. 병호가 다시 눈을 떴을 때 갑수는 이미 세수까지 마치고는 문턱에 걸터앉아 머리를 빗고 있었다. 병호의 기척에 힐끗 돌아다본 갑수가 농기를 담아 한마디를 던졌다.

"업자 생활 오래됐다더니 잠이 많구만."

병호는 이불 속에서 빠져나와 갑수가 건네주는 작업용 면장갑 두 켤레를 받아들었다. 갑수가 공연히 히죽 웃었다.

나는 거의 매일 밤 한되들이 주전자를 챙겨 들고 막걸리를 받으러 나서야만 했다. 그건 죽기보다 싫은 일이었다. 하지만 고래고래 소리 지르는 어머니 앞에서 내 작은 항변은 무력하기만 했다.

"야, 이 새끼야, 창피하긴 뭐가 창피해!"

하기야 새삼 창피할 것은 없었다. 동네 사람들은 모두 어머니의 고약한 술버릇을 알고 있었다. 사실은 그래서 더 싫었다. 흐물거리며 건네보는 눈빛들에는 천박한 호기심이 덕지덕지 묻어 있었다.

나는 행여 누가 주전자를 든 내 모습을 볼세라 어두운 골목길을 종종걸음으로 빠져나갔다. 해만 지면 인적이 탁 끊기는 시골이어서 가게까지의 백여 미터 신작로는 무섭도록 괴괴했다. 나는 이빨을 앙다물며 어둠 속에 발을 찍었다. 혹은 귓등으로 배운 군가를 나지막이 흥얼거리기도 했다.

막걸리를 파는 가게 앞에 도착하면 언제나 막막했다. 누르께한 불빛이 흘러나오는 유리창 안을 절망스런 기분으로 들여다보며 나는 그냥 어디론가 도망쳐버리고 싶다는 생각만 했다. 그 시간이면 대개 주인은 방에 들어가 보이지 않았다. 오종종한 과자봉지들도 깊이 잠들어 있는 양 먼지를 뒤집어쓰고 후줄근하게 누워 있었으며 천장에는 그을음 가득한 남포등이 희부연한 빛그림자를 뿌리며 오롯이 매달려 있었다.

그럴 때 나는 차마 가게 문을 열지 못하여 손에 쥔 주전자만 물끄러미 내려다보았다. 드르륵 미닫이 문이 열리는 순간 삽시간에 부서져 내릴 적요, 나는 그와 함께 내 몸도 산산이 부서져버릴 것만 같았다. 부서져버리면 좋겠다고 생각했다. 손을 놓으면 나뒹구는 주전자 속에서 푸르스름한 연기와 함께 요정이 나타나는, 그런 생각도 했다. 그러면 눈물이 핑 돌았다.

아무리 생각해도 다른 수는 없었다. 결국 문을 밀치고 들어가서 주인을 불러야 했다.

"니네 엄마 또 술 마시냐?"

하품을 하며 쪽마루로 나서는 주인은 매번 그렇게 심드렁한 어조로 듣기 싫은 물음을 건넸다. 어머니가 동네 물장수 아저씨하고 놀아나는 걸 직접 보았노라고 첫 소문 퍼뜨린 것도 그 사내였다. 돌아오는 길에는 꼭 서너 모금씩 막걸리를 마셨다. 그래야 빨리 걸어도 막걸리가 넘치지 않았고 그래야 밤길이 조금이라도 덜 무서웠다.

어느 날인가는 술을 받아오니 이미 어머니가 잠들어 있었다. 밖에서부터 억병으로 취해 들어온 날이었다. 나는 널브러져 있는 어머니 옆에 웅크리고 앉아 막걸리 한 되를 혼자 다 비웠다. 그러고 나자 대범한 마음이 끓어올랐다. 나는 자고 있는 어머니를 마구 흔들기 시작했다.

'씨발, 난 집 나갈 거야, 일어나, 일어나 보란 말이야 씨발.'

눈에 핏발을 세운 채 어머니의 머리카락을 움켜쥐고 흔들어댔다. 하지만 잠시 눈을 뜨는 듯했던 어머니는 게슴츠레한 눈자위만 몇 번 굴리다가 이내 픽 쓰러졌다.

나는 어머니의 가방을 열어 그 속의 물건들을 헤집었다. 온갖 외제 물건들이 다 쏟아져 나왔다. 어머니가 미군 PX에서 빼내 장사를 하는 물건들이었다. 화장품, 담배, 통조림, 반 벗은 여체가 실린 잡지 등속이었다. 나는 가슴에 시퍼런 칼날을 세우며 그것들을 모조리 찢고 깨부수었다. 그리고 울었다. 무슨 풀덩이처럼 찐득한 울음이 꾸역꾸역 목을 비집고 올라왔다.

이튿날, 어머니에게 흠씬 두들겨 맞았다. 아마 열두 살때였다.

병호는 전날 보았던 장씨와 함께 하루종일 조립식 건물에서 보일러 설치 작업을 했다. 처음 해보는 일이었으므로 병호는 장씨가 시키는 대로만 따라 했다. 장씨도 전문가는 아닌 듯했으나 몸으로 때우는 일에는 일정한 손재주와 눈썰미를 갖고 있는 사내였다. 장씨는 시간나는 대로 도자기 만드는 일에도 끼여드는 것 같았다.

조립식 건물은 도자기를 전시하는 데 쓸 장소였다. 그리고 도자기 수강생들의 이론 강의를 하는 곳이기도 했다. 일단 임시로 사용하고 나중에 정식 건물을 올릴 것이라고 했는데, 임시라지만 본관이 언제 지어질지 모르므로 족히 몇 년은 쓰게 될 거라고 장씨는 말했다. 그러니 대충 작업해서는 안 된다는, 장씨는 자기 말 속에 그런 다짐을 끼워 넣었다. 병호의 서툰 손놀림을 미더워하지 않는 기색이 역력했다.

장씨는 다른 사람들에게는 곧잘 이런저런 농담을 잘 하면서도 병호에게는 하루 내내 별 말이 없었다.

"막일을 많이 해본 것 같지는 않은데 어떻게 여기까지 왔수?"

새참 시간에 막걸리를 마시며 단 한마디 그런 관심을 보인 것이 전부였다.

"올 만하니 왔지요."

병호는 짧게 응대했다. 별 생각 없이 막상 대답해놓고 보니 꽤나 불퉁스런 응대였다는 생각이 들었다. 그래서인가 장씨는 더이상 아무것도 묻지 않았다.

점심시간에는 도자기 공장에서 일하는 사람들과 함께 식사를 했다. 거기 직원은 남자 셋에 여자 하나였다. 그들은 장 선생의 지시를 받아가며 애벌구이까지만 만드는 사람들이었다. 남자들은 모두 출퇴근을 하고 있었지만 이십대 초반으로 보이는 여자는 병호네 바로 옆방에서 묵고 있다고 했다. 여자는 벙어리로 생각될 만큼 말수가 적었다.

갑수는 두어 번 읍내로 물건을 사러 다니는 것으로 하루를 때우고 있었다. 어차피 병호와는 달리 봉고차 기사로 와 있는 갑수였으므로 그가 오후에 잠깐 병호의 일을 거들어준 것도 실은 심심해서 나선 가욋일이었다.

"어째 아직 운전을 안 배웠어? 여차하면 가장 만만하게 써먹을 수 있는 게 운짱 노릇이라구. 앞으로 시간나는 대로 나한테 운전이나 배워둬."

낮잠을 자러 들어가던 갑수가 괜히 미안한 마음이 드는지 실쭉 웃으며 너스레를 풀었다.

"한번 배워놓으면 평생 운짱에서 못 벗어난다던데."

"하이고, 벗어나면 뭐 큰일 기다려?"

"하긴……."

병호는 시금털털하게 긍정하며 고개를 주억거렸다.

하루 일을 끝내고 방에 누웠을 때 병호는 자기 몸이 엉성하게 조립된 기계 뭉치 같다고 느꼈다. 움직일 때마다 삐거덕거리는 소리가 들리는 듯했다. 온몸이 뻑지근하게 당겼고 손가락 사이에도 작은 물집이 몇 개나 생겼다.

병호는 잠자리에 들기 전에 혼자서 막걸리 몇 잔을 마셨다. 가끔씩 저 아래 국도를 내달리는 차량들 소리가 아슴한 여운을 남기며

멀어져갔다. 휘리리릭, 그것은 꼭 옛날 야경꾼의 호루라기 소리만
같았다.

　물장수 강씨가 어디서 물을 받아 오는지가 나는 늘 궁금했다.
　이틀에 한번 꼴로 리어카에 드럼통을 싣고 다니며 물을 파는 그
사내는 나보다 네 살 위인 큰딸이 가출하고 나서부터 혼자 살고 있
었다. 나와 같은 또래이던 막내아들은 그 몇 해 전에 강에 빠져 죽
었다.
　밑천 없이 물만 길어다 파는 장사니 금방 부자가 되겠다는 생각이
들었지만 그 사내는 어머니보다 가난했다. 실제의 형편이 어떠했는
지야 모르지만 리어카에 걸터앉아 쌈지 담배를 말아 피우고 있는 모
습엔 발 끝에서 머리 끝까지 시큼한 궁기가 질펀하게 흘렀다. 강씨
는 또 말이 없는 사내였다. 혹시 벙어리는 아니었을까, 정말이지 나
는 그 사내의 말을 한번도 들어본 기억이 없다. 아무튼 그 말없음이
주는 인상은 그리 좋은 게 아니었다. 그건 과묵함과는 백리쯤 떨어
진, 그저 음습하고 무거운 분위기로만 다가왔다.
　나는 어머니와 그 사내가 붙었다는 게 죽도록 싫었다. 그 사내가
아버지로 들어오는 것은 아닐까 하는 고민으로 가슴을 졸이기도 했
다. 그건 두려움이었다. 큰딸이 가출하기 전에 늘 죽일 듯이 매질하
던 걸 본 적이 있었기 때문이다. 다행히 그 사내는 아버지가 되지 않
았다.
　물장수 강씨는 어느 날 갑자기 동네에서 사라졌다. 목을 매고 죽
었다는 소문이 무성했지만 상여 나가는 것을 보지 못했으니 사실인
지는 알 수 없었다. 강씨의 리어카는 누군가가 집어가버렸고, 물을

담던 빈 드럼통만 남아 아이들이 굴리고 노는 장난감이 되었다. 나는 한동안 공연히 어머니 눈치를 살펴보았는데, 어머니는 강씨 따위 죽었는지 살았는지 한 올의 관심도 두지 않았다. 그 즈음 어머니에겐 새로운 남자가 생겼다.

비는 사흘째 계속되었다. 비슷한 일들이 이어졌다.
조립식 건물의 보일러 설치와 내장 공사가 끝나자 도자기 공장의 일이 시작되었다. 시멘트를 바르고, 칸막이를 설치하고, 톱질과 못질을 하고, 방을 하나 더 만드는 등의 일이었다. 그 일이 끝나면 축대를 쌓아야 할 것이고, 간이 화장실도 새로 만들어야 할 것이었다. 그처럼 병호가 장씨를 도와 하는 일들이란 군대에서의 사역과 같이 방만하면서 자잘한 일들의 연속이었다.
갑수는 별 흥미 없어하는 병호를 이끌어 몇 차례 봉고차 운전석에 앉혔다. 운전은 생각보다 쉬웠다. 그리고 막상 혼자만의 조작으로 차를 움직여보니 자전거를 처음 배울 때처럼 짜릿한 기쁨이 있었다. 병호는 점심시간마다 공터를 몇 바퀴씩 돌았다. 막상 운전석에 앉으면 공터가 턱없이 좁아 보이는 것이어서 어디 한적한 도로를 마음껏 내달리고 싶다는 충동이 일고는 했다.
병호는 도자기 공장 안을 수시로 오가게 되었다. 그때마다 자신도 모르게 여자가 눈에 들어오고는 했다. 무슨 매력을 느껴서는 아니었다. 늘 잔뜩 웅크리고 있는 여자의 자태, 마치 납치되어 한쪽에 처박혀 있는 듯한 불안정한 자세가 눈을 끄는 것이었다. 여자의 자세는 걸어다닐 때도 마찬가지였다. 위태해 보이는 것은 아니었지만 그때는 오히려 너무 경직돼 있었다. 조신하다기보다는 어딘지 도사린다는 느낌이 드는 걸음새였다.

어느 오후, 병호는 여자가 공장 문 앞에 앉아 월간 여성지를 읽고
있는 걸 보았다. 처음에 병호는 그 여자가 잡지에 얼굴을 묻고 울고
있기라도 한 줄 알았다. 알고 보니 근시였다. 그런데 그 모습, 책 속
으로 들어갈 듯 깊숙이 얼굴을 파묻고 있던 여자의 자세가 어쩐지
가슴을 쳤다. 병호는 일도 없이 민망했다.

도자기 공장 남자들은 다섯 시면 일제히 작업에서 손을 놓았다.
퇴근 시간이 늘 일정하여, 옷을 갈아 입은 남자들이 공터를 벗어나
언덕길을 내려갈 때면 그들의 머리 위로 붉은 해가 너울너울 기울었
다. 그럴 때면 남자들의 웃음소리가 날아오르는 새떼처럼 퍼드덕거
리며 저녁 하늘에 퍼졌다. 병호는 그때마다 잠깐 삽질을 그치고는
우뚜러니 먼산바라기를 했다.

조금씩 병호의 작업에도 이력이 붙기 시작했다. 아침 추위와 새참
시간의 막걸리에 익숙해졌고, 하루 일이 끝난 매저녁 어깨에 쌓이곤
하던 피곤기도 조금씩 엷어져갔다.

며칠 풀리는 듯했던 날씨는 다시 겨울 한복판으로 들어가 쌩쌩 매
서운 바람을 몰고 다녔다.

지 아들하고도 붙을 년이야. 나는 사람들이 어머니를 두고 그렇게
쑥덕거린다는 걸 알고 있었다. 이상하게도 나는 그런 말들에 상처받
지 않았다. 그들 이상으로 내가 어머니를 경멸했던 것이리라. 아니,
경멸은 적절하지 않다. 나는 다만 어머니가 무서웠고 싫었다. 밤마
다 그 지악스런 술주정만 부리지 않는다면 나는 어머니가 동네 모든
사내들하고 놀아난다 해도 상관없다는 마음이었다.

아주 가끔 아버지를 떠올렸다. 기억은 아니고 상상이었다. 그렇다
고 그리움도 아니었다. 내가 한 살 때 사라졌다는 아버지를 나는 무
색무감의 상상으로 머리 속에 그려보고는 했다. 감흥이 없고 빛깔도
없었으므로, 내게 아버지란 국어책의 덤덤한 검은 활자 이상이 아니
었다.

"잘난 니 애비가 날 버렸지, 지 혼자 잘난 그 놈이……."

어머니는 술주정 끝에 한번씩 그런 소리를 토했다. 그러면서 표독
스러운 눈초리로 나를 노려보았다. 그러다가는 또 내 새끼, 내 새끼,
목놓아 울면서 내 볼이며 입술에 그 들큰한 입술을 마구 부벼댔다.
나는 그럴 때마다 진저리를 치며 어머니를 밀어냈다. 그러면 다시
매질이 시작되었다. 내 책가방과 공책도 마구 찢어발겨졌다. 어머니
가 지쳐 곯아떨어질 때까지 나는 온몸을 옹송그리고 사시나무처럼
떨었다.

어느 날 밤에 병호는 읍내로 나갔다. 걸어서 30분 가까이 되는 거
리였다. 어느 유흥업소에서 웨이터로 일하던 시절에 버릇 들어버린
커피 습관 때문이었다. 하루 일을 끝내면 금세 녹아 떨어지곤 하던
피로감이 차츰 사라지게 되자 그 무료한 저녁 시간을 커피 생각이
비집고 들어왔다. 그런데 일터에는 커피가 없었고, 장씨도 갑수도
커피 같은 건 신경쓰지 않았다.

차츰 병호의 읍내 행보는 일상이 돼버렸다. 매일은 아니었지만 사
흘을 넘기지 않고 읍내 다방을 찾게 되었다.

추위 속에서 삼십 분을 걸어야 하는 건 고역이었지만 다방에 들어
섰을 때 후끈하게 몸을 덥혀오는 실내의 온기가 좋았다. 병호는 아

무 생각도 없이 혼자 앉아 있고는 했다. 난로 옆자리에 앉아 커피 한 잔을 시켜놓고 한적한 실내를 쓸어보고 있노라면 불현 어디 딴 세상에라도 와 있는 듯한 자족감이 들었다. 가끔 막막했다. 그러면 병호는 소파 깊숙이 파묻힌 채로 횡하니 가슴을 질러가는 쓸쓸함을 무력하게 받아냈다.

다방은 실내 손님보다는 배달이 많았다. 넋 놓고 텔레비전을 올려보던 아가씨들은 배달 전화가 오면 미니스커트 차림만으로 차보자기를 들고 바람 찬 거리로 나섰다. 배달에서 돌아온 여자들은 들어서자마자 난로로 달려들어 한참 동안 몸을 데웠다. 늦게까지 돌아오지 않는 여자는 티켓에 불려간 여자였다.

병호는 대개 한 시간 정도 앉아 있다 돌아오곤 했다. 어쩌다 가끔 이런저런 생각을 하느라 아주 늦을 때도 있기는 했다. 어느 때는 깜박 잠이 들었다가 문 닫을 시간 되었다며 잡아 흔드는 여자에 의해 깨어나기도 했다. 그런 시간에 혼자 걸어 들어오는 밤길은 귀신이라도 나올 듯 으스스했다.

택시를 탈 수도 있었지만 병호는 언제나 걸어서 돌아왔다. 희읍한 달빛 하나에 의지하여 시커먼 밤길을 걷고 있노라면 문득 고향에서의 옛 기억들이 떠올랐다. 열세 살의 나이로 훌쩍 떠나온 고향. 십 년 이십 년이 지나도 그 기억에는 단 한 올의 그리움도 묻어나지 않았다. 아주 가끔, 무언가 비릿한 감정이 가슴 아래께에 머물기는 했다.

병호는 장씨와 이상하게 가까워지지 않았다. 장씨가 자신에게 엉뚱한 오해를 품고 있는 것이 그 원인이라고 병호는 생각했다.

예컨대 장씨는 병호가 자기를 무시하고 있다고 여기는 것 같았다.

아마도 병호의 데면데면한 말투 때문이었을 것인데, 장씨는 자기 역시 병호를 싫어한다는 걸 보이기라도 하려는 듯 퍽이나 무뚝뚝하게 나왔다. 그러는 한편 장씨는 자기가 무슨 도제 스승이나 되는 것처럼 은근히 권위적인 냄새를 피웠다.

작업이 일찍 끝났던 어느 날 저녁에 갑수도 함께 한 세 사람의 술자리가 벌어졌다. 그날 병호는 한번 숙여주자고 마음을 먹고 장씨의 손재주에 대해 몇 마디 입에 발린 칭찬을 했다. 그리고 자신의 살아온 내력을 조금 풀어놓기도 했다. 터놓고 지내자는 뜻이었다.

하지만 장씨는 시들먹한 반응만 보였다. 오히려 그 얼굴에 가벼운 조소가 번지는 걸 본 병호는 기분이 틀어져 먼저 일어나고 말았다.

"뭐하러 구질구질한 이야기를 다 해?"

나중에 뒤따라온 갑수가 병호를 나무랐다.

"저 치가 날 좋은 물에서 놀다 온 한량쯤으로 보잖아."

"그러면 그러려니 놔두면 되지. 저 장씨는 뭔가 그럴듯해 뵈는 사람에게는 한발 물러서는 작자거든. 형 덕분에 겨우 놈팽이나 면하고 있는 주제에 예술가 티는 자기 혼자 다 내고 말이야. 사실 니가 제법 행동거지가 진중하니까 그동안 장씨가 막 부리지 않았던 거라구."

"어차피 막일 하러 온 거지 꽃놀이 온 거 아니야."

"그렇다고 일부러 나는 날건달이요 할 것도 없잖아?"

"일부러 했던 것도 아니야."

그렇지 않아도 괜한 푸념이었다고 후회하던 병호는 고부장하니 한마디 던져놓고는 모로 돌아누웠다.

"그런데, 너 살아온 거 되게 우중충하구나. 그렇게 험했냐?"

갑수가 제법 추연한 목소리로 말해왔다.

"관둬!"

병호는 이불을 뒤집어썼다.

"망할 세상, 우리 생전에 단 한 번이라도 삐까번쩍 살 날 있을지……."

갑수는 시큼하게 주절대며 남은 막걸리를 꿀꺽꿀꺽 들이켰다.

"병호 임마, 넌 꿈이 뭐냐?"

"꿈 같은 것 없어."

"아니 뭐 거창한 포부는 아니라도 뭔가 이렇게 살아봤으면 하는 게 있을 거 아니야. 아무것도 기다리는 게 없으면 무슨 낙으로 사냐?"

병호는 대답하지 않고 눈을 감았다. 갑수는 다시 소리내어 막걸리를 들이켜고 나서 말을 이었다.

"난 말이야, 식당 같은 데서 아이들하고 같이 외식하고 있는 부부를 보면 저게 행복이다 싶더라구. 난 그 정도만 살면 좋겠다. 그런 말 있잖아? 여우 같은 마누라에다 토끼 같은 새끼들. 가끔 외식하고 영화 구경이나 할 정도 되면 그렇게 아기자기하게 사는 거지 뭐. 헌데 지금은 여자는커녕 방 하나 얻을 돈도 없으니 그나마 꿈이지, 젬병. 넌 어때? 말해봐, 뭐 폼나는 계획이라도 있어?"

"없어."

"그럼, 그냥 나 정도야?"

"모르겠어. 잘 거니까 말 붙이지 마."

병호는 몸을 뒤채이며 이불을 좀더 끌어올렸다. 후두두, 방문에 붙인 비닐 자락이 바람을 맞아 진저리쳤다.

"짜샤, 그렇게 나몰라라 살면 어떡하냐. 들어봐라, 사람이란 어쨌거나 꿈이 있어야 돼. 뭔가 욕망이 있어야 되는 거라구. 알겠어?"

"몰라."

갑수는 혼자서 노래를 흥얼거리기 시작했다. 막걸리 두 통을 혼자서 다 마시며 갑수는 계속 노래를 흥얼거렸다. 가끔 뜻 모를 상소리를 지껄이기도 했다. 그러고 나면 노랫소리가 더 커졌다.

한참 후에 형광등이 꺼졌다. 갑수는 뱀처럼 흐물흐물 병호의 옆자리로 파고 들어왔다. 방 안이 컴컴해지니 바람 소리만 유난히 크게 들렸다. 어디선가 들고양이 울음소리도 들린 듯했다.

아아 어떻게 구질구질했건 내게도 세상이 싱그럽게 보이던 날들은 있었다.

밤 늦은 시각 학교 운동장에서 돌려주던 애틋한 영화들, 읍내까지 진출하여 몰래 숨어들어 구경하던 서커스, 그것들은 내 초라한 일상을 덮어주며 나를 아득한 딴 세상으로 이끌고는 했다. 조금만 더 크면, 몇 살만 더 먹어도, 이제 어엿이 한몫하는 사내가 되어 무언가 다른 삶을 펼칠 수 있으리라는, 그런 아련한 기대로 나는 들썽해지곤 했다.

냇가에서의 방개나 가재 잡이도, 어느 날이던가 한 뼘은 너끈히 되는 말잠자리 포획도, 군부대의 야영지를 찾아가 건빵을 얻어 먹던 기억도, 모두 싱그럽다. 여름엔 아이들과 어울려 논으로 밭으로 벼메뚜기를 잡으러 다녔다. 해동갑으로 몰려다니다가 여러 줄의 가라지 줄기에 촘촘히 벼메뚜기를 꿰어 동무들과 어깨 겯고 집으로 돌아오던 기억도 싱그럽다. 아이들은 킬킬거리며 메뚜기 날개를 뜯어버렸다. 날개는 튀겨 먹지 않는 것이다.

가끔 혼자 먼길을 걸어 어느 상수도 처리장에 가고는 했다. 십여 미터의 철골 구름다리를 건너면 무슨 등대 같기만 한 긴 원통형의 시멘트 구조물이 강기슭에 박혀 있었다. 그곳엔 아무도 없었다. 주변에도 인가라고는 없었으므로 사방이 적요하기만 했다. 아래쪽 어디선가 모타 돌아가는 소리만 저 혼자 우우웅 들리는 것이어서 가끔은 음산하다는 느낌이 들기도 했다. 하지만 나는 세상으로부터 차단된 듯한 그곳이 좋았다.

나는 외딴 섬의 등대지기처럼 그곳을 내 거처라 생각했다.

난간에 기대어 감청색의 강물을 내려다보고 있으면 강에 빠져 죽은 동무들의 얼굴이 떠올랐다. 반짝거리는 물비늘을 헤치고 올라와 그들이 당장이라도 손을 내밀 것만 같았다. 설령 그랬다 할지라도 나는 놀라지 않았으리라. 그곳에선 무언가 환상적인 일이 벌어져도 좋았다. 그런 분위기였다.

나는 그곳에서 혼자 공상에 빠져 있다가 사부자기 잠이 들어버리곤 했다. 잠에서 깰 때면 매번 화닥닥 놀라 일어났다. 어느새 한나절이 후딱 지나가 있는 것이다. 그러면 나는 늙은이같이 휘우청한 걸음으로 집으로 향했다.

그렇게 돌아오던 날의 해거름녘, 내가 신산한 기분으로 동네 어귀에 들어설 때면 너울너울 이울어가는 석양이 동네 초입 야산에 그림처럼 아름다운 보랏빛 햇발을 걸어놓고 있었다. 그럴 때면 먼지 뿌리며 신작로를 달리는 합승 버스 하나가 내 가슴을 온통 뻐근하게 달구었다.

다른 세상이 있다, 아주 아름다운 세상이 있다, 좀더 크면, 내가 조금만 더 나이 먹으면, 바지 주머니 속에서 주먹을 말아 쥐며 나는 가슴 저 아래께에 꾹꾹 그런 갈망을 눌러 담았다.

　도자기 공장의 주인이라는 장 선생은 병호가 일 시작한 지 한 달이 다 되어서야 얼굴을 볼 수 있었다. 장 선생은 고작 반나절 동안 이것저것 지시하고 살피며 부산스레 보내더니 또다시 횡하니 떠나버렸다. 장 선생은 그 후로도 일주일에 한 번 꼴로나 공장으로 돌아왔다. 작품 전시회를 위해 좋은 흙을 찾아다닌다고 했다.
　날씨는 조금씩 더 추워져갔다. 급하지 않게 설렁설렁 나가는 일이어서 작업이 고된 것은 없었지만 그래서 추위는 더 힘들었다. 바람이 심한 날이면 장씨는 아예 병호에게만 일을 맡기고는 안으로 들어가 버렸다. 그런 날이면 병호도 대충대충 놀면서 일하기는 했으나 장씨처럼 방으로 들어갈 수는 없는 사정이고 보니 추위만은 고스란히 몸으로 때워야 했다.
　갑수는 차를 몰지 않을 때면 도자기 공장에 들어가 진흙을 주물러댔다. 그렇게 해서 자기 작품이랍시고 만들어논 엉성한 자기들이 방 안에 즐비했다. 갑수는 그 자기들을 볼 때마다 대단한 보물이라도 되는 양 벌쭉벌쭉 웃었다. 갑수는 또 염력을 계발한다며 며칠 동안 수선을 떨기도 했다. 어디서 들었는지 누구나 자기 몸 안에 초능력을 가지고 있는 거라며, 갑수는 저녁 내내 숟가락을 들고 노려보고는 했다. 하지만 며칠이 지나도 숟가락은 구부러지지 않았고, 갑수는 다시 진흙이나 주무르기 시작했다.
　어느 저녁, 병호는 여느 때처럼 다방에 가기 위해 방을 나왔다. 바람이 너무 차가워 닷새 동안이나 읍내를 나가지 않았더니 좀이 쑤셨다. 갑수는 텔레비전을 본다며 일찌감치 장씨 방에 건너가 있었다.

병호가 비탈길을 반쯤 내려갔을 때 누군가 급한 걸음으로 따라 내려오는 것 같았다. 모른 체 걷고 있으려니 다급한 목소리가 등에 꽂혔다.

"아저씨!"

도자기 공장의 여자였다. 병호는 걸음을 세우고 여자를 기다렸다. 여자는 병호가 있는 곳까지 뛰어와서는 가쁜 숨을 고르느라 색색거렸다.

"저기……."

큰 소리로 병호를 부를 때와는 달리 여자는 기어 들어가는 목소리로 입을 열었다.

"읍내에 가시는 거지요?"

"그런데요?"

"…같이 가요."

"왜, 택시를 부르지 않고?"

그렇게 물으며 병호는 오늘이 주말이라는 걸 생각해냈다. 여자는 주말이면 꼭 읍내로 나가고는 했다. 그때마다 전화로 읍내의 택시를 불렀다. 버스가 뜸한 길이었으므로 병호처럼 걸어 나갈 양이 아니면 그렇게 해야 했다.

"전화가 고장났어요."

여자는 조금 쑥스러워하며 엷게 웃었다.

오전에 내린 눈 때문에 길이 미끄러웠다. 생각지 않았던 동행도 있고 해서 병호는 평소보다 천천히 걸었다. 여자는 내내 병호의 반걸음쯤 뒤에서 따라왔다. 까만 털 코트 위로 빨간색의 목도리를 두어 겹 둘러감고 있었다. 코트 안으로 들어가지 못한 목도리 한쪽 끝이 바람이 일 때마다 가볍게 펄럭였다.

길섶에 쌓인 눈이 달빛을 받아 은은하게 반짝거리고 있었다. 앙상한 나뭇가지에 두텁게 얹힌 눈은 흡사 크리스마스 트리에 매달아논 솜뭉치만 같았다. 키 큰 나무들은 한번씩 세찬 북풍이 지나갈 때마다 후두두 눈을 떨구었다.

"읍내에 친척이라도 있소?"

도자기 공장에서 십 분 거리의 첫번째 고개에 막 올랐을 때 병호가 물었다. 여자는 금방 대답하지 않았다.

트럭 한 대가 두 사람이 막 지나온 고갯길을 힘겹게 올라서더니 속력을 올리며 앞으로 내달았다. 앞으로 쭉 뻗은 전조등에 멀리 단층 교회의 뾰족탑과 십자가가 보였다.

"…누굴 만나러 가요."

뒤늦게 여자의 굼뜬 대답이 건너왔다. 추위 때문인지 발음이 고르지 못했다.

"주말마다 나가는 것 같던데, 남잔가요?"

"…네."

좌우로 넓은 벌판이 펼쳐 있는 길에 이르자 주변이 조금 훤해지는 느낌이었다. 눈에 반사되는 빛 때문이었다. 여전히 반 걸음 뒤에서 따라오는 여자의 토각거리는 구두굽 소리가 조금 빨라진 듯싶었다. 병호는 자기도 모르게 빨라져 있던 걸음을 다시 늦추었다. 읍내까지는 반 정도 남아 있었다.

"늦게 혼자서 택시 타고 들어오려면 무섭지 않아요?"

대답이 없었다. 물어놓고 나서야 병호는 자기 물음이 엉뚱했다는 걸 알았다. 생각해보니 여자는 주말에 읍내로 나가면 돌아오지 않았다. 다음 날 아침이나 오후 늦게야 돌아오곤 했다.

"아저씨는 어디 가세요?"

처음으로 여자가 먼저 말을 건넸다.

"다방에, 거기서 커피나 한 잔 마시고 돌아오는 거지요."

"그러세요. 저… 제 방에 커피하고 커피 포트 있는데 필요하면 빌려드릴게요."

"됐어요. 이젠 읍내 나가는 일 자체가 버릇이 되었지요. 따뜻한 불 옆에 앉아서 혼자 커피를 마시고 있으면 먼 곳에 여행이라도 온 듯한 느낌이 들지요. 그런 기분에 그럭저럭 맛들였어요."

말하면서 돌아보니 여자는 자기도 이해한다는 듯 고개를 끄덕거렸다. 그러다가 병호와 눈이 마주치자 어색한 표정을 보이며 눈을 내리깔았다.

벌판이 끝나자 다시 조금 어두워졌다. 삼거리를 지났을 때 여자가 넘어졌다. 여자는 일어나서도 주위를 두리번거렸다. 길섶 바깥으로 떨어진 손가방이 병호의 눈에 띄었다. 여자는 병호에게서 손가방을 건네받으며 몹시 부끄러워했다. 병호는 좀더 천천히 걸었다. 뒤에서 승용차가 오길래 별 기대 없이 손을 들어 보았더니 역시 그대로 지나쳐 갔다.

병호는 평소보다 십여 분이나 더 걸려서 읍내로 들어섰다. 병호가 찾아가는 다방은 읍내 초입에 있었다.

"나는 다 와 가는데, 어느 쪽으로 갈 거요?"

"저도 다 왔어요. 이제부턴 혼자 갈 수 있어요."

병호는 다방을 지나쳐 택시 정류장이 있는 곳까지 동행해주었다. 그곳은 읍내의 중심지였다. 여자와 헤어지기 전에 병호가 말했다.

"나는 남자를 사귀는 여자만 보면 불안해져요. 남자란 게 맨 도둑
놈이란 걸 내가 알거든요. 아가씨 애인이야 물론 그렇지 않겠지요?"
　여자는 이번에도 얼굴만 붉히며 고개를 내리깔았다. 병호는 먼저
돌아서서 아까 지나쳐 온 다방으로 걸었다. 여자와 같이 올 땐 그다
지 못 느꼈는데 밤바람이 살을 에일 듯 차가왔다.
　병호가 자리를 잡자 미스 박이 냉큼 앞 자리로 와 앉았다. 자주 드
나든 덕에 병호와는 스스럼 없는 사이가 된 미스 박이었다.
　"아저씨는요, 늘 뭔가 근심이 가득한 사람 같아요."
　차 한 잔을 다 마실 때까지 별 말이 없는 병호를 보고 미스 박이
말했다. 혼자 한참을 새실거리고 난 뒤였다. 병호는 커피잔을 내려
놓고 길게 하품을 했다.
　"근심 같은 것 없어."
　"그래도, 뭔가 문제가 있는 사람처럼 보이는데……."
　미스 박이 탁자에 양 팔을 얹고 손바닥 위로 턱을 고였다. 앙증맞
은 자태가 만들어졌다.
　"문제야 있지."
　"어떤 문제요?"
　"욕망이 없다는 것."
　"욕망이요?"
　"그래, 내 친구가 나보고 욕망이 없다고 하더라. 그게 문제라고."
　"헤에, 여자하고 자고 싶은 마음도 없어요?"
　"왜 없어."
　"그럼 욕망이 있네 뭐."
　미스 박이 캐득캐득 웃었다.

"왜, 한번 적선할려구?"

"웬 적선!"

미스 박은 낼름 혀를 내밀더니 찻잔을 챙겨들고 일어났다.

연이어서 몇 차례의 배달 전화가 울리고 나자 실내에는 카운터를 지키는 여자 한 명만 남았다. 여자는 병호에게 등을 돌린 채 주말연속극을 보느라 정신이 없었다. 화면에는 연인으로 보이는 젊은 여자와 젊은 남자가 폭우를 고스란히 맞으며 말다툼을 벌이고 있었다.

열세 살이 되었다. 어느 날 너가 학교에서 돌아오니 어머니가 이유도 없이 마구 때렸다. 낮술에 이미 곤드레만드레였다. 눈에 보이는 살림은 다 때려 부수었고, 내 가방을 풀어헤쳐 교과서와 공책도 찢어버렸다.

"너도 이 에밀 무시하지? 니 애비나 똑같애, 이 새끼야······."

어머니는 서슬 푸른 눈빛으로 나를 노려보았다. 그러면서도 중간중간 나에게 달려들어서는 "내 새끼!"라고 소리치며 마구 입술을 부비기도 했다. 하지만 그러고 난 다음엔 다시 확 밀쳐냈다.

나는 울지도 못하고 겁에 질려 방구석에 쪼그리고만 있었다. 대문 앞에 온 동네 사람들이 다 모여 웅성거렸지만 누구 하나 들어와 말리려는 사람은 없었다. 어머니는 저녁 땅거미가 깔릴 무렵에야 잠이 들었다. 죽은 듯 잠들어 있는 어머니를 내려다보며 나는 문득 가슴에 살의가 돋는 것을 느꼈다. 죽이고 싶었다. 이건 사람 사는 게 아니라는, 그런 어른스런 자조의 말이 나도 모르게 뇌까려졌다.

나는 일어나 농 속의 새옷을 꺼내 갈아입었다. 그리고 어머니의 지갑과 이불 갈피를 뒤져 돈을 훔쳤다. 헝클어진 옷차림으로 잠들어 있는 어머니를 힐끗 돌아보고는 천천히 문을 열고 나왔다. 술에 취해 널브러진 어머니의 지갑에서 돈을 빼어 집을 나오면서 나는 뒤도 돌아보지 않았다. 지긋지긋했다. 동네에 혼자 사는 여자는 어머니말고도 몇이 더 있었다. 하지만 술주정뱅이는 어머니 하나뿐이었다.

집에서 나와 열차를 기다리고 있을 때, 나는 역사 지붕 위의 푸르스름한 이내를 배경으로 참새 몇 마리가 날아오르는 것을 보았다. 내가 본 고향의 마지막 풍경이었다.

어느 날 도자기 공장의 여자가 결근을 했다. 주말에 나가서 월요일까지 돌아오지 않은 것이다. 점심 식사시간에 남자 직원들은 여자에 대한 화제로 시간의 반을 때웠다. 결근의 이유를 짐작하고 있는 말투였다.

"남자는 아마 서울에 있는 사람이라지?"

"그래. 짜식이 주말마다 내려와 몸 풀고는 용돈까지 얻어 올라가곤 한 모양이라."

"근데 왜 헤어졌대?"

"거야 잘 모르지. 며칠 전의 표정으로 봐서는 일방적으로 채인 것 같던데… 여하튼 안됐어, 그렇게 정성이더니."

"거 참, 완전히 현지처 노릇 해준 꼴이네?"

"에이, 그건 말이 너무 심하고, 뭐 남녀가 사귀다 보면 헤어질 수도 있는 거잖아."

그런 식의 말들이 주저리주저리 계속되었다.

여자는 화요일 오후에야 돌아왔다. 병호가 유심히 여자를 살펴보았지만 겉으로는 아무 변화도 없어 보였다. 여자는 언제나처럼 웅크린 자세로 한쪽 구석에 박혀 자기 일만 했다. 하루종일 말이 거의 없는 것이야 전에도 그러했으므로 우별날 게 없었다. 어쩌다 병호와 눈이 마주칠 때면 여자는 황급히 고개를 숙였다. 선입견인지 조금 야위어 보인다는 느낌은 들었다.

갑수는 전보다 자주 술을 마셨는데, 원래부터 그랬는지 새로 생겨난 버릇인지 취기가 오르면 가끔 어린애처럼 훌쩍거리곤 했다. 술 안 취했을 때의 느긋하고 까불까불한 모습과는 전혀 다른 모습이었다. 조금 민망하고 어처구니없는 기분이기도 해서 병호는 그때마다 오히려 제쪽에서 술 안 취했을 때의 갑수처럼 함부로 말해버리곤 했다.

짜샤, 그만 지랄 떨고 엎어져라, 그런 식이었다. 갑수는 그런 말을 들으면서도 계속 훌쩍거리다가 느닷없이 병호 품에 얼굴을 묻고는 했다. 그렇게 나오는데야 더는 어쩔 수 없어 병호는 갑수가 진정될 때까지 등을 토닥거리며 멀거니 천장만 올려다보았다.

병호가 일 시작한 지 두 달이 조금 못 되었을 때 도자기 공장의 내부 공사가 모두 끝났다. 다음으로 예정돼 있던 일은 화장실을 만드는 것이었는데, 날씨가 너무 추워지고 있어서 전문 목수와 미장이를 불러 이틀 만에 끝냈다.

병호는 장씨와 함께 공장 뒤쪽으로부터 조립식 건물까지 이어지는 50미터 길이의 축대 쌓는 작업에 매달렸다. 그다지 급한 일이 아니고 또 아주 매끄름하게 쌓아야 하는 것도 아니어서 석공을 따로 부르지 않고 장씨와 병호 둘이서 그 일을 전담했다. 특별히 고된 일은 아니었지만 작업의 진척이 빠르지 않았다. 오전 시간은 언 땅이 풀어지기를 기다리느라 잔돌이나 주워 모으며 대충 때웠고, 본격적인 작업은 점심을 먹고 나서의 몇 시간뿐이었다. 하루에 5미터 나가면 잘 나가는 편이었다.

축대 작업이 시작된 지 나흘째의 날이었다.

장씨는 점심 식사를 끝낸 후에 읍내에 볼일이 있다며 외출을 했다. 저녁 무렵이 되어 밖에서 돌아온 장씨는 얼큰히 취해 있었다. 장씨는 일하고 있는 병호의 뒤에 와서 혼잣소리로 궁시렁거렸다.

"일을 한 거야, 만 거야……."

못 들은 척 자기 일만 계속하고 있는 병호의 등뒤로 잠시 후엔 좀 더 분명한 퉁바리가 날아왔다.

"보는 사람 없다고 아예 개겼구만……."

병호는 홱 돌아서며 장씨를 쏘아보았다.

"지금 뭐라고 했소?"

"혼자 있을 때 더 잘 해야지 보는 사람 없다고 이렇게 팽팽 놀아도 되는가 하는 거요, 내 말은."

"놀다니, 누가 놀았다는 말이요?"

"놀지 않았으면 그래 오후 내내 이것밖에 안 나갔단 말이야?"

코웃음을 치면서 장씨가 턱을 올렸다. 장씨의 턱이 가리킨 곳은 오후에 병호 혼자 작업해논 축대였다.

"같이 일 안 해봤소? 혼자서 이만큼 했으면 됐지 얼마나 더 나간단 말이요?"

"일 해봤으니까 하는 얘기지. 이 정도면 두어 시간 꺼리밖에 더 돼? 겨우 이거 해놓고 무슨 말이 그렇게 많아?"

"지금 시비 거는 거요?"

병호는 여지껏 들고 있던 곡괭이를 옆으로 내팽개쳤다.

“시비? 나하고 지금 싸우자는 거야?”

“당신이 먼저 그렇게 나오고 있잖아.”

“당신? 이 새끼가…….”

장씨가 욕을 뱉으며 한 걸음 앞으로 나섰다. 병호도 불끈 주먹을 쥐었다. 속에서 불처럼 화끈한 것이 솟구쳤다. 병호는 장씨의 눈을 정면으로 쏘아보며 인상을 팍 그었다.

“정말 엿 같은 놈이네! 지 듣기 싫은 소리는 한마디도 안 들으려고 하면서 남한테는 곱창이 꼬이는 대로 지껄이냐?”

마구잡이 욕질이라면 병호도 딸릴 게 없었다. 장씨는 병호의 거친 응대에 잠깐 주춤하는 듯하더니 이내 이빨을 드러내며 주먹을 들어 올렸다. 당장 한방 날아올 기세였다.

싸움을 말린 건 갑수였다. 아까부터 저 뒤쪽에서 지켜보고 있던 갑수가 한달음에 달려왔다.

“그만합시다, 그만해. 아니, 두 사람은 단짝으로 붙어 일하면서도 왜 그렇게 늘 아웅다웅이지. 자, 그만해요.”

갑수는 두 사람 사이에 끼여들어 양쪽을 밀쳐냈다. 갑수가 장씨의 팔을 잡아 이끌자 장씨는 못 이기는 체 입맛을 다시며 갑수를 따라 갔다. 병호도 작업을 정리하고 방으로 돌아갔다.

“간조 계산해달라고 해.”

병호는 뒤따라 들어온 갑수에게 심드렁하니 말을 던졌다.

“무슨 뜻이야? 그만두려고?”

“그래.”

“사람이 쫀쫀하긴, 뭐 그만한 일 가지고 그래.”

“어차피 오늘 내일 하고 있었어.”

"축대 일밖에 안 남았잖아?"

"내일 떠난다고 전해."

짧게 다짐을 넣고 난 병호는 못에 걸린 가방을 내려 바로 짐을 챙기기 시작했다. 조금 어이없어하며 지켜보던 갑수가 할 수 없다는 표정으로 방을 나갔다.

갑수가 나간 다음 병호는 잠시 손을 놓고 담배를 꺼내 물었다. 무심한 눈길로 방을 둘러보았다. 한번도 아늑한 기분을 느껴본 적 없는 방이었으나 불현듯 약간 섭섭해졌다. 습관이었다. 숱하게 옮겨다니다 보니 오히려 한 곳을 떠날 때면 일말의 애착이 남아 가슴에 신산한 그늘이 남고는 했다. 병호는 빠른 동작으로 구석에 던져놓았던 양말까지 챙겨 가방에 쑤셔 넣었다.

"섭섭하네, 정들었는데……."

떠나는 길이라며 병호가 마지막으로 은빛 다방에 들렀을 때 미스 박은 제법 애운한 표정을 보였다.

"빈말이라도 고맙다."

"어머, 정말이야. 내가 얼마나 정에 약한데."

"그러니 떠나야지. 괜히 결혼해달라고 조르면 어떡하냐."

"못 말려!"

병호는 가방을 들고 일어났다. 그간 몇 가지 짐이 늘어나 이곳에 올 때보다 가방이 묵직했다.

"오늘 티켓 한번 끊을까?"

카운터에서 계산을 하고 돌아서며 병호가 말했다. 미스 박은 시큼한 표정으로 입을 삐죽거렸다.

"그래, 인연 있으면 보자."

병호는 다방을 나왔다. 하늘이 맑았다. 날씨도 많이 풀려 있어 거리는 느슨하면서도 제법 활기에 차 있었다. 그 활기가 오히려 병호의 마음을 무겁게 가라앉혔다.

병호는 잠시 망연한 기분으로 서 있다가 이윽고 시외 버스 터미널 쪽으로 걸었다. 매표구에서 표를 끊어놓고는 근처의 식당에 들어가 늦은 점심을 먹었다. 식당에서 나오니 터미널은 아까보다 더 북적거리고 있었으며 길 건너편 시장 앞에는 인도를 반이나 차지한 좌판 행상들이 늘비했다. 여행 차림의 승객들이 우르르 버스에서 내리는 것을 보면서 병호는 오늘이 주말이라는 걸 생각했다.

병호는 대합실로 들어가 자판기 커피를 뽑았다. 커피를 마시며 무심코 창 밖을 내다보던 병호는 거리 맞은편에서 낯익은 얼굴을 발견했다. 도자기 공장의 여자였다.

여자는 종종걸음으로 시장 앞을 지나가고 있었다. 잠시 후 여자는 공중전화 부스 앞에 섰다. 아니, 그런 것 같았다. 부스에 가려 여자의 모습은 보이지 않았다. 일 분쯤 지났을 때 다시 여자가 보였다. 여자 손가방의 금박 장식이 햇빛을 받아 날카롭게 번쩍거렸다. 여자는 시장이 끝나는 곳의 삼거리에서 잠깐 걸음을 세웠다. 그리고는 한참 동안 묵연히 서 있었다.

병호는 대합실에서 나와 횡단보도 앞에 섰다. 신호등이 없는 곳이어서 병호는 차가 오는 것을 살피면서 빠르게 길을 건넜다. 병호가 길 건너편에 도착했을 때 여자는 막 삼거리를 건너고 있었다. 병호는 여자의 뒤를 따라갔다.

약국 앞의 공중전화에서 여자는 또 걸음을 멈추었다. 병호도 그 자리에 섰다. 병호는 종이컵을 아직도 들고 있는 것을 깨닫고는 그

것을 구겨 쓰레기통으로 던졌다.

　전화 부스에서 사람이 나왔는데도 여자는 들어갈 생각을 않고 그대로 서 있기만 했다. 여자의 눈길은 먼 곳에 가 있었다. 뒤에 서 있던 청년이 힐끔 여자의 눈치를 살피더니 부스 안으로 들어갔다. 그러자 여자는 쫓기듯 부스 앞에서 물러섰다. 병호는 여자의 어깨 위에서 언제나처럼 위태위태한 불균형을 보았다.

　여자는 다시 걷기 시작했다. 여전히 종종걸음이었다. 공터를 질러 갈 때에도 저렇듯 늘 급한 걸음새였다고 병호는 생각했다. 웬일인지 병호는 갑자기 조바심이 끓어올랐다. 어느 날인가의 꿈에서와 비슷한 괜한 조바심이 병호의 가슴을 투닥투닥 건드리고 있었다. 여자는 잠깐씩 행인들에 가렸다가는 차고 나가는 육상 선수처럼 불쑥 모습을 드러내고는 했다. 병호는 일정한 간격을 유지하며 계속 뒤를 따라갔다.

　차 떠날 시간이 다 되었다는 생각이 들었다. 주머니에 손을 넣으니 얇고 미끌미끌한 차표가 만져졌다. 그 감촉이 무언가를 떠올리게 했다. 언젠가도 그처럼 차표를 만지작거렸다는 아주 오래된 기억 하나가 손가락 끝의 감촉을 통하여 소르르 되살려졌다. 그러자 허름한 역사 지붕과, 푸르스름한 이내와, 저녁 하늘로 산개하여 날아오르는 참새 몇 마리가 눈 앞에 그려졌다. 미세한 통증이 병호의 가슴을 쳤다.

　여자의 걸음이 느려졌다. 반쯤 고개를 숙인 여자가 제과점 앞을 지나고 있었다. 문방구를 지나고, 슈퍼마켓을 지나고, 지물포를 지나갔다. 차츰 여자의 걸음은 다시 빨라졌다. 골목에서 뛰어 나오던 어린 아이가 여자와 부딪쳐 넘어졌고, 허리를 굽혀 아이를 일으키면서 여자가 희미하게 웃었다. 건조하면서 어색한 미소였다. 아이가 자지러지게 울기 시작하자 여자는 허둥거리며 그 자리를 떠났다.

얼마 후 여자는 오른쪽의 골목으로 꺾어 들어갔다. 병호가 골목 입구에 섰을 때 여자는 보이지 않았다. 병호는 천천히 안쪽으로 걸어 들어갔다. 두번째 모퉁이를 돌아서자 여자가 보였다.

여자는 어느 건물 앞의 화단 가장자리에 걸터앉아 있었다. 건물 현관 위에는 흰색의 아크릴로 된 여관 간판이 세로로 매달려 있었다.

행인이 없는 한적한 길이어서 병호는 전신주 뒤에 몸을 숨겼다. 그리고 전신주와 담 사이의 10센티 정도 되는 틈을 이용하여 여자를 지켜보았다. 여자의 두 손이 손가방 위에 가지런히 놓여 있었다. 시선은 발 끝에 고정돼 있었다. 한동안 여자는 전혀 움직이지 않았다.

오후의 나른한 햇발은 주변 모든 사물을 엷은 막으로 덮씌우고 있는 듯했다. 어떤 움직임이나 소리도 없었다. 골목의 모든 풍경이 오래 된 유적지처럼만 느껴졌다.

어머니는 아마 자살했을 것이다. 느닷없이 병호는 그런 생각을 했다.

그때 여자가 손가방에 얼굴을 묻었다. 그러자 여자의 몸은 한 주먹도 안 되게 작아 보였다. 여자의 자태는 흡사 뱃속에 옹구린 태아의 모습처럼 비릿하면서 낯설었다. 아니, 그 속에는 아주 오래된 낯익은 어떤 모습이 박혀 있었다. 황량하면서 질척한 그런.

병호는 주머니 속의 담뱃갑을 만지작거렸다. 여자의 굽은 등이 잠깐 가볍게 출렁거렸고 곧이어 좀더 어깨가 내려갔다. 병호는 내내 꼼짝도 않고 여자를 지켜보았다. 햇발은 여전히 따갑고 나른했다. 큰길 쪽에서 자동차의 급정거 소리가 섬뜩한 파열음이 되어 날아왔다. 그뿐, 골목은 금방 무거운 정적으로 되돌아갔다.

병호는 전신주에서 조금 물러섰다.

우 애 령

●

1945년 서울 출생.

1968년 이화여대 독문과 졸업.

1981년 미시간주립대 대학원 사회사업과 졸업.

1993년 문화일보 문예공모에 단편 <오스모에 관하여>로 등단.

1994년 여성동아 장편 공모에 ≪갇혀 있는 뜰≫ 당선.

장편소설 ≪행방≫, 카운슬링 에세이 ≪사랑의 선택≫,

그림이 있는 소설집 ≪숲으로 가는 사람들≫을 발표.

당진 김씨

"아 또 웬 부지런이여. 식전부터……."

김씨는 잠자리에 든 채로 새벽부터 방문을 드나드는 아내에게 냅다 소리를 질렀다.

"암것두 아니유. 그냥 주무시유."

마누라는 미안스러운 듯 목소리를 낮추며 어둑어둑한 방 한귀퉁이에서 무엇인가를 찾아들고 방을 나갔다. 가을걷이도 끝내고 이제 겨우 좀 늦게까지 눈을 붙일 수 있게 되었건만 마누라의 새퉁맞은 부지런 때문에 다시 잠이 들기는 틀렸다. 솔가지가 불에 탈 때 들리는 탁탁 튀는 소리나 방바닥이 뜨뜻해 들어오는 감으로 보아 이 여편네가 또 두부를 한 솥 만들고 있는 것이 틀림없었다.

김씨는 혀를 차며 일어나 앉아 불을 켰다. 밖은 밝을 염도 안 하는 걸 보면 이제 댓 시나 되었을까… 시골 구석에서 아들 딸 여의도록 살면서 안 해본 고생이 없는 마누라지만 이제는 논밭 좀 마련하고 집도 새로 손을 보아 살 만했다. 그런데도 배운 도둑질 남 못 준다고 애들 기르며 노상 장에 내던 두부 만드는 일에서 손을 떼지 못하는 게 가슴이 짠하기도 하고 밉살스럽기도 했다. 주섬주섬 머리맡에 성냥을 찾아 담배를 피워물며 김씨는 버릇처럼 구시렁거렸다.

"그렇게 말려두 안 들으니, 원… 생기기는 꼭 뭣처럼 생겨가지구 고집은…….."

김씨가 마누라에게 온갖 퉁을 다 주면서도 앞에서 대놓고 하지 않는 게 생긴 것에 관한 이야기였다. 젊었을 때 다툼 끝에 생기기도 못 생겨가지고 성미도 못돼먹었다고 퉁기자 돌 된 아이를 업고 집을 나가 친정에서 돌아오지 않겠다고 버티는 걸 달래서 데려오느라고 얼마나 애를 먹었던가. 그렇게 고분고분하고 무슨 지청구를 먹어도 씩 웃고 말던 마누라가 이 말 한마디에 불에 덴 황소처럼 성을 내고는 입을 꾹 다물고 아이를 들쳐업더니 그냥 집을 나가버렸다.

지금은 한물갔지만 당진 읍내에서 서해안 개발 바람에 단단히 한 몫 잡았다고 소문이 짜아하게 난 부랄친구 덕칠이가 그때만 해도 같이 땅을 뒤집던 신세라 의논을 놓아봤더니 절대로 데리러 가서는 안 된다고 했다.

"그저 기집 성미는 초장에 박살을 내놓아야 하는 거여. 아니 한대 쥐어 터진 것두 아닌데 뽀르르 신발 꺾어 신는 버릇은 그저 지 발루 기어 들어와서 기가 콱 죽어야 떨어지는 것이니께…….."

그래 제풀에 오려니 하고 기다려보았지만 사흘이 지나도록 소식이 없자 마누라도 마누라려니와 한창 벙긋거리며 재롱을 떨던 아이가 눈에 밟혀 견딜 수가 없었다.

이게 혹시 어디 가서 잘못된 것이나 아닐까 하는 사위스러운 생각까지 들자 더이상 참을 수가 없어서 나흘째 되는 날 새벽에 집을 나서지 않을 수가 없었다. 그것도 한창 들에서 일하고 있을 덕칠이에게 들켜 병신 소리 들을세라 큰 길을 피해 집 뒤 야산을 넘어 읍으로 한 시간 남짓 걸어 나가서 버스로 두어 시간 가는 처갓집을 찾아간 것이다.

건어물 몇 마리하고 고기 두어 근을 사 들고 처갓집 문을 삐죽 들어서다가 아이를 업고 펌프가에서 빨래를 하고 있던 아내와 눈이 딱 마주쳤다. 그때 자기를 바라보던 마누라의 눈에 그렁그렁 넘치던 눈물을 보며 김씨는 속이 뜨끔했다. 그리고는 마음이 안된 속에서도 원망과 감사가 뒤섞인 그 눈이 '꼭 소같이도 생겼다'는 한탄이 들던 것이었다. 혼자 된 장모가 미안해서 어쩔 줄을 모르며 해준 저녁을 먹고 막차도 끊기어 들어앉은 방안에서 마누라가 더듬더듬 하소연을 했다.

"지가 못생긴 건 저두 알어유… 지 겉은 걸 거두어줘서 고맙게 생각허구 있구만유. 이쁜 각시랑 살아보구 싶은 맴이 있는 것두 다 알구유……."

그리고는 고장난 수도꼭지처럼 눈물을 좌르르 좌르르 흘리던 것이었다.

"아, 화나면 무슨 소린들 못 혀. 원 속은 좁아 터져가지구……."

김씨는 퉁을 주면서도 속을 훤히 들여다보인 것 같아 켕기고 미안했다. 아닌게 아니라 김씨 마누라가 못생기기는 했다. 남자같이 투박하고 꺽진 허우대에다가 부자연스럽게 큰 눈과 사발 코 때문에 싹싹하고 어여쁜 맛은 약에 쓸래도 없었다. 허지만 몸 아끼지 않고 장정 몫의 일을 해내고, 논일 밭일에 지치고 돌아온 저녁에도 반찬 한

가지라도 더 해놓으려고 부엌을 휘돌며 애쓰던 마누라였다. 게다가 생긴 것이야 자기 잘못도 아니고 어쩌랴 싶었지만 김씨는 어려서부터 내내 지녀왔던 이쁜 각시의 꿈을 쉽게 버릴 수가 없었다. 전쟁통에 고아가 되어 큰집에 얹혀서 자란 김씨는 어머니나 누이의 애틋한 손길을 받지 못해서 그랬던지 얼른 돈을 벌어 예쁘고 다정한 각시와 사는 것이 꿈이었다.

꿈 속의 각시는 설날 읍에서 본 영화의 가련한 여주인공이기도 했고 구판장에 굴러다니던 잡지 속의 여배우들이기도 했다. 그러나 스무 살이 넘어 부딪친 현실은 꿈과 거리가 멀었고 몸이 부서지도록 일해도 이렇다 할 여축을 가지기가 어려웠다.

큰아버지나 큰어머니가 그래도 무던한 사람들이라 마치진 못했지만 중학교에도 넣어주고 밭도 몇백 평 나누어준 것이 도움이 되어주기는 했지만 어디에도 떳떳이 혼담을 넣어볼 처지가 되지 못했다.

그렇게 고된 들일에 지치고도 새벽녘이면 들고 일어서는 아랫도리를 붙잡고 몸부림을 치면서 김씨는 차츰 꿈과 현실을 구별할 수 있게 되었다. 옛날 이야기처럼 뒷산 냇가에 올라가보았자 목욕하는 선녀가 있는 것도 아니었고, 집에 와보니 예쁜 우렁각시가 생긋이 웃으며 자기를 맞아주는 것도 아니었다. 그러면서 어렴풋이 예쁜 각시는 돈 많고 배운 것 많은 도시 사람들에게나 합당한 것이로구나 하는 생각이 들기 시작했다.

비슷한 때에 함께 군대를 다녀온 단짝 덕칠이는 어떻게 해서든지 돈을 거머쥐어 사는 듯이 살아볼 것이라고 농사일에 진저리를 내면서 너도 정신차리라고 김씨를 윽박지르고는 했다. 하지만 김씨는 땅을 떠나서 살고 싶은 생각은 꿈에도 해본 적이 없었다. 땅의 푸근함과 다정함은 어느 계절에나 그에게 따뜻한 삶의 온기를 주었다. 그는 도시로 떠나는 또래 처녀들을 볼 때마다 안타까움을 금할 수가 없었다. 덕칠이에게도 어줍짢게 농사일이 얼마나 중요한 일이냐고 설득하려 들다가 타고난 촌놈이라는 놀림만 싫도록 들었다. 이제 대한민국에서 농사는 다 끝난 일이라는 게 덕칠이의 지론이었다.

예쁜 각시는 고사하고 여자라는 걸 보듬고 자보기도 다 틀렸구나 하고 한탄을 하던 끝에 들어온 읍내 건어물상 할머니의 중신을 망설이다 받아들여서 얻은 색시가 지금의 마누라였다. 갯가의 홀어미네 없는 집 딸이지만 튼튼하고 농사일 마다 않으며 마음씨 하나는 무던하다고 건어물상 할머니의 입에 침이 말랐다.

색시감이 너무 인물이 없는 게 영 마음에 걸리기는 했지만 팔자에 안 태인 걸 어쩌랴 싶어 이럭저럭 단념하고 혼례를 이루자 이농해 나간 마을의 빈 집을 한 채 주선해서 살림을 장만하고 살게 되었다. 새색시가 워낙 부지런하고 영등같이 받드는 바람에 김씨의 신수도 펴고 동네에도 김씨가 마누라 하나 잘 얻었다는 소문이 자자했다. 그럴 때마다 김씨는 속으로 중얼거렸다.

'속 모르넌 소리덜 허지 마시유……'

그리고는 그 참고 참던 한마디 '못생겼다'를 터뜨렸다가 된통 혼이 난 이후로 둘 사이에 생긴 아이들이 다 스물이 넘도록 마누라 앞에서 다시 그 이야기가 거론된 적은 없었다.

그래도 큰아들은 고등학교까지 마쳐주고 군청에 말단이지만 취직이 되어 몇 년 전에 장가를 들여 읍으로 따로 살림을 났고, 둘째 딸은 재작년에, 막내는 올 봄에 시집을 보내고 둘이만 남게 된 터였다. 다행스럽게도 딸들은 엄마를 닮지 않아 그런대로 보통은 되는데 큰

아들은 지 어미를 빼다 박았다. 그래서 그런지 아들이라 그런지 둘의 사이도 각별했다.

쥐꼬리만한 월급으로는 셈이 닿지 않아 읍내에 조그만 가게라도 하나 냈으면 싶다고 아들이 지난 봄에 운을 떼었다가 김씨한테 불호령을 듣고 말았다.

"내 애시당초 말했드끼 그저 땅 팔 놈은 땅이나 파는 게 상수여. 도대체 제 손으로 하루종일 돈을 만지고 돈 소리 절렁절렁 내고 다니넌 놈덜 중에 혼백이 지대루 백힌 눔은 별반 본 적이 없으니께… 내 사실 분가허는 것두 탐탁지 않았지만 젊어 한때 경험두 좋으리라 싶어 큰 반대는 못했다만, 그렇게 헹편이 어려우면 아주 군청 일을 작파하구 들어와 농사 짓구 함께 사는 것이여."

아들은 불만이 가득한 기색으로 대꾸를 하려다가 참는 기색이었다.

저 여편네가 눈치를 보며 저렇게 한 솥씩 두부를 해서 읍에 내는 속셈이 김씨가 보기에는 뻔했다. 듣기에는 무공해 두부니 집에서 만든 두부니 해서 값도 꽤 쳐주는 모양이었지만 또 적금인지 무엇인지를 들어서 소롯이 큰아들에게 내리 부을 것이 틀림없지 싶으니까 부아가 치밀었다. 그 무거운 짐을 이고 새벽같이 뒷산을 올라 읍으로 쫓아가는 일은 장정에게도 쉬운 일이 아니었다.

이제 오십이 다 된 자기 나이도 생각해야 할 것이 아닌가. 아들이 이제는 제 앞가림을 할 나이가 되었건만 어미 눈에는 노상 도움이 필요한 아이로만 보이는 모양이었다.

김씨는 방문을 냅다 열고 소리쳤다.

"아, 속 쓰려 죽겠구먼. 괜헌 잠은 깨워놓구……."

마누라는 치마에 손을 씻으며 부엌에서 나오던 길에,

"왜 더 주무시잖구유……."

그리고는 혼잣소리같이 중얼중얼한다.

"새벽 담배가 나쁘다던디… 고만……."

"아, 시끄러. 자기 몸이나 지대루 돌봐. 그놈에 새벽 두부 좀 그만 내구."

"알았시유."

언제나와 마찬가지로 마누라는 맞서서 거역하는 법이 없다. 그렇다고 자기가 마음먹은 바를 그만두는 법도 없다. 질겨 먹은 마누라다.

"배고파 죽겠어. 얼른 아침이나 내여."

둘이 밥상을 마주하고 앉아 먹다가 보니까 마누라가 뜨는 시늉만 하지 별반 먹지를 않는다.

"아, 왜 안 먹는디야?"

"글씨, 이즈막엔 입맛이 없구면유."

"촌놈이 밥맛으로 먹는 게지, 되지 않게 입맛은 무신 입맛이여."

밥상을 물리다가 생각해보니까 이 마누라가 근래 들어 시원스리 밥 먹는 꼴을 못 보았다. 그러고 보니 안색도 시원찮다.

"왜 그려? 어디 아픈 거여?"

"아니유. 그저 속이 쓰리구 댕기질 않는 걸유……."

이때가 김씨가 마누라 병을 눈치챈 시초였다.

일요일에 며느리와 들렀던 아들이 한사코 마다는 어머니를 욱대겨서 그 주에 읍내 병원에 다녀오는 기색이더니, 김씨에게 퉁명스럽게 전했다.

"의사 선상님 말씀이 심상치 않다구유. 대처 병원에 가보셔야겠다
는데유."

"무엇이여? 아니 왜? 잘 못 먹는 것 외엔 멀쩡한 사람을 보구… 그
걸핏허면 들구나는 알량한 읍내 젊은 의사덜이 무얼 알어서 되알진
소리여."

"엄니 안색을 좀 보셔유."

그러구 보니 마누라 안색이 며칠 새에 눈에 띄게 파릿해지고 혈색
은 시들부들 죽어 있었다. 김씨는 겁이 덜컥 났다.

"대처 병원이라니 어딜 이르는 거여?"

"선상님 말씀이 서울에 가시기 어려우시면 수원 도립병원이라두
가보시라는데유."

기가 막힐 노릇이였다. 그저 마누라는 병도 나지 않는 무쇳덩어리
라고 생각해왔던 김씨는 눈앞이 캄캄해져올 뿐이었다. 의사가 그렇
게 말할 때에야 병이라도 보통 큰병이 아닌 모양이었다.

"덕칠이 아제 말씀대루 그때 좋은 작자 나섰을 때 산을 한자락 떼
어 팔았으면 엄니두 덜 고생하셨을 텐디……."

"어디 누구 가슴에 불질할 일 있는 거여? 얼런 집으로 가. 지금 말
겉지 않는 소리 대꾸헐 기분이 아닌께……."

눈치 빠른 며느리가 두 살바기 딸 애를 들쳐업고 남편에게 눈짓을
건네 인사를 마치고 떠난 뒤로도 김씨는 한참 넋 나간 듯이 토방에
앉아 있었다.

"춘디 얼런 들어오시유."

마누라가 방안에서 문을 열고 채근을 하자,

"알었어."

하고는 그제야 정신이 든 듯 담배를 꺼내 무는 김씨였다.

우여곡절 끝에 수원 큰 병원에 며칠 입원하고 오만가지 검사 끝에 나온 병명은 말기 위암이었다.

"암이라니유? 그런 병에 걸릴 이유가 없구먼유."

김씨의 항변에 젊은 의사는 딱하다는 듯이 김씨를 바라보았다.

"어디, 암이 꼭 이유가 있어서 걸립니까."

"아니유, 그렇들 않지유. 상헌 걸 먹어야 배탈이 나구, 찬 바람을 쏘이믄 감기가 들구 허드끼……."

"이즈음에는 스트레스 때문에 암에 걸린다는 학자들도 있긴 하지요."

"스트레스라니유?"

"쉽게 말하자면 말 못할 고민이나 혼자만 끙끙 앓는 속 상한 일이지요."

"……?"

김씨는 어안이 벙벙했다.

"아무튼 현재 상태로는 워낙 병이 진전이 많이 되어 있어서 수술을 해도 큰 희망을 걸기 어렵지만 가족들이 동의하면 빨리 수술을 하시는 것이 좋겠습니다."

"지금 당장에유?"

"물론 빠를수록 좋습니다만 지금에 와서 하루이틀을 다투는 건 아니니까요. 이쪽 수술 스케줄도 잡혀야 하고 또 정리하실 일이 있으실지 모르니까 일단 퇴원을 하셨다가 준비되는 대로 곧 수술을 받도록 하시지요."

김씨는 병실에서 하회를 기다리고 있는 아들에게 얼버무려서 퇴원 절차를 밟게 하고는 집에 가서 자세한 이야기는 하리라 마음먹었다.

당진 택시를 집에까지 대절해서 마누라와 아들을 내려놓고 집에 기다리고 있던 며느리와 딸들에게 마누라를 당부하고는 곧 돌쳐서서 읍내로 나왔다. 어렵게 장만하여 죽어도 팔고 싶지 않았던 뒷산 한 자락을 내놓아서 어쨌든 수술비를 마련할 결심이었다.

택시로 나서면 당진읍까지 이십 분밖에 안 걸리는 거리였지만 가는 길 내내 여기 저기 부동산 간판들이 심심치 않게 눈에 띄었다.

그 앞에 서울 번호를 달고 있는 미끈한 차들도 간혹 보였다. 운전 기사만 앉아 있는 차들도 보였고 성장한 중년 여자들이 뒷자리에 파묻혀 있는 차들도 있었다.

어떤 여자는 카 폰을 들고 손짓을 해가며 열을 내어 떠들고 있었다.

"아이구, 저것덜 꼴 뵈기 싫어서… 집에서 살림이나 제대루 허구 자빠져 있지 않구서……."

급한 일이 있으면 으레 당진 차부에서 불러 쓰는 단골기사 장씨가 병원에서부터 무거운 분위기에 눌려 잘 하던 농담도 하지 않고 차만 몰다가 불쑥 한마디 내뱉었다.

"뭘 그려, 지덜두 한 밑천 잡아서 살림에 보탤려구 하는 모양인디……."

김씨가 능치는 어조로 반 농담조로 받자 장씨가 됩다 열을 내었다.

"모르시는 말씀 마셔유. 지가 군대 갔다 와서 차 모는 게 육 년짼디 그 사이에 이 근처 반반한 땅치구 서울 놈덜 손에 안 넘어간 땅이

없시유. 그 왜 아저씨께 마을에 서너 집 빈 집 있지유. 것두 다 애저
녁에 서울 사람덜이 다 말아먹었시유."

　"농토는 여기메께 살지 않는 사람에겐 팔지 뭇허게 법으루다 묶여
있을 텐디……."

　"하이고, 그 법 겉은 말씀 좀 마셔유. 그놈덜이 다 법을 요리조리
주물러대는 수를 익힌 놈덜유. 그저 어리뻥뻥해가지구 적은 돈 가지
구 막차 타보려던 송사리덜이나 거기 걸려서 팔딱거리는 꼴이지
유……."

　"그래두 농사 짓넌 사람덜이 으떻게든 땅을 지켜야지……."

　"아, 정부에서 농민덜이 땅을 지키두룩 도와준달새 말이지유… 높
으신 양반네덜은 입만 살아가지구 농민을 위허는 정책이니 뭐니 나
발을 불지만 농산품 수입이니 뭐니 하는 꼴덜을 좀 보셔유. 게다가
땅까지 죄 서울놈덜께 뺏기구 게 잃구 구럭 잃구 갈 데 없이 소작인
꼴이 된 우리 형님을 보면 속에서 천불이 나유, 천불이… 기름밥 먹
기두 진절머리 날 때가 많지만 농사를 지으려두 땅두 없는데다가 무
슨 희망이 있어야 짓지유, 짓기를……."

　김씨는 마음이 점점 더 무거워 지기만 했다.

　"워디 내려드릴까유?"

　"여기메께 시장 앞에 내리지 무어……."

　"되돌쳐 가실 때는 워떻게?"

　"버스를 타던지 이따 봐서… 오늘 애먹었소."

　돈을 치르고 살펴 가시라는 인사를 들으며 김씨는 왼쪽 길로 꺾어
들었다. 원래 덕칠이네 서울 부동산 앞에서 내릴 작정이었지만 동리
사람들에게 떼로 욕을 먹고 있는 그에게 가는 걸 기사 장씨에게 알

리고 싶지 않았다. 서울 사람들에게 붙어서 제 고장 사람들을 등쳐 먹고 땅장사를 해서 돈을 모은 시러베아들놈이라는 게 비난의 골자였다.

서울 부동산 앞에 서서 잠시 망설이고 있는 김씨 뒤에서 호기 있는 목소리가 들려왔다.

"이게 누구여? 이거 해가 서쪽에서 뜨겠구먼."

막 물방개 같은 차에서 양복을 뽑아입고 내리는 건 덕칠이였다.

"하여튼 들어가세."

쉰이 넘었다는 게 거짓말같이 피둥피둥한 신수를 하고 덕칠이는 김씨를 밀어붙이듯이 부동산 사무실로 밀고 들어갔다. 번듯하고 넓은 사무실에서 잡지를 보고 있던 젊은 여자가 얼른 일어서더니 전화가 왔던 곳들을 줄줄이 고해 바쳤다. 덕칠이는 건성 듣는 시늉을 하며 김씨에게 큼직한 소파에 앉도록 권하고 자기도 앉았다.

"그래, 제수씨두 안녕허시구?"

다른 때 같으면 형수님이지 왜 제수씨냐구 실없는 승강이라도 주고 받을 테지만 오늘은 그런 소리를 주고받을 계제가 아니었다. 김씨는 소파에 구겨지듯이 앉으면서 무거운 근심이 담긴 한숨을 자기도 모르게 내쉬었다. 덕칠이는 살피듯 그를 건너다보며 그답지 않게 말소리를 낮추었다.

"왜 무슨 일이 있는가? 자네 서 있는 뒤 꼬라지가 하두 을씨년스럽기에 무슨 일인가 허였네⋯⋯."

"⋯암이라네."

김씨는 밑도 끝도 없이 불쑥 말을 내뱉었다.

"⋯제수씨가?"

"……."

김씨는 말없이 고개를 끄덕였다.

"…중헌가?"

"그려."

주머니를 뒤지며 담배를 찾는 김씨에게 덕칠이가 얼른 담배를 내밀었다. 김씨는 담뱃불을 붙여 갈증을 축이듯 한 모금을 빨아 내뿜었다.

"전에 왜 우리 뒷산자락 사백 펻을 살 작자가 있다구 하지 않았는감."

"그게야, 뭐. 그런디 돈이 많이 들게 생겼는가?"

"큰 수술을 받어야 할 것 겉으네."

덕칠이는 성큼 큰 몸집을 일으켰다.

"우리 어디 가서 술이나 한잔 허지."

술을 얼근하게 걸치고 차까지 얻어타고 돌아온 김씨는 새삼 덕칠이가 고마웠다.

마음 같아서는 아무라도 끌어안고 엉엉 울고 싶었지만 차를 멀찌감치서 돌려 보내고는 읍에서 산 과자 봉지를 안고 짐짓 쾌활하게 집 문을 들어섰다.

집에는 불이 환하게 켜 있고 아들, 며느리, 딸들이 다 안방에서 나와 김씨를 마중했다.

"아니, 니덜두 아직 안 갔니야?"

"야, 기별을 놓았시유. 낼 돌아간다구유."

큰딸이 애기를 안은 채 조용히 말했다. 울었는지 막내하고 둘 다 눈이 부석부석했다. 둘 다 서산 근처 갯가에 시집이 있기 때문에 아닌게 아니라 돌아가기에는 좀 반지빠른 시간이었다.

"잘 되었다. 이리루 다덜 들오니라."

번잡하게 사람들 소리며 애기 우는 소리가 들리니까 새삼 사람 사는 집 같고 아까 의사하고 나눈 이야기도 까마득하게 먼 옛날 이야기 같았다.

그가 들어서자 마누라는 힘겹게 일어서려고 했다.

"그대루 앉아 있어. 고연스리 애쓰지 말구……."

"어딜 다녀왔시유?"

김씨는 마누라와 눈이 마주치는 것을 피해 딴청을 하며 대답했다.

"그저. 읍내에 긴한 볼일이 있어서."

"혹 땅을 내놓은 것 아니지유?"

김씨는 잠시 당황했지만 그냥 얼버무렸다.

"뭐, 꼭 그런 건 아녀……."

"서울 부동산 권씨네 들렸었시유?"

"임자는 그저 이런저런 걱정 말구 병이나 얼른 나아서 몸을 추스릴 생각이나 혀."

마누라가 정색을 하고 단호하게 말했다.

"난 수술 안 받어유."

"이건 또 무신 소리여?"

김씨는 엉뚱한 소리를 하는 마누라를 쳐다보았다.

"내 병은 내가 아니께 아무렇지두 않아유."

"뭘 아무렇지두 않어. 물도 삭이지 못하면서."

마누라는 입을 꾹 다물었다. 보통 결심이 아닌 것 같았다.

"하여튼 안 받어유. 내 몸에 절대 칼 안 대유."

김씨 머리에 의사의 말이 떠올랐다.

'수술받아도 장담하긴 어렵지만 지금 이 상태면 금년을 넘기기 어렵습니다.'

아들 딸들이 번갈아 달래도 마누라는 막무가내였다.

"글쎄, 왜 이러는 거여, 이러길……."

"수술은 안 받어유. 그 복덕방 권씨헌티 땅 내놓은 거 거둬들이셔유."

"아따, 그 고집은……."

"아녀유. 이번만은 나두 고집을 부려야 하겠시유. 수술받아두 소용두 없시유. 나만 더 고생하구 돈만 날리는 거유……."

"자, 피곤헐 텐디 좀 자구 다시 이야기허지… 니덜두 건너가 자거라."

김씨는 속이 숯덩이 같았다. 아이들을 물리고 조용히 달래볼 참이었다.

둘이만 마주 앉자 김씨가 차근차근하게 말문을 열었다.

"이봐, 내 이얘기 좀 잘 들어봐."

"글쎄, 별일 아녀유."

"아니긴 뭘 아니여. 아, 수술받지 않으면 거시기……."

하마터면 수술받지 않으면 해를 못 넘긴다는 말이 나올 뻔했다.

"알어유."

마누라는 노상 체념한 듯 순순히 말했다.

"그냥 펜안히 사는 날까지 살다 갈게유."

"지 혼자 사는 게여?… 나 워찌케 허여."

김씨는 말 끝으로 목에 메었다. 마누라는 힐끔 김씨를 보더니 기어 들어가는 목소리로 대꾸했다.

"더 늦기 전에 이쁜 각시 얻어 조금이라두 재미있게 살아봐유."

"뭣이여? 아니, 뭣이여?"

김씨가 눈을 부릅뜨고 대서자 마누라는 움츠러들며 더 조그맣게 말했다.

"그냥 그런 생각이 드는구먼유."

김씨는 맥이 탁 풀렸다. 이 마누라가 이런 생각을 내둥 먹고 이십 여년을 살아왔다는 말인가? 그렇다면 그 젊은 의사가 이야기하던 스트레슨가 뭔가에 노상 시달려왔다는 말이 아닌가. 스트레스라는 게 말 못하고 속으로 끙끙 앓는 속상한 일이라고 안 하던가.

'그렇다면 이 마누라가 시방 얻은 이 큰 병이 전부 자기를 귀애하고 살뜰히 대해주지 않아서 생긴 병이라는 말인가……'

김씨는 어안이 벙벙했으나 그럴 리가 없다고 고개를 저었다.

"뭔 소리여, 내가 누구덜처럼 계집질을 허기를 했나. 한눈을 팔길 했나 무슨 앰헌 소리여."

"그건 알어유. 맴속 깊이깊이 고맙게 생각허구 있어유."

마누라는 사이를 두고 더듬더듬 말했다.

"내가 거기 보답헐 길은 몸이 부서지게 일허는 것뿐이었구먼유. 이제 나두 가구 허믄 증말 달리 생각 말구 이쁜 각시 얻어서 사는 디 끼 살아봐유. 이건 내 진정이어유."

그리고는 장 밑을 더듬더니 낡은 통장을 꺼내서 자랑스러운 듯이 김씨 앞으로 밀어놓았다.

"이리저리 여축헌 게 삼백은 넘었시유. 잘 지니구 기시다가 요긴헌 디 쓰셔유."

김씨는 가슴이 치받치며 숨이 막히는 것 같아 방문을 열고 밖으로 나와버렸다.

보름이 가까운 달은 낮처럼 밝아서 앞에 펼쳐진 논밭이 그림처럼 한눈에 드러났다.

집 가까운 밭 두덕에 앉아서 담배를 꺼내 피우면서 김씨는 속이 담배처럼 타드는 것을 감당하기 어려웠다.

"원, 못난 것 같으니라구……."

김씨의 꺼칠한 양 뺨으로 눈둘이 주르르 흘러 내렸다. 마누라가 수술을 안 받겠다고 버티던 거며 이런저런 자질구레한 일들이 주마등처럼 떠올랐다. 찌는 듯이 뜨거운 땡볕 아래서 둘이 땀으로 미역 감으며 밭을 매던 생각도 나고, 목이 내려앉게 무거운 두부모판을 이고 아이를 업은 채 장으로 가는 지름길인 뒷산을 허위허위 오르던 마누라의 뒷모습도 떠올랐다.

그러고 보니 자기가 언제 한번 마누라를 살뜰하고 따뜻하게 대한 적이 있는지 의아스러웠다.

"다덜 그렇기 사는디 무얼… 나만 그런감……."

그러나 그렇게 뇌어봐도 속이 시원하지를 못했다.

김씨는 모질게 마음을 먹고 다음 날 아침부터 밥 숟가락을 들지 않았다. 아들은 출근하고 며느리와 딸들만 심란하게 웅숭거리는 속에서 선언을 했다.

"니덜 엄니가 수술받지 않으면, 나두 다시는 숟가락을 들지 않을 거여."

점심을 거르고 저녁 때가 되자 배가 졸아붙는 듯이 아프고 견디기가 어려웠지만 김씨는 애소하는 딸, 며느리를 다 물리치고,

"밥상 썩 못 내가겄냐!"

하고 호통을 쳤다. 마누라가 건너와서 사정을 했지만 들은 체도 하지 않았다.

마침내 마누라가 항복을 하고 수술을 받겠다고 약속을 한 뒤에야 밥 늦어서 밥상을 받고 못 이기는 듯이 밥을 먹었다.

며칠 후에 병원에서 연락을 받고 수술에 하루 앞서 입원한 마누라는 밤중부터 물 한모금 못 먹게 단속을 받은 후에 새벽에 수술실로 실려가게 되었다.

병원 카트에 실린 채 하얀 홑이불을 목에까지 둘러쓰고 링거를 꽂고 있는 마누라를 보자 김씨는 목이 메이는 것 같았다. 자식들이 선 틈을 제치고 수술실 문 앞에서 김씨는 서투르게 마누라의 이마를 짚어보았다. 병구완이라고 아는 것은 이마를 짚어보는 것이 전부인 김씨였다.

"이거 봐, 기운내여."

김씨는 마른 침을 삼키고 어제 밤에 병실에 앉아서 혼자 되풀이 곰삶던 말을 있는 힘을 다 내어서 말했다.

"…내게는 임자가 제일 이쁜 각시여……."

감겼던 마누라의 눈이 가만히 뜨이더니 눈물이 핑 돌며 입가에 보일 듯 말듯 미소가 번지었다. 그리고는 홑이불 밑으로 손을 내밀어서 김씨의 손을 꼭 쥐었다.

그 손을 마주 꽉 쥐며 김씨는 울음이 터져 나오는 걸 참느라고 어금니를 물었다.

"이제 죽어두 한은 없시유."

"쓸데읍는 소리 말어……."

간호사가 시간 늦는다고 재촉을 하며 카트를 끌고 들어간 수술실의 문 두 짝이 한동안 서로 엇갈리며 흔들렸다.

김씨는 자식들의 눈을 피해 흐르는 눈물을 닦으며 복도의 창 쪽으로 몸을 돌렸다.

그리고는 다시는 혼자서라도 입 밖에 내지 않으리라던 소리를 자기도 모르게 중얼거렸다.

"수술하는 참에 울기는… 원… 못생겨가지구……."

가로등

“그 참, 담뱃잎 한번 윤이 자르르 나네유.”

연신 당나귀 귓때기보다 더 큰 담뱃잎을 따던 마누라가 흐뭇한 어조로 말을 건넸다.

“아마 모르긴 몰러두 이 골에선 우리집 담뱃잎이 제일 일등품일 겨.”

담뱃잎 따는 손을 더 재게 놀리며 박씨가 구성지게 노래 한 가락을 뽑았다.

한 많은 이 세상
야속한 님아
정을 두고 몸만 가니
눈물이 나네.

"하이고, 이 냥반은 기분이 들 때두 날 때두 만날 그 한 많은 이 세상 노래유."

"그게 말여. 목돈을 좀 만져볼 수 있으니께 담배농사를 짓긴 허지만 담배라는 게 사실 사램 몸에 좋은 것두 아니잖여."

"그렇긴 그류. 근디 이게 웬 자동차 소리랴."

마누라가 똑 자기 키만한 담배나무 잎새를 제치고 소리나는 쪽을 내다보자 박씨가 퉁을 주었다.

"아, 뭔 대낮에 여기 올 차가 있을께미 그려. 기다리는 사람이래두 있남."

"그게 아녀유. 차가 이쪽 모텡이루 꼬불아졌슈."

마누라는 저쪽으로 고개를 더 빼었다.

"씰데읎는 소리 말어."

반신반의하면서 박씨도 담뱃잎들 사이로 고개를 내밀어보았다. 아닌게 아니라 저쪽 모퉁이를 돌아 커다란 노란색 전주 트럭이 이리로 접어들고 있었다.

"뭔 일이랴. 전기 공사헐 철두 아니구먼."

시멘트 전주를 삐죽허니 실은 전주 트럭은 승용차나 겨우 지나갈 좁은 길 위로 조심조심 거북이 걸음을 하며 이쪽으로 오고 있었다.

"얼레, 뭔 일이랴."

갑자기 마누라가 이제 생각이 난다는 듯 왕방울 같은 목소리를 내었다.

"맞유. 가로등 설치하러 온 게 틀림없슈."

"때 아니게 무신 가로등은?"

"접때 장이네 아버지가 지나가는 말처럼 그리든 걸유. 요새 군에 신청해서 운 좋으믄 가로등을 설치해준다구유."

"아, 이 산 골짜구니에 무신 가로등이 필요하다는 거여. 필요허길……"

"김씨네 새 마누라가 도시 물을 오래 먹든 사램이라 그른지 밤이면 깜깜 절벽이라 답답해서 못살겄다구 노래를 부른다는 거 아녀유."

"온 별, 해괴헌 꼴을 다 보겄네. 어쨌든 여기메께는 안 되어. 다 우리 논밭 아니여."

새로 얻은 쉰 줄의 새 각시가 깜깜한 밤길을 질색을 해서 김씨가 수월찮이 군청을 드나들었다는 얘기는 박씨도 귓결에 들은 듯했다. 하지만 이렇게 민원을 받자마자 전주 차가 들이닥칠 줄은 상상도 못했던 일이었다. 선거 바람이 좋기는 좋은 모양이었다.

공교롭게도 가는 날이 장날이라고 김씨 내외하고 윗집 최 노인은 마침 읍으로 볼일 보러 출타하고 없었다.

"가로등 설치를 어디다 할까요?"

사십 이쪽저쪽 나이에 살집 좋은 전주 운전기사는 땀을 삘삘 흘리고 몰고 들어온 전주 차 운전석에서 고개만 내밀고 밭에 있는 박씨 쪽을 향해 냅다 소리를 질렀다.

"아, 이른 시굴 바닥에 가로등은 해서 뭇 헌디야."

박씨는 옥수숫대처럼 버티고 선 담배나무 뒤에서 아무 소리도 못 들은 척 혼자 구시렁거렸다.

전주 기사는 더 묻지도 않고 박씨와 김씨네 집 사이에 엇비슷이 삼각형으로 경계선을 이룬 길 모퉁이에 시선을 박더니 그 앞에다 턱하니 차를 세우고 뛰어내렸다.

조수석에 있던 젊은이도 문을 열고 내렸다.

"여기, 이 자리가 좋겠구먼유."

조수가 한마디 건네자 전주 기사도 고개를 주억거렸다.

"거기 밭고랑으로 바짝 붙여서 가로등을 세우면 되겠다."

이 말이 끝나기가 무섭게 박씨는 선불 맞은 노루처럼 펄쩍 뛰어 밭고랑에서 달려 나갔다.

"안 돼유. 거기메께는 절대루 안 되유."

전주 기사는 말도 안 되는 소리만 골라서 하는 시골 사람들에게 질렸다는 기세로 챙 달린 파란 운동모자를 벗더니 손가락을 갈퀴처럼 만들어 머리를 확 쓸어넘겼다.

"날두 더운데 여기 기어 들어오느라구 땀을 한 바가지나 흘렸구만은, 뭐가 또 안 된다는 겁니까?"

조수는 박씨 말은 한 귀로 흘려들었는지 어느새 백묵을 꺼내 콩밭과 고추밭이 어울려 있는 바로 앞 흙길 위에 커다란 수박 한 개는 앉힐 만한 동그라미를 그리고 있었다.

"어른 말이 말 겉지 않은가부네. 아, 오며가며 낯도 익은 총각이구먼."

박씨는 일변 화를 삭이며 어리무던하게 말을 건넸다.

"은젠가 전에두 와보니 여기가 깜깜 절벽이드구만유, 전주 심고 가로등 하나 척 뽑아노면 아저씨두 좋지 멀 그류."

그러구 보니 그 발랑 까진 태도가 어쩐지 낯이 익었다 싶었던 게 헛 대중이 아니었다. 여기 와본 적이 있다니 읍에서 점원으로 일하는 딸년이 집에 올 때 촐싹거리구 두어 번 따라 붙은 적이 있었던 그 애송이가 틀림없었다.

"아무튼 거기는 안 되여. 절대루 안 되여."

박씨는 어금니에 절로 힘이 들어갔다. 이럴 때 남편 어깨에 콱 힘을 실어주어야 할 여편네는 따라 나서지 않고 뭘 하고 있는지 담배밭고랑에서 기척이 없다.

"아, 어째서 안 된다는 겁니까?"

전주 기사의 말에 짜증과 시비조가 함께 묻어 나왔다.

"그건 안 되여. 거시기 가로등이나 켜면 개화하는 줄 아는감. 사램이구 짐생이구 간에 밤이 되면 엎어져 자야지 불은 뭇 허러 벌겋게 한 밤중에 써놓겠다는 거여."

전주 기사는 칙 하고 입술 한켠으로 침을 뱉었다.

"야, 이건 장마 끝이라 그런지 날씨 한번 더럽게 찌는구만. 아, 아저씨, 밝은 거 싫으면 집안에 불 다 끄구 조용히 주무시면 될 거 아닙니까. 원, 나 이참 저참 전주 심으러 다녔어두 어딜 가나 칙사 대접만 하더구만, 이건 어떻게 된 동린지 모르겠네. 아무튼 도와달라고도 대접해달라고도 안 할 테니까 얼른 일이나 마치고 가게 방해나 하지 마슈."

전주 기사가 트럭 발 디딤판을 딛고 껑충 뛰어 운전석에 올라앉자 박씨는 황급히 기사가 닫으려는 문을 잡고 매달렸다.

이제 싸울 일이 아니라 꾀를 써야겠구나 하는 생각이 얼핏 들어서였다.

"아, 그렇담 이 윗집 김씨가 노다지 부탁을 했던 바로 그 가로등 설치하러 온 것이 맞어유?"

"글쎄, 그렇다니까요."

박씨는 짐짓 어색한 웃음을 머금으며 엉너리를 쳤다.

"진즉 그르게 일렀으면 공연스리 헛심 빼지 않지유. 그거 심을 자리는 내게 다 일러놓구 갔시유."

전주 기사는 조금 미심쩍은 눈으로 박씨를 내려다보았다.

박씨는 과장된 몸짓으로 이리로 올라오는 길 아래 작은 개울에 세운 쪼뼛한 돌다리를 가리켰다.

"바루 저기유. 저기메께 벗나무 서 있는디유. 바루 그 옆에 세우믄 손님맞이삼아 아주 좋을 거라구 했시유."

기사는 반신반의하는 기색으로 그쪽을 바라보았다. 저쪽 밭고랑에서 담배를 따던 마누라는 저 냥반이 어쩔라구 저러는가 싶은지 입을 벌린 채 눈을 화등잔만하게 뜨고 이쪽을 보고 있었다.

그러구 보니 아닌게 아니라 그쪽이 가로등 세우기는 딱 맞는 자리 같기도 했다. 키 큰 포플러가 군데군데 서 있는 논둑길이 끝나면 이쪽 산 밑에 옹기종기 모여 앉은 다섯 집이 다 거기를 지나야 집으로들 들어갈 테니 이치상으로도 거기가 더 맞을 것 같았다. 그것보다도 더 중요한 건 그쪽은 평지인데다가 차가 이리저리 몸을 돌릴 여지가 좀 있어 보여서 이 산비탈에 걸친 옹색한 자리에서 뭉기적거리고 일하기보다는 훨씬 더 수월할 것 같은 점이었다.

"틀림없는 거지요?"

"그럼유. 봐유. 저기 저 자리에 스기만 하믄 앞뒤를 다 번듯허게 비출 것 아니겠시유."

조수도 차가 운신도 하기 어려운 여기보다는 그쪽이 더 나으리라는 요량이 서기는 한 모양이지만 어물어물 한마디 거들기는 했다.

"거기가 나은 자리 겉기는 허구만유. 헌데 윗집 아제가 바루 집 앞에다가 떡허니 달아야 한다구 당부한 것 같은디……."

"뭔 소리여. 아, 저기가 바루 집 앞이 아니믄 그럼 집 뒤란 말이여?"

박씨는 짐짓 목청을 돋구었다.

"우리는 어쨌든 민원을 받아 나와서 직접 물어보고 싶은 거니까 행여 나중에라도 딴소리하시면 안 됩니다."

전주 기사는 땀 범벅이 되도록 젖은 수건으로 이마를 훔치며 마지막 다짐을 했다.

"암유. 이게 다 마을 사람덜 좋자구 하는 일인디 모두 다 좋은 게 좋은 거지유."

조수는 좁은 길 위에서 손짓으로 차를 당기는 시늉을 하며 오라이 오라이 고함을 치고 전주 차는 큰 몸집을 감당 못해 요동을 치면서 후진을 했다. 박씨는 담배 따는 일도 걷어치우고 혹여라도 차가 콩이나 깻잎이나 고추를 건드리고 지나갈까봐 조수보다 더 큰 목소리로 왼쪽 오른쪽 지시를 했다. 박씨는 차 바퀴가 고춧잎 한켠만 건드려도 깝빡 죽는 소리를 해가며 차 뒤를 따랐다. 차는 얼추 십여 분이나 걸려 죽을 고생을 해가면서 벚나무 아래까지 가서 섰다.

담배밭에 돌아온 박씨는 뭐라고 한마디 하려는 마누라를 눈빛으로 단속한 연후에 담뱃잎을 건성 훑으면서도 마음속으로는 보통 걱정이 아니었다. 전주를 다 심고 가로등을 설치하기 전에 김씨나 그 윗집 노인네 최씨가 돌아와 도로아미타불이 될까봐 목에서 쓴내가 나도록 애가 쓰였다. 그 윗집 최 노인도 언젠가 가로등을 달려면 바로 집 앞에 달아야 쓰겠다고 하던 소리를 들은 적이 있기 때문이었다.

최 노인은 신경통이니 뭐니 하며 몇 해를 거의 자리보전 하다시피 비실비실 했었다. 그런데 하나밖에 없는 중늙은이 아들이 당진 읍내 아파트 짓는 현장에서 현금을 쥐어보겠다고 노동을 하다가 비계에서 떨어져 죽은 후부터 항우 귀신이 씌었는지 자리를 털고 벌떡 일어나서 장정 몫의 일을 해대는지가 벌써 이 년이 넘었다. 늙고 비쩍 마른 몸에 어디서 그 강단이 나는지 지게를 지고 걸을 때 보면 양쪽 장딴지가 설마른 알배기 동태처럼 불끈 불끈 일어섰다. 마을 사람들이 다 죽은 아들 일 귀신이 노인에게 씌었나보다고 수군거릴 지경이었다.

전주 차가 작업을 다 마치고 돌아간 지 얼추 시간 반이나 지나 해질 무렵에 돌아온 김씨는 처음에는 전주 차가 와서 가로등 전주를 심어놓고 갔는지도 모르는 모양이었다. 박씨는 집에서 마누라하고 서둘러 된장 푸성귀국에 보리밥을 말아 저녁을 먹었다. 그러고는 어른 손가락만큼 잘아서 내다 팔지도 못한 검자줏빛 찰옥수수를 두어 대 뜯은 후에 밤바람을 쏘이러 나가지도 못했다. 그저 방안에서 뒷문만 열어놓은 채 자는 듯 마는 듯 전등불도 켜지 않고 숨을 죽이고 있었다.

갑자기 윗집 근처에서 김씨가 살 맞은 짐승처럼 고함치는 소리가 들렸다.

"이게 뭔 일이랴. 아니, 저기 저건 가로등 아니여?"

이 빌어먹을 가로등이 날이 어두워지면서 자동인가 뭔가 하는 지 혼자 힘으로 불이 깝신 켜진 것이었다.

박씨네 집 앞으로 금세 발자국 소리가 다가들었다.

"자구 있슈? 아, 선돌아범 자능겨?"

김씨 목소리였다.

박씨 내외는 꿀 먹은 벙어리처럼 아무 대척도 하지 않았다.

"아, 자드래두 좀 깨봐유. 보통 일이 아니구먼······."

김씨 나머지 말은 거의 한탄조였다.

"읍에 있다는 것들은 다 말짱 저 모양들이여. 밥까지 몇 번 사 멕여 가며 그렇게 신신당부를 했건만두 아니 워딜 저기다 획 박아놓구 갔능가 말이여. 밤중에 마누라 머시기도 지대루 못 찾을 인간덜 걸으니······."

김씨는 목소리를 돋우었다.

"아, 선돌아범은 오늘 하루종일 담뱃잎 거두느라구 아무데두 안 간댔으니 봤을 거 아녀. 얼핏 좀 깨봐. 내 이 읍내 놈덜을 닐 새벽겉이 올라가 그대루 두들 않을겨······."

만만히 돌아갈 기세가 아니라 박씨는 과장스러운 선 하품에 눈까지 비벼가며 마루로 나섰다.

외양간의 소가 눈을 슴뻑거리며 박씨를 마주 보았다.

"제우 잠들었는디, 웬 소란이랴."

"뭐, 다 늦게 아덜 낳을 일이라두 있는감. 이 더운데 바람두 안 쏘이게 방 구석에 처박혀설라무니······."

"근디 뭔 일이유."

김씨는 불끈 성을 내었다.

"아, 읍내 놈덜이 와서 아무데나 장님 뭐 어디다 박드시 전주를 세워놓구 갔구만 그리여. 오늘 낮에 이 밭에서 빤히 보았을 거린데 못 봤슈?"

박씨는 어물어물 대답을 돌려 넘겼다.

"아, 그눔의 전등이야 여기나 저기나 다 매한가지지, 무얼, 그 등불 아래서 바느질을 할규. 장원급제 헐 무신 글공부라도 할규."

박씨는 툇돌을 내려서며 김씨를 끌고 사립문 밖으로 나섰다.

"집사람이 몸살 기운이 있어 정신을 못 차리구 까부러졌슈. 좀 조용조용 말허믄 워디가 덧나남유. 인전 우리 마누라꺼정 잡구 싶남유……."

김씨는 벌컥 역정을 내었다.

"거, 오이 소박이겉이 속박인 소리구먼. 우리 마누랄 그럼 시방 내가 잡었다 그 말이여?"

새 사람을 얻긴 했지만 해전에 위암으로 죽은 마누라 땜에 맘 고생하는 걸 아는 박씨는 아뿔사 싶었다.

"장이아버님이 이제 농도 못 받구 사램이 아주 못쓰게 되었구만 그류."

박씨가 뭉뚱그리자 김씨는 얼른 삐친 기색을 접고 가로등 얘기를 다시 다그쳐 물었다.

"아, 봤어, 뭇 봤어?"

"무얼 말이유?"

"젠장메끼, 귀에다 추수헌 콩을 다 들이부었나. 밥 먹기 전에 반찬으루다가 귀버팀 먹었나. 아, 저기메께 가로등 말이여."

박씨는 차마 거짓말이 나오지 않아 몰래 꿀 훔쳐먹은 애기 중처럼 양 볼이 나온 채 고개만 흔들었다. 김씨는 발을 구르며 한을 하더니만 내일 아침만 밝아보면 읍내 놈덜을 그대로 두지 않을 거라는 소리를 되풀이하고는 돌아갔다.

다음 날 박씨가 새벽 식전 참부터 마누라하고 마당에 멍석을 펴고 앉아 파초잎처럼 너풀거리는 담뱃잎을 하나씩 잡아 정신없이 끈 사이사이에 넣으며 꼬으며 하고 있는데 어느새 읍에 다녀왔는지 분이 머리 끝까지 오른 김씨가 오트바이에 탄 채로 마당으로 들이닥쳤다.

"내, 이런 경우가. 아, 선돌아범이 거기다 심으라구 했다믄서?"

"…나, 내가 언제, 그저 워디 좋은 디다 적당허니……."

"아, 어제메께는 보지두 못했다구 잡아뗀 건 무슨 경우여?"

"…어제야 잠결에 어리어리해서 무신 소린지 잘……."

김씨는 대꾸도 하지 않고 오토바이에 탄 채 횡하니 가버렸다. 박씨는 손이 생으로 떨려 담뱃잎이 매끈하게 엮어지질 않았다. 비닐하우스에다 엮은 담뱃잎을 말리느라고 줄줄이 내다 걸고 한줄 두줄 세면서도 마음이 편편치를 못했다.

김씨는 그러고도 며칠을 군청 사무실에 매달려서 가로등 전주가 잘못 심겼으니 한번만 바꿔 심어달라고 사정사정을 했지만 바쁜 사무실에서는 아무도 귀기울여 들은 척도 하지 않았다. 그래도 어리무던한 주사 한 사람이 그러지 말구 그곳 사람들 연명으루다가 탄원서라두 하나 내면 일이 좀 쉬워지지 않겠느냐는 말을 넌지시 들려주었다. 마침 선거 때라 탄원서 아래 도장이라도 줄줄이 찍혀 있는 건 표 떨어지는 소리 날까봐 무시를 못 한다는 거였다.

김씨는 집에 돌아와 우선 윗집 최 노인부터 말 거래를 텄다.

최 노인도 혀를 차며 박씨를 나무랐다.

"원, 촌눔은 워쩔 수 읍지. 대명천지에 다 밝게 살자는 것인디 무슨 심사랴. 아, 가서 물어봐야 쓰겄네. 뭔 자초지종을 알아야 탄원서든 뭐든 쓸 거 아녀"

최노인과 김씨가 박씨를 닦달해서 얻어낸 대답은 기가 막혀서 말도 안 나오는 소리였다.

"거기 불이 서 있으문 안 되유, 안 되구말구유. 아, 그 콩이며 깻잎이며 벼며 전부 다 밤에 어둔 디서 푹 자야 지대루 큰단 말이유. 그걸 밤새두룩 불을 켜놓으믄 원제 자믄서 부쩍부쩍 크지유?”

최 노인이 한숨을 푹 내리쉬었다.

“이 사람아. 자네가 그려두 마누라 시집올 때 남들은 다 소를 타구 고개를 넘어오는디 자네 마누라는 트럭 타구 호사하구 시집 왔다구 뽑내든 사람인감. 지금 시절이 은젠데 무슨 호랑이 생똥 싸는 소릴 하는겨. 허길…….”

“지 말 틀린 덴 없시유.”

황소고집 같은 박씨의 불퉁한 대꾸였다. 부부가 어쩌면 그리 똑같은지 미숫가루 물을 널찍한 사기사발에 세 그릇이나 타서 내오던 마누라도 한마디 거들었다.

“그건 아이 아범 말이 맞구먼유. 아, 곡식덜두 낮에는 해 아래서 놀믄서 크지만 밤이믄 몸이 다 퍼지게 실컷 자야지유.”

김씨가 입바른 소리를 했다.

“허. 거 전생에 두 사람이 똑 오누이 짜리였겠구먼. 아니 그렇다 문, 내가 전번에두 서울 갔다 왔지만 사람덜은 고만두구 거기선 나무덜 버텀 씨가 말라버려야 하는 게 이치 아닌감?”

“내 보기엔 밤새도록 환한 도시에 서 있는 나무덜은 다 병들었시유. 다 지정신이 아니유. 도시에서 건강한 나문 내 본 적이 없시유.”

“지정신이 아닌 건 나무가 아니라 바루…….”

최 노인이 우겨 박지르려는 김씨를 눈짓으로 말렸다.

“허. 거 참. 경로당에 가두 이제 선돌아범 겉은 촌놈 소리하는 노인넨 없네 그려. 아무튼 유식한 말루다 허자믄 결자해지라 했으니 이제 선돌아범이 읍에 가서 힘써서 가로등을 원래 자리루 돌려놓아야 쓰겠네."

박씨의 두 눈이 동그래지며 말이 뒤퉁그러졌다.

"원래 자리라니유. 깟놈의 돌덩어리 전주가 원래 자리가 어딨남유. 이제 자리잡구 섰으문 그게 다 팔자에 타구난 지자리지유."

"원래 여기메께 심기루 다 약조가 돼 있었던 걸 선돌아범이 헤살을 놓은 거 아니여."

"난 그거 이 앞에 심자구 한마디두 약조한 적이 읍슈."

"허, 그거 참……."

김씨와 최 노인은 박씨네 삽짝문을 나서며 장탄식을 했다.

"거 경우 바른 사람인 줄 알았더만 찔릉 황소 고집일세 그랴."

"그 사람 제껴놓구 빨리 손을 써야 하겠시유. 선거철 지나가믄 그 놈덜이 으떤 놈들이간유. 오리발 내밀지유. 복이 할아버님이 얼른 탄원서 하나만 써주시믄 지가 이리저리 들이밀어 도장 받아 읍에 갔다 내지유."

최 노인은 나지막이 헛기침을 했다.

"내가 젊은 시절이라문 몰러두 이제 그런 글은 못 쓰네."

"아, 누가 문장을 보남유. 선은 이렇구 후는 이렇다. 여차저차해서 이러저러허니……."

"그렇기 훤허믄 장이아범이 쓰는 기 워뗘……."

김씨는 두 손을 다 내저었다.

"농삿일 말구 뭘 손에 잡구 쓰는 거하군 담 쌓은지 오래됐시유."

갑자기 김씨가 왼손으로 모기 잡듯 넙적다리를 쳤다.

"아까메께 그 소설 쓰신다는 심 선상님이 서울서 내려오신 걸 잊었구만유. 그 분헌테 부탁드리믄 염라대왕의 맴이라두 움직일 그럴

듯헌 글을 써주실게유."

"그 잘 됐구먼. 장이아범이 부탁해보지 그랴."

"그도 좋지만 복이 할아버님이 한말씀만 즘잖게 하시믄 군말읍시 써주시지 않을까 싶구먼유."

최 노인은 입을 다물고 한참 생각에 잠겼다가 고개를 주억거렸다.

그런데 천만 뜻밖이었다.

심 선생이 최 노인의 부탁을 정중하게 거절한 것이었다.

"드리기 죄송한 말씀이지만 이런 사이 좋은 마을에 분란이 생기도록 하고 싶지는 않습니다. "

"분란이 아니라니까는… 이거 보시게."

최 노인은 두 사람이 나란히 앉았던 툇마루에서 빤히 바라보이는 세 갈래 오솔길을 가리켰다.

"아, 저기메께 가로등이 서믄 심 선상님두 허전허지 않구 밝아서 밤길 걷기두 날 것이구먼."

심 선생은 쓴웃음을 지었다.

"뭐, 거기 가로등이 서두 반대할 입장은 못 됩니다만은 저두 어쩐지 선돌아버지 심정이 이해가 갑니다. 도회지가 지겨워서 여길 와서 한참씩 지내는데 여기까지 환하게 해놓구 앉아 있구 싶지는 않은 게 솔직한 제 심정입니다."

심 선생이 공손한 어조로 말하고 약주도 반되나 따라 올렸지만 최 노인의 심정은 언짢았다.

"이봐유. 내 맴은 말이지유. 생전 버러지처럼 일하다 널브러졌다 밥 몇 술 먹고 또 일하다 널브러져, 자구 문만 열면 깜깜 동산이구 이러믄서 사는 데 인전 지쳤슈. 이게 뭔 사람 사는 꼴이유. 몇 해 더 살지두 모르지만 밤에 대문을 열어두 바깥이 좀 훤한 꼴을 보다가 가구 싶은 게 내 소원이유. 양해가 가시유?"

심 선생은 고개를 깊이 숙였다가 들었다.

"물론 선상님은 식자두 들구 경우두 밝은 분이니께 그렇기 밝은 기 좋으문 지 돈으루라두 하나 전등을 켜 달지 왜 그르나 하실지두 몰러유. 허지만 나 죽기 전에 이 나라 돈으루다가 문 앞이래두 좀 환히 밝혀주는 꼴을 보구 싶단 말이우."

심 선생은 고개를 크게 끄덕거렸다. 그러나 탄원서를 쓰겠다고 하지는 않고 그저 죄송스럽다는 말단 되풀이했다.

저 아래 천씨네는 자기 집으로 들어가는 산모퉁이 입구에 서 있는 벚나무 옆에 가로등이 생겼으니 어둑신한 골에 접어들 때마다 무섬을 타던 마누라 얼러서 형편이 더 좋아진 셈이라 무어라 말을 붙여 볼 계제가 되지 못했다.

그러니 이 골 안에 시쳇말루 비율로다가 따지자면 가로등을 김씨네 앞으로 끌어들이는 데 대해 최 노인과 김씨는 찬성이요, 박씨는 결사 반대고 심 선생은 반대하는 편에 더 가깝고 천씨네는 무어라고도 말하기 어려운 입장이었다.

김씨는 생각할수록 다 된 밥에 재를 뿌린 박씨가 미워서 복통이 날 지경이었다.

'거 읍내 놈덜이 하필이면 그 소 죽은 귀신 같은 선돌아범만 있는 날 들이닥칠 건 뭐여.'

탄원서를 안 쓰겠다는 심 선생도 분란을 일으키기 싫다는 그 입장이 이해는 가면서도 서운한 마음이 들었다. 노다지 별을 보느니 글을 쓰느니 하면서 멀쩡한 전등불을 마다하고 초를 키고 앉은 궁상을 오며가며 못 본 터수도 아니라 은근히 가로등이 가까운 데 서는 게 싫어서 훼방을 놓는 것 같기만 했다. 새로 얻은 마누라가 집 앞이 너무 깜깜해 구덩이에서 살고 있는 것 같다는 말이 마음에 걸려 오만 가지로 손을 써서 겨우 가로등 하나 집 앞에 세우게 된 판에 이게 무슨 낭패인가 싶었다.

김씨는 박씨 집 앞을 지날 때면 고개를 외로 꼬고 지나가게 되었고 박씨도 어쨌든 떳떳하지는 못한 심정이라 김씨와 공공연히 마주치게 될 기회를 은근히 피하게 되었다. 최 노인은 원래 높은 지대에 자리잡고 있어서 박씨네 집 앞을 지나지 않고 뒷길로 다니던 터수라 일부러 내려와서 지나가지 않으면 마주칠 일이 없었다.

농담 잘 하던 천씨도 어느 쪽 편을 들기가 이제는 어색해졌다. 눈 크고 겁이 많은 천씨네도 박씨네 집에 마실 올 때면 혹여 김씨네 눈에라도 뜨일까봐 앞뒤를 한번 더 살펴보고는 했다.

야트막한 산 모퉁이 아래 소롯이 자리잡고 그런대로 의초 있게 지내던 다섯 집이 그놈의 가로등 때문에 어찌 되어도 의가 나게 생긴 판이었다.

그래도 봉이 꼬랑지보다 닭 대가리가 낫더라고 체격도 크고 서글서글한 마을 이장이 그릇이 큰 사람이라 자기 동생이 새로 집을 짓고 지붕을 올리는 상량식에 다섯 집을 하나씩 하나씩 간곡히 그 집만 부르는 듯이 해서 함께 마주치게 했다.

소설 쓰러 내려와 있던 심선생도 와서 막걸리 잔에 입맛을 다시고 앉았고 볍씨만한 귀걸이를 귓전에 살짝 얹은 김씨네며 박씨네도 와서 음식 장만을 거들었다.

박씨는 공연히 어색한지 이리저리 겉돌았다.

상량식이 끝나자 상에 올렸던 도야지 얼굴에 이장댁이 칼을 갖다 대었다.

"멋버텀 썰을까유? 귀유? 주둥이유?"

귀가 좋으니 주둥이가 좋으니 코부터 자르라느니 와자한 소리 속에서 이장댁은 선뜻 두 귀부터 도려내었다. 도야지는 귀 있을 때도 잘생긴 얼굴을 아니었지만 양 귀를 잘리고 나자 정말 볼품없는 얼굴이 되어버렸다.

동태에 무에 두부를 넣어 마당에 큰 솥을 걸고 끓여낸 찌개를 한 사발 차지하고 멍석 위에 앉았던 김씨가 도야지 귀를 썰은 위에 소금 얹어 건네받은 접시를 엉거주춤 반 등을 돌려대고 앉은 박씨에게 내밀며 우스갯소리를 건넸다.

"저 도야지가 귀를 자르니 꼭 내가 들고날 때 보는 집 누구 상판하구 영낙읎시 닮았네 그려."

박씨는 성을 내는 기색을 보이려다가 피식 웃고는 손을 내저어 사양했다.

"아, 절루 가유. 돼지 귀를 보니 비위 상허는구먼유."

"절루 가라니 날 보구 중이 되란 말이여. 허. 거 참 고연 이웃이구먼 그리여."

숭덩숭덩 자른 귀를 담은 접시를 땅바닥에 그냥 내려놓은 김씨는 숟갈이 꽂힌 그대로 찌개 그릇을 내밀었다.

"그럼 이거나 들지. 뭇나게 궁허구 있들 말구……."

박씨는 못 이기는 척 그 그릇을 받고 그릇째 국물부터 마셨다.

"잘 마시는구먼 그리여. 촌눞이, 바루 집 밖에 가로등 불 쓰는 것두 질겁을 허는 걸 보믄 마누라허구 밤일을 노다지 벌이는 모양인디 우선 잘 먹구 기운을 내야 허겄지. 내 그눔 가로등을 세상 읍어두 우리 집 앞에 세우구 말겨. 알겄어?"

"말조심 허슈. 촌눔 촌눔 허지 말구유. 그러는 장이아버지는 도시 사램이나 되기나 허믄……."

김씨는 저쪽에 뒤늦게 온 천씨가 얼핏 모습을 보이자 소리소리 질러 불렀다. 공연스리 눈치를 보며 다가오는 천씨에게 김씨가 소주 한 잔을 건넸다.

"이즘 어뗘. 환한 불이 집 들어가는 길에 생겼으니 마누라 고운 얼굴도 더 잘 보이구 좋겠구먼 그리여."

천씨는 어렵사리 잔을 받으며 면구스러운 듯이 말했다.

"하이구. 지야 뭘 아남유. 그저 처분만 바랠 뿐이지유."

"그렇담 그 가로등을 옮겨달라구 탄원서를 써낼 마음이 있슈?"

천씨는 난감한 듯 어물어물 술잔을 비우고는 쓰다 달다 말이 없이 애꿎은 돼지 귀만 소금에 찍어 꾸물꾸물 씹었다. 하긴 그럴 만도 했다. 자기 잘못은 아니지만 가지를 심은 건 누군데 거기 엎어진 건 옆집 과부더라고 애는 김씨가 다 쓰고 덕은 지가 보았으니 말이다.

박씨는 어색한 김에 김씨가 건네는 잔마다 받아 마시고 이장이 건네는 잔도 받아 마시고 최 노인이 건네는 잔도 받아 마시고 심 선생이 건네는 잔도 받아 마시고 해서 술이 꼭지에 올라오도록 취해 횡설수설했다.

"미안해유. 다덜… 촌눔 곁에 사는 바람에 밝은 꼴 못 보게 해서 미안허게들 됐시유. 허지만 말유. 허지만 말유. 복이할아버지, 어르신. 정말 죄송허게 됐지만유. 난 곡석들이 자석덜 매한가지유. 고것들이 자구 깨는 새새덕거리는 소리가 내 귀엔 들린단 말유. 아시겄

슈? …그류. 난 촌눔이유. 타구난 촌눔이라 이거유. 오널 온 사램들 중에 촌눔 아닌 눔덜은 다 나와 일렬루 스라 그래유……."

정신이 왔다갔다 하는지 아무나 붙잡고 주절거리던 박씨는 술기운에 못 이겼는지 집 짓다 만 나무토막들 중에 하나를 찾아 턱 베더니 몸 반은 멍석 위에 걸치고 반은 그대로 땅 위에 걸친 채로 쓰러져 코를 불며 자기 시작했다.

남정네들이 다들 돌아간 후 땅거미 질 무렵에야 혼자 느지막이 잠이 깬 박씨는 뒷설거지를 하는 마누라보고 뒤 따라오라고 이르고는 혼자 휘적휘적 집 쪽으로 걸어가기 시작했다.

논둑 길을 지나 작은 돌다리를 건너기 전에 박씨는 거기 서 있는 가로등이 달린 전주를 어루만졌다. 익숙지 않은 술에 얼마나 마셨던지 술기운이 아직도 가시지를 않았다.

"기운내라. 엉? 기운내. 너두 여기 서 있어야 좋잖여. 멀찍이 저기 메께 여기메께 다 바라보구 말이여. 아, 저 안짝에 콱 틀어백혀 그 답답한 영감텡이덜이나 비추구 있으믄 갑갑해서 너두 못사는 겨. 기운 내서 여기서 어떻게든 버텨보아. 엉? 선거 끝날 때까지만 있는 힘을 다해 버텨보믄… 선거만 끝나믄 김씨구 뭐구 아무리 드나들어두 들은 척두 안 할겨. 곡석이구 채소구 값이 개 값이라두 고것덜이 다 내 새끼덜이여. 알아들었어? 옳지, 옳지, 내가 너 기운나두룩 비료를 좀 주구 갈 것이구먼."

박씨는 고이춤을 풀어헤친 채 참았던 막걸리 오줌발을 가로등 발 앞에 쏟아부었다. 몸을 부르르 떨며 고이춤을 여미는 박씨 앞에서 깜빡거리며 가로등 불이 들어왔다.

"옳거니, 알아들었다 이거여? 잘 했구먼. 조금만 더 버티구 있어

라. 잉? 기운내여. 착허니께 내 한번 안어줄 거구먼."

　박씨는 가로등이 달린 전주를 있는 힘을 다해 부둥켜 안고 기어오르려다가 제풀에 땅 위에 나동그라졌다.

　넘어진 김에 쉬어 간다고 한참을 머주룩히 앉아 있다가 궁둥이께를 털고 일어난 박씨는 어기적어기적 집 쪽으로 걸어가며 한 많은 이 세상을 흥얼거리기 시작했다.

세기말의 풍경 너머 공생의 언어

우찬제
(문학평론가 · 서강대 교수)

새로운 천 년을 준비하는 발걸음들이 부산하다. 노스트라다무스의 4행시 예언처럼 종말을 향하듯 흐느적거리며 몽중보행하던 세기말의 풍경들은 어느덧 새 천 년을 예비하는 부산한 발걸음들에 의해 뒷걸음질치는 듯싶다. 거대한 한 시절의 종말을 너머 새로운 시절을 싹 틔우기 위한 노력은 어떤 경우에도 매우 소망스러운 것이 아닐 수 없다. 전지구적인 차원에서 벌어지고 있는 그 노력들은 불길한 인류의 미래에 대한 대응 노력의 소산이다. '오래된 미래'의 지혜를 일구려는 생태학적 사고를 비롯한 일련의 '공생의 언어'를 향한 의지 역시 그런 대응 노력의 일환으로 꼽히는 것이라 하겠다. 오랜 대립과 갈등, 묵시록적 종말에의 불안을 넘어서 더불어 함께 사는 공생의 평화롭고 사랑스런 지평을 위한 의지 말이다. 물론 이것은 전혀 새로운 것은 아니다. 어느 시절에나 있어 왔던 인간 고유의 의지인지도 모른다. 하지만 세기말의 엄혹한 풍경을 경험한 이들에게 그것은 아주 소중하게 다가오게 마련이다.

대개 종말의 언어는 단절음과 파열음을 주조로 한다. 그리고 그 종말의 음색은 죽음의 잿빛을 닮아 있다. 그것은 또한 절대 고독의 순간을 응시하게 만든다. 반면 새로운 시작을 예비하는 언어는 다르다. 단절에서 연결을, 파열에서 재구축을, 헤어짐에서 만남을 지향하고 예비한다. 그 음색은 열망의 푸른빛에 가깝다. 열망들이 어우러지는 자리에서 노발리스의 푸른 꽃처럼 공생의 가능성이 꽃필 수 있다. 문학은 삶을, 세기말을 가장 심각하게 앓아내면서, 그 세기말의 풍경을 너머 신생의 지평을 응시할 줄 아는 눈을 지닌 언어이다. 종말의 언어, 그 깊숙한 자리에서 공생의 언어를 문학이 길어올린다는 것은 차라리 자연스런 일이 아닐 수 없다.

'또 다른 시간을 준비하는 다섯 소설가'의 소설집인 《카프카, 황금 소로를 찾아서》 역시 그런 자연스런 가능성으로 읽힌다. 내용이나 스타일 면에서 각기 다른 특성을 지닌 다섯 작가들은 나름의 눈으로 공생의 언어를 응시한다. 때로는 전통적인 정감의 언어에 기대기도 하고 또 때로는 아주 모던한 감각으로 신생의 지평을 모색하기도 한다. 경우에 따라서 소설적 스타일 창조를 위한 수고로움이 더 요구되는 사례도 없지 않지만, 대개 공생의 언어를 향한 진정성의 측면만큼은 충분히 소통된다 하겠다.

1993년에 문화일보를 통해 등단하고, 이듬해에 여성동아 장편 공모에 문제작 《갇혀 있는 뜰》로 당선된 바 있는 우애령은 〈당진 김씨

〉, 〈가로등〉에서 오래된 전통 정서에서 긍정적인 미래를 여는 의미 있는 활력을 포착해낸다. 담백하면서도 정감 있는 언어로 그려진 우애령의 세계는, 과학기술 혁명과 컴퓨터 신화에 발맞추어 살면서 우리가 어쩌다 놓치고 있는 부분들을 되살려놓은 것이다.

〈당진 김씨〉는 주인공 당진 김씨의 아내가 암 수술을 받게 되는 사건을 따스한 화해의 시선으로 그린 작품이다. 김씨의 아내는 신혼 초 못생겼다고 타박하는 남편 때문에 친정으로 달아나기도 했던 인물이다. 그러나 자신을 찾으러 온 남편에게 이끌려 돌아온 이후 전형적인 농사꾼 집안의 아내이자 어머니로서 그 소임을 다하며 살아왔다. 그런 그녀가 암 선고를 받게 된다. 그런데도 집안 사정을 걱정하여 수술받기를 그녀는 거절한다. "자기가 언제 한번 마누라를 살뜰하고 따뜻하게 대한 적이 있는지" 되돌아보며 김씨는 아내에게 수술을 권한다. 마침내 아내가 받아들이고, 수술받으러 가는 아내에게 그는 "이거 봐, 기운내여." "…내게는 임자가 제일 이쁜 각시여……"라고 말한다. 이에 아내는 평생의 응어리를 풀어내기라도 하려는 듯 "이제 죽어도 한은 없이유"라며 눈물을 흘린다. 아내의 눈물과 김씨의 눈물이 겹쳐지면서 소설은 따스한 결말을 맺는다. 소박하지만 따스한 화해와 사랑의 시선이 독자의 공감을 자아내게 한다.

〈가로등〉은 농촌 마을에 가로등 설치 문제로 빚어진 갈등 상황을 형상화한 소설이다. 전형적인 농사꾼인 박씨는 윗집 김씨가 관계 요로에 청탁하여 동네에 가로등이 들어서게 되자 탐탁지 않다. 마침 김씨가 없을 때 가로등을 설치하러 오자 박씨는 논밭이 없는 한갓진 곳에 가로등을 세우게 한다. 이 일로 동네가 소란스럽게 된다. 문명의 이기를 누리며 밤거리를 환하게 다니자는 김씨와는 달리 박씨는 자연 상태의 삶을 강조한다. "거기 불이 서 있으문 안 되유, 안 되구 말구유. 아, 그 콩이며 깻잎이며 벼며 전부 다 밤에 어둔 디서 푹 자야 지대루 큰단 말이유. 그걸 밤새두룩 불을 켜놓으믄 원제 자믄서 부쩍부쩍 크지유?" 이렇게 말하는 박씨의 말에 김씨를 비롯한 동네 사람들은 어처구니없어 한다. 그러면서 원래 세우기로 한 장소에 가로등을 세우기 위해 박씨를 계속 다그친다. 하지만 박씨도 물러서지 않는다. "미안해유. 다덜⋯ 촌눔 곁에 사는 바람에 밝은 꼴 못 보게 해서 미안허게들 됐시유. 허지만 말유. 허지만 말유. 복이할아버지, 어르신. 정말 죄송허게 됐지만유. 난 곡석들이 자석덜 매한가지유. 고것들이 자구 깨는 새새덕거리는 소리가 내 귀엔 들린단 말유. 아시겠슈? ⋯ 그류. 난 촌눔이유. 타고난 촌눔이라 이거유."(〈가로등〉)

촌눔임을 자처하는 어리숙한 말투지만 박씨의 말에는 시대를 관통하는 아주 중요한 사유가 깃들어 있다. 곡식들도 밤에는 어두운 곳에서 제대로 잘 수 있어야 한다고 박씨는 말했다. 곡식들이 자식들이나 한가지라고 말했다. 곡식들의 소리를 들을 수 있다고 그는 말했다. 생태학적 사고가 우리에게 일러주는 공생의 논리, 바로 그것인 셈이다. 인간 중심주의라는 오만에 빠져 그동안 인간들은 자연을 무한정 지배하고자 해왔다. 자연 상태를 얼마든지 거스를 수 있는 것처럼 여겨왔던 터였다. 그래서는 안 된다고 박씨가 항변하는 것이다. 자연에 존재하는 모든 것들 앞에 겸손하고 연민의 정조로 그것들을 위무할 수 있는 마음가짐을 타고난 농사꾼인 박씨는 지니고 있는 셈이다. 바로 전통적인 농경 정서의 핵심을 보여주는 것에 다름 아니다. 이런 마음 바탕 위에 씌어진 작품이 〈가로등〉이고 〈당진 김씨〉다. 소박하게 보이기도 하지만, 그 소박한 언어의 결을 따라가는 우리는 결코 소박하지만 않은 공감의 정서적 울림이 동심원처럼 퍼져나가는 경험을 하게 된다. 또한 거기서 기계 문명에 의해 훼절된 우리네 본원적인 삶의 가치를 새롭게 발견하게 됨은 물론이려니와, 세기말의 난세를 견디는 오래된 자양분을 회복하게 되는 기쁨도 누릴 수 있다.

유숙희의 두 소설도 갈등의 서사보다는 화해의 서사를 지향한 것들이다. 전쟁 고아 출신인 남편에게 보내는 서간체 형식의 소설 〈디어 헨리〉는 별을 보기 힘든 시절의 사랑법에 대해 많은 것을 생각하게 한다.

유숙희 나름의 화해의 서사 양식은 〈월병(月餠)〉에서 보다 뚜렷하게 나타난다. 이데올로기의 차이로 인해 어머니와 결별한 아버지로 인해 주인공 자매는 아비 없는 자식으로 아주 어렵게 삶을 꾸려왔다. 그러던 중 중국에 있는 아버지와 해후하게 된다. 아버지를 만난 기쁨도 잠시, 자매는 아버지가 새로 결혼해 얻은 아들, 그러니까 이복 동생의 출현으로 기분이 나빠진다. 어머니의 고생을 누구보다도 잘 알고 있는 자매로서는 아버지의 행태를 이해할 수가 없었던 것이다. 아버지가 미국에 살고 있는 딸들에게 초청해줄 것을 부탁하고 마지못해 딸들은 아버지를 미국으로 초청한다. 미국에 온 아버지가 다시 아들까지 초청해주기를 바라자 언니는 매우 냉담한 심사가 된다. 언니와 아버지의 갈등은 해결의 실마리를 좀처럼 보이지 않는다. 그 해결을 작가는 극적인 양식으로 돌파한다. 언니의 가게에 총을 든 갱들이 침범하고 그 갱들로부터 언니를 보호하려던 아버지가 그들의 총에 맞아 숨지는 극적인 장면이 바로 그것이다. 죽음이라는 사건을 통한 부녀간의 화해는 이데올로기 서사의 곤혹스러움을 그대로 보여주고 있는 것이기도 하다. 사회역사적인 시대사가 가족사를 압도할 수밖에 없었던 지난 시절의 세월들이 이같은 곤혹을 낳는다. 그런 질곡을 넘어서 작가 유숙희는 화해와 공생의 지평을 모색해보고자 한 것으로 보인다.

이서인 역시 화해의 서사 지평에서 공생의 논리를 모색한다. "길은 네가 걸어야 생기는 거야"(〈바람 아래〉)고 말하는 그녀는 갈등과 다툼이 많은 현실에서 화해와 공생의 길을 열어나가려는 의미 있는 탐색 도정을 보여준다. 남자로부터 배신당한 여자가 그의 결혼식 날 홀연히 자동차 여행을 떠난다. 이 여로에서 자동차 사고를 당하게 되고 어느 식당 집 남자에 의해 구조된다. 그 남자의 도움으로 회생하여 다시 서울로 돌아온다. 이런 간단한 이야기에서 작가는 남자와의 통속적인 에피소드를 과감히 절제함으로써 서사적 긴장을 획득한다. 그런 가운데 그 남자의 집 벽에 걸려 있는 글이 서사 의미의 중핵을 형성한다. 〈外息諸緣內心無喘〉. "밖으로 모든 인연을 쉬고, 안으로 마음의 헐떡임이 없게 하라." 동양의 사유 전통에서 볼 때 유현한 현실 초극의 담론이 아닐 수 없다. 갈등하는 현실을 넘어서기 위한 인식의 지평은 늘 현실을 넘어선 자리를 응시하게 마련이다. 서사는 언제나 현실과 이상적 인식의 지평, 양자를 넘나들며 새로운 길트기를 시도한다. 이서인의 주인공의 열정 역시 거기에 바쳐진다.

〈생각보다 가벼운 일〉에서도 사정은 비슷하다. 갈등으로 점철된 현실에서 주인공은 세상으로부터의 고립을 경험한다. "내 마음속에서 얼어붙은 소리들"은 출구를 알지 못한다. 불우했던 가정 환경은 주인공으로 하여금 "단란한 가정의 꿈은 내게 무엇보다 치열한 소망이었어"라는 발화를 낳게 한다. 하지만 꿈과 소망은 언제나 현실에서 멀어져만 가는 것일까. 현실에서 그 꿈을 제대로 이루지 못하던 터에, 아이 둘이 딸린 남자를 만나게 된다. 그와의 결합에서 주인공은 이렇게 말한다. "개화하지 않은 무화과는 벌이 산란을 하고 새끼들을 양육하도록 자신의 몸을 내어주지요. 벌 또한 무화과가 더 넓은 세상을 볼 수 있도록 도움을 주잖아요. 우리는 공생의 인연인 거예요. 나는 당신 가족으로 인해 따뜻한 계절을 만난걸요."(《생각보다 가벼운 일》). 무화과와 벌의 공생의 인연을 강조하는 그녀의 소망적 발화는 아름답고 진실하게 다가온다. 하지만 인간의 현실은 그런 공생의 인연을 마냥 축복해주지만은 않는다. 남자가 교통사고로 죽게 되자 아이들 엄마가 나타나 아이들을 데려간다. 그렇게 공생의 인연은 허무하게 끝난다. 거기서 그치는 게 아니다. 이 텍스트의 서사내적 수신자인 '너'를 만나 "세상의 많은 사람들이 늘 꿈꾸는 신비로운 만남, 서로 상대의 영혼에 침투하는 경이로운 접촉을 체험"하기도 하지만, 그것 역시 길게 이어지지 못한다. "세상으로부터 고립된 자들끼리의 불구적 우정에 불과했을까?"란 회한을 낳게 하는 '너'와의 만남과 헤어짐의 과정을 통해 주인공은 "역시 변하는 것은 없다"는 생각을 지녀가지게 된다. 공생의 인연은 끊임없이 미끄러지는 것이다.

그럼에도 불구하고 주인공은 거듭 그것을 찾아나선다. 이상의 〈날개〉의 결구를 패러디한 이 소설의 결구가 매우 인상적인 것도 이런 맥락에서이다. "한 번만 더, 한 번만 더 다시 시작하자. 나는 두 팔을 크게 벌렸다. 날개가 아니어도 좋아." 줄곧 미끄러지기만 하는 공생의 인연을 향한 탐색의 열정, 그 간절한 의지가 생각보다 무겁게 삶을 성찰하도록 유도한다. 그런 측면에서 볼 때 표제 '생각보다 가벼운 일'은 어디까지나 효과적인 반어로 읽힌다.

《우리는 사람이 아니었어》로 '오늘의 작가상'을 수상한 바 있는 임영태는 변두리 주변인들의 생태와 의식을 조망하는 데 뚜렷한 장기를 보여주는 작가다. 〈을평에서〉, 〈돌아눕는 자리〉에서 그는 주변부 인물의 우수 내지 편입 불가능성과 떠돎의 생태를 묘파하고 있다.

〈돌아눕는 자리〉에서 작가는 불우했던 소년기의 체험과 현재의 체험을 교차 서술하면서 자기 의지와는 상관 없이 세상에서 떠밀리기만 하는 인간 초상을 점묘해낸다. "다른 세상이 있다, 아주 아름다운 세상이 있다"며 꿈꾸던 열세 살 적의 꿈을 이루지 못하고 이래저래 떠돌며 부대끼는 삶을 살아가는 인물이지만, 그럼에도 불구하고 그 아름다운 세상의 버팀목이 될 만한 타자에 대한 사려 깊은 애정을 지니고 있는 인물이 바로 임영태의 주인공 병호다. 특히 도자기 공장에 근무하는 여자에 대한 시선은 아주 각별하게 다가온다.

이영희는 공생의 언어를 거부하는 현실의 갈등을 전경화함으로써 서사적 긴장을 자아내게 하는 재주를 지닌 작가다. 인도네시아 국적의 민간 항공기 기장을 주인공으로 내세운 〈아빠까바르 마마〉는 위안부 문제를 다룬 작품이다. 이제까지 몰랐던 어머니의 과거가 밝혀지는 과정의 이야기를 통해 작가는 위안부 문제가 과거 역사의 기억 속에 묻혀버린 사건이 아니라 여전히 현재진행적인 사건임을 증거한다.

일본 국기 앞에 십여 명의 어려 보이는 한국 여자들이 차렷 자세로 서 있었다. 가슴까지밖에 안 오는 짤막한 흰 윗도리와 검정색 긴 치마를 입은 여자들은 하나같이 초췌한 모습이었다. 사진의 제일 오른쪽 끝에는 우미 아버지가 입었던 군복과 똑같은 제복을 입은 남자가 근엄하게 총을 들고 서 있었다.

사진 속 사람들이 부옇게 보이기 시작했다. 나는 오른손으로 두 눈을 세게 문질렀다. 눈이 뻑뻑해왔다. 눈을 감았다. 마음을 가라앉히고 사진을 집어 들었다. 그리고 사진 속 여자들을 눈으로 하나하나 짚어나갔다. 열 명쯤의 여자들을 짚어나갈 즈음, 나는 고개를 오른쪽으로 돌리고 무표정하게 서 있는 어머니를 발견했다(《아빠까바르 마마》).

어머니가 일본군 위안부 출신 한국인이었다는 인도네시아인의 충격적인 고백의 서사는 매우 강렬한 의미 공간을 형성한다. 공생이나 상생이 아닌 공멸이나 상극의 행태는 모름지기 역사에 뚜렷한 상처를 낳게 하는 법이다. 그 상처로부터 그 누구라도 자유로울 수 없는 현실에서 예의 상처를 진실하게 확인하고 그것을 위무하는 문학 상상력의 소중한 자리를 생각하게 하는 작품이다.

이영희의 또 다른 작품 〈카프카, 황금 소로를 찾아서〉는 카프카가 그렇듯 아주 모던한 감각이 돋보이는 소설이다. 편집광적으로 카프카를 좋아하는 남자 '윤', 예컨대 침실 벽에 붙여놓은 카프카 관련 사진에 "나는 멋진 상처를 가지고 태어났다. 그것이 내가 이 세상에 나온 몸치장의 전부였다"라거나 "나는 우리 집안에서 타인보다 더 타인으로 살고 있다." 따위의 긴 제목들을 달아놓는 인물인 '윤'을 만나기 위해 주인공은 카프카 여로에 나선다. 이 소설의 묘미는 '윤'과 주인공 사이의 환각적인 관계 설정도 그렇거니와 '윤'과의 만남이 계속 미끄러지고 있다는 점에서 찾아진다. 주인공은 의도적으로

‘윤’과의 실제 만남을 미루고 있다. ‘윤’과의 섹스를 상상한다는 문장이 여러 차례 반복됨에도 불구하고 끝내 차연시키고 있는 것이다. 그런 가운데 ‘윤’의 카프카, 황금 소로를 주인공은 다른 경로에서 직접 체험하게 된다. 이를 통해, 즉 카프카의 황금 소로를 통해 주인공과 ‘윤’은 직접 만나지 않았더라도 만나게 되는 역설적 효과를 낳는다. 공생이 없는 자리에서 공생의 새로운 가능성이 열리는 경험을, 혹은 체험이 환각을 낳고, 환각이 다시 새로운 체험을 낳는 이색적인 경험을 이영희는 독특한 감각으로 보여준 셈이다.